新潮文庫

ポスドク！

高殿　円著

新潮社版

10839

ポスドク！

巻末の4コマも お楽しみください!

ポスドクとは、ポスト・ドクターの略称。博士号取得後、まだ常勤の職がない研究者のこと。そして、大学における専任講師という名の選ばれた者だけが座れる栄光の椅子《いす》を争う兵士《ソルジャー》。

つまり、大学は戦場である。


「瓶子《へいし》先生、今度、ウチの付属高校でデータ取りのバイトしませんか」

瓶子貴宣《たかのぶ》は学食内に設けられた教員用スペースで、教職員は一〇〇円引きになる日替わりランチをつっつく手を止めた。

「は？」

ところは香櫨園《こうろえん》女子大学・環境学部総合文化学科。通称エコ学科。まだ出来て一〇年という新しい学科だが、香櫨園女子大自体は戦前に創立された歴史のある学校だ。大学は偏差値の高い薬学部をはじめとする理系と文系を兼ね備え、保育園から大学院まで揃《そろ》えた、一度入れば長ーいおつきあいになるエスカレーター式一貫教育校として、関西ではそこそこ名前を知られた私大である。

そして貴宣は、一〇年前新設されたばかりの環境学部に勤めている三四歳の非常勤講師だ。彼はここで、大学の授業を受け持つ講師として一週間に四コマ担当している。

あくまでポスドク。つまり一年契約のパート講師だが。

「なあに、バイトっていっても簡単なもんですよ。高等部に行ってアンケートをちょろっと取って、ついでに授業らしきものをして帰ってくればいいだけなんですから。しかも相手は全員女子高生」

　さっきから自分をバイトに誘ってニヤニヤしながら見下ろしているのは、この環境学部専任講師である薬膳光二《やくぜんこうじ》だ。

「学科の助手に瓶子先生がバイトを探してるって聞いてね。ボクもそろそろ仕上げないといけない論文があるんですが、どうにも雑用や授業が多すぎて」

　薬膳は、なにも断ることなく自分の目の前の椅子を引いて腰を下ろした。気にしないフリをしてドリアを口に運ぶ。

「ね。研究者って毎年学会発表も論文執筆もそこそこのレベルでやらなきゃならないのに、学生相手に授業もして、しかも人気をとれなんて大学も好き放題言ってくれますよねえ。おかげでこっちはちょっと学生受けがいいからって授業をこれでもかって持たされてしまって……。研究をする暇も、論文を書く時間もない。困ったことだ」

「そうですか」

「いいなあ、瓶子先生は。いま授業数四コマでしたっけ。B女子大とK女子大で中国語教えてるって聞きましたけど、それでも六。週休四日なんて会社の役員みたいだ。そりゃあたくさん論文書けますよね」

「………」

この男のすることなすことに目くじらを立てていては身が持たない。無視するに限る。こいつは学科内の権限などなにも持っていない。人事に多大なる影響を及ぼす学部長でも産学連携センターのお偉いさんでもないのだから。

「でも、残念だな。瓶子先生、データとるのも論文書くのもすごく早いって聞いて楽しみにしてたのに。去年だけで論文二本書いたって聞きましたよ。もともとの瓶子先生の専門って感性学でしたっけ」

「歴史実験感性学です」

「聞いたことないな。それって瓶子先生作の造語？」

「そうですけど……」

「理系の人って、そういうままでだれも組み合わせたことない分野同士くっつけてパワーワード作るの大好きですよね」

馬鹿《ばか》にされたと感じて胃がかっとなる。たしかにそうだ。貴宣の野望は、「歴史実験感性学入門」とか「歴史から学ぶ本物のオーガニック」とかいう、いかにも万人受けしそうな本を出してバカ売れ印税生活を送ることなのだから。

「去年学内誌に載った先生の論文読んだことあるんです。僕は理系のことはさっぱりわからないけれど、わりと——普通だった」

「普通ですよ」

たしかに『世界各地の男根信仰比較論』なんてテーマを研究してる彼からすれば、どんなテーマも普通に見えるだろう。

（クソ、これ見よがしに学部内でゼロハリバートンの旅行カートなんかガラガラ引きやがって。苦労知らずの金持ちのボンボンめ。お前の研究テーマで、いったいなにを女子高生にアンケートを取れというのだ。俺が変態扱いされて終了に決まっている！）

貴宣にとってはこの男の存在そのものがセクハラである。研究と称して世界中で男根型のオブジェのチンコ型をとりまくっている変態。こいつはうら若き乙女たちが集う女子大にいていい男ではけっしてない。

しかし、たとえ研究テーマがエロでセクハラであっても、この男が貴宣よりはるかに社会的に認められた地位にあるのもまた確かだった。

O大大学院卒、三六歳。O大卒業ののちパリに留学してソルボンヌで修士号を取得。

高等研究実習院で実習を積み帰国後、O大大学院で博士号取得、京都にある宗教風俗文化研究所の研究員をへて、明日香《あすか》女子大の助教、香櫨園女子大の専任講師と着実に研究者としての王道ルートをステップアップしてきた、いわば研究者としての勝ち組である。

薬膳は中でも研究分野の奇抜さと、政治家のような大きな声とさわやかな弁舌、そしてこの分野で名の知られた有名教授らを多数親族にもつということでも際《きわ》だった存在だった。祖父がO大の名誉教授、父もO市大の教授であり実家自体が船場《せんば》の老舗《しにせ》繊維メーカーの創業者一族、武者修行を終えたのちはコネがきくO大か市大に准《じゅん》教授として迎えられるのではないか、ともっぱらの噂《うわさ》である。

研究者への道を志し、いずれ大学の教授となることを最終目的にすえるなら、最短ルートは国などから奨学金をもらい海外留学で箔《はく》をつけることだ。そこから母校や地方の国立で助教のポジションを得、教授の使いっ走りとなり、学部や学科に顔を売りながら大学から給料を貰《もら》う。大学院の学費を払いながらも給料はもらえるので、いままでよりずっと生活は楽になる。

貴宣も当初はこのルートに乗っていた。彼の母校は関西における最難関大学であるK大である。どうしてもK大にこだわりがあったため一浪して教養学部学際科学科に入学し、総合認知科学コースを専攻した。卒業研究テーマは「戦国時代の人々は何を感じていたか　脳波測定を通した時代再考」。最新の機器を用いて脳波の研究から歴史をひもとくのはまさにこれからの新しい学問だと自信をもっていた。

その後、K大学大学院・新学術研究科・社会システム科学専攻・人間環境文化コースで博士号を取得。博士論文テーマは「現代の建築の美意識における室町時代の影響感性計測と史学的観点から」。母校で非常勤講師を務めながら、同大学の人間環境センター特任研究員として研究をつづけた。予定ならとっくに地方大学の専任の枠に収まり、少ない研究費に文句をつけながらも、そこそこ安定した給料を得ているはずだった。

しかしながら、現在。瓶子貴宣三四歳。香櫨園女子大学で非常勤四コマ&他の大学で非常勤二コマ。いまは私大のしがないポスドクとして、日銭をかせぐ屈辱に耐えている。それも、こんな歩くセクハラ、存在するだけでセクハラという最悪の研究者よりはるかにヒエラルキーが下の地位で。

（薬膳。こいつは敵だ。変態、そして宇宙人だ。理解は永久に不可能。だがこいつがいなくならない限りここの専任ポストはあかない）

はやくどっかいけ、と言いたいところをぐっとこらえ、

「お受けしたいのはやまやまですが、来年の授業の準備がありますので」

極めて社交辞令に近い受け答えをして、貴宣は昼食を口に運ぶことに集中した。実際、いまは来年初めて受け持つ授業の準備で忙しい。非常勤講師には専任のような安定性がないから、なるべく持てるだけのコマを受け持って時給を稼がなくてはならない。

現在、貴宣の受け持っているコマは四。自分の専門のことを考えるとこれは多いほうだ。もともと感性計測と史学が専門の研究分野だったが、それだけでは金にならないため、教職などで学生が多く受講する第二外国語の中国語なども持たせてもらっている。長らく同居していた祖父が満州帰りで中国語の素養があり、院時代にむりやり一年中国に留学していたのが幸いした。

一コマは九〇分×週イチなので月に四日。ひとつの科目を受け持つと月に一万二〇〇〇円になるので、これが×四コマ。バイトにいっている他校の非常勤もそんなに給料に差はないため、臨時の塾のアルバイトを入れても月の収入は約一〇万。むろん、ボーナスなどない。

三四歳の大学院卒の男が、月収一〇万円である。そこから国民健康保険と年金を引いてあれやこれやしていると、毎月貯金に回せる余裕などない。

（ああ、月給三〇万ほしい。いや、五〇万だ。いやいや、いっそ一億くれたら大学なんて即辞めてやる）

正直百億円欲しい。非課税百億円、だれかまかりまちがって俺の口座に振り込んでくれないものか。

「新しい授業の準備？　瓶子先生、来年コマなんて増えますっけ？」

「増えますよ。共通教育の語学のコマです。いまの非常勤が辞めるからと、前に学科長から話がありまして」

「あれ、おかしいな。そのコマは九鬼《くき》先生のお弟子さんが受け持つって聞いたけど」

（なん、だと）

寝耳に水の情報だった。

環境学部には九鬼紘子《ひろこ》という名の、なぜか毎日リボンを身につけている変人の教授がいて、悪い意味で名物となっている。髪の毛にリボンを結ぶくらいならかわいいものなのだが、年甲斐《としがい》もなく一〇コも二〇コも付けてくるので、学生からも「リボン先生」とか「リボン」とか、はたまた「妖怪《ようかい》リボン」と呼ばれているのだった。そんな教授でも、かつて『なぜリボンは世界共通の〝かわいい〟であるのかについての考察』という、完全に自分の趣味でしかない論文を書いて一躍有名になったというのだから、世の中間違っている。

その頭のおかしいくされリボンが、あろう事か弟子に授業を持たせるために画策しているだと!?

「たしか、先生自らスカウトしてきたとかいう新しい助教さんですよ。うちの大学を卒業して数年アメリカの映像関連会社にいたとかで、授業をもつのは来年度からって聞きましたけど」

(新しい助教だと、馬鹿な!)

屈辱と怒りで握ったスプーンがプルプル震えた。自分が贔屓《ひいき》にしている大学院生をそのまま助手にしてコマを持たすことはよくあることとはいえ、仕事を盗《と》られるとなれば話は別である。

月に一万二〇〇〇円はデカい。ましてや共通教育科目は履修人数が多いので、テストの採点も大変だがそのぶんボーナスがつくのだ。絶対にほかの人間にとられたくない。

(情報を集めなくては!)

貴宣は不穏な決意で冷めたドリアを凝視した。

世の多くの貧乏ポスドクがそうであるように、貴宣の朝も家賃三万五〇〇〇円のボロアパートからはじまる。

「冷《つめて》ええ――っっっっ！」

耳に水を入れられるという最悪の起こし方をされ、叫びながら飛び起きた。ジリリリと枕元《まくらもと》で目覚まし時計が鳴っている。しかも三個。全部近くのスーパーの安売りや一〇〇均で購入したがゆえに、音が雑で不協和音なことこの上ない。

「おはよう、貴宣さん」

いつものごとくその朝貴宣が一番はじめに見たものは、彼の耳に冷水を注ぎ込んだ犯人の顔だった。名前は誉《ほまれ》という。実際は瓶子家にとって不名誉この上ないことに、三歳年上の姉が育児放棄した子供だ。ちなみに父親の名前は知らない。

出会ったのはまだ貴宣が院にいたころのこと。ある夜、大学から帰宅すると家の前に見慣れぬ小学生が座っていた。

『誰だ、お前』

切実な理由から、その当時の貴宣の家もかぎりなく今現在と似たようなモルタルアパートだった。セキュリティもオートロックもあったものじゃない。そんな近代的設備とは何も縁のないアパートの入り口に、誉はまるで回収されそこねたゴミ袋のように座っていた。聞けばまだ小学三年生だという。

その日は例年にも増して寒い夜だったので、とにかく家の中に入れて話を聞いた。朝の出がらしの珈琲《コーヒー》とインスタントのカフェオレの湯気と、とうとうと成り行きを語る誉の口から同じ色の白い息が零《こぼ》れるのを見ながら、ただ貴宣は黙って聞いていた。

——曰《いわ》く、自分の母親は貴宣の姉である。そして、のっぴきならない事情で一緒にいられなくなったので、少しの間だけ自分を預かってほしいと。

『じょうだんじゃない!』

話を聞いて貴宣は激高した。

姉のしずるは昔から素行が悪い女で、高校を中退して家を出て行って以来ほとんど音信不通だった。まだ自分が大学に通っていたころ亡《な》くなった母親の葬式の時にひょっこり顔をみせたきり、一度も会っていない。あのときは子供の話は聞かなかった。ということは、あれからどこぞの男との間に出来た子らしい。

自分はまだ奨学金をもらって院に居座っている学生の身分で、とてもじゃないが他人を養える身分ではない。即座に児童相談所に電話をした。しかし、児相の相談員はいまは施設がいっぱいで、まともな稼ぎのある近親者がいるなら、空きが出るまでなんとか面倒をみてくれないかと逆に相談を持ちかけられた。

『甥御《おいご》さんのおばあ様はお亡くなりになったということですが、おじい様は』

『知りません』

父親とは、自分が小学生のころに両親が離婚して以来音信不通だ。よって別の家庭を持っていようが、どこかでのたれ死んでいようが知りようもない。満州帰りで、怒るといつも中国語になった祖父も貴宣が中学を卒業するころに他界した。

つまりどこをどう探したところで、誉には自分しか頼りになる親族はいないわけである。どうにも相談員の押しに勝てなかった貴宣は、試しに同居生活をしてみるが、うまくいかなかったり経済的に苦しかったら改めてつれてくるという約束で一時の保護者になることを承知した。

以来、二年。

やせっぽちだった誉は小学五年生になった。来たときからずいぶん大人びた子供だなとは思っていたが、今では掃除洗濯炊事をすべて完璧《かんぺき》にこなし、パソコンで家計簿を付け我が家の主婦のような顔をして堂々とアパートに君臨している。学校の成績はいつも一番で塾など必要なく、部活動のない日は図書館に行ったり、博物館に行ったり、下の中華料理店の洗い物をして点数を稼いでおいしい餃子《ギョウザ》を食べさせて貰ったりと見た限り充実している。同じ年頃の子供の中でも背は高い。おかげで買った服がすぐに着られなくなり、最近ではネットオークションで古着を購入するかしまむらだ。

(そういえば、二年前に買ったダウンコートから羽根が出てるっていってたな。さすがにもう着られないだろうし)

びしょびしょになった顔をしかめて起き上がる。

「誉、もうちょっと別の方法で起こせ。耳に水はやめろ」

「じゃあ、どうやったら起きるの。教えてよ。目覚ましも携帯もフルに稼働《かどう》させて、耳元で叫んだのに、冷凍肉みたいにカチコチになって寝てるアナタをどうやったら覚醒《かくせい》させられるの。僕は馬乗りになって叫びました。何度も何度も揺すぶりました。あとやってないのは王子様のキスだけです」

「そんなことしたら殴る」

「はいはい。どうでもいいよ。枕カバー濡《ぬ》れちゃったから適当に剝《は》いでそのへんに干していってね。パンは解凍してある。マーガリン切れたからオリーブオイル塗ってだしの素《もと》ふっといた。弁当はおかずだけ入ってるから冷凍ゴハンをチンして詰めてって。じゃあ、僕行くよ」

洗面所がわりの流しで顔を洗って振り向くと、誉はもう靴を履いていた。

「なんだ、今日随分早いんだな」

「クラスメイトの実加《みか》ちゃんが、いきもの小屋の掃除、手伝ってほしいって。そのかわり塾で使い終わったテキストを貸してもらえるんだ。みんな頭いいから僕も必死なの。実加ちゃんはかわいいしね」

最後の言葉にひどく納得した。なかなかにこざかしく育っているようだ。

「……あ、そうだ。貴宣さん」

ドアを半分開けていまにも出て行こうとしていた誉が振り返った。なぜか彼は、おじさんと呼ぶのをやめさせると、貴宣を名前で呼び出した。まあほかに呼びようがないのかもしれない。

「ちゃぶ台の上に修学旅行積み立てのお知らせ、置いてあるから。毎月一〇〇〇円だって。ゴメンね。僕なるべくお金がかからないように進学しようと思ってるし、ちゃんと出世払いで返して貴宣さんの年金の足しにするから」

ゴメンね、と二度言い置いて、誉は登校していった。おそらくこのことについて長く話したくなかったから、家を早く出たのだろうと貴宣は推測した。

「いってらっしゃい」

まだすっきりしない頭で廊下兼キッチンへ行くと、ちゃぶ台の上にはお弁当が用意されていた。冷蔵庫の中身に余裕があるときだけ、誉はお弁当を作ってくれる。おかずは筑前煮《ちくぜんに》とブロッコリーのマスタード炒《いた》め。中にソーセージを詰めたちくわに衣を付けてさっと表面を焼いたもの。『そろそろ寒くなってきたのでおかずに卵焼きを再開しました』のメッセージつき。おかんか、おまえは。

「修学旅行費……、修学旅行か。そんな歳《とし》になったんだなあ」

つまり、我が家の家計はさらに苦しくなる、ということだ。瓶子家は現在、貴宣が大学と塾でアルバイトをしてかせいだ給料のみで成り立っている。貴宣一人なら、格安家賃のボロアパートで住居費をうかしてなんとかしのげる収入だが、いまは食費が倍だ。誉も小学校高学年になり、食う量も格段に増えた。食費以外にもなにかと物いりになる。

一度母子手当をもらえないかどうか役所に相談しに行ってみたが、実の母親が生存していていつ戻ってくるかわからない状態ではどうにもならないという。無論、子ども手当についても同様だ。

(なんという理不尽さだ。誉のための子ども手当も母子手当も、あの馬鹿な姉の遊興費に消えていくだけで、実際はなんの義理もない弟の俺が、雀《すずめ》の涙のような収入で育てていかなくてはならないとは！)

日本の教育は終了した。むしろ、瓶子家の財政も終了した！

――ひとしきり、日本の行政と姉しずるを罵倒《ばとう》したあと、貴宣は現実に戻った。リボンの弟子に奪われようとしている新コマを、なんとか陰謀を画策してわがものとしなくてはならない。それだけではない。これ以上同じ大学内でコマを持つことは難しいため、外にバイト先を求めるのも必要だ。

そのためには対策が不可欠だった。この場合有効な対策とはコネの一言に尽きる。

大学とはそういう世界である。

＊＊＊

「――バイトできる非常勤のコマ？」

学会シーズンである一一月で休講も増え、学生たちがカラオケボックスでの時間つぶしや短時間バイトにいそしむようになるころ、貴宣はラウンジで講師仲間の越知雅《おちまさ》文《ふみ》と紙コップコーヒーを片手に向き合っていた。

「つまり、明日女で持ちコマ増やしたいってこと？」

久しぶりに顔を合わせるなり頼み事をしてきた貴宣に、越知は驚いて〇《マル》四つで描けるような顔をした。

彼は現在、明日香女子大の専任講師で、週に一度だけ香櫨園女子大にバイト授業にやってくる。研究日をそういうバイトにあてる若い講師は少なくないのだ。

越知と貴宣は、K大の同期である。彼は自分と同じくK大を卒業、大学院に進み博士号をとったあと、K大の江島《えじま》教授が明日香女子大へ移るさいに助教として同行した。権威のある大学の教授が、格下の大学へ招聘《しょうへい》される場合には、同じ派閥の助手や准教授をつれていくことも多い。

(ああ、あの時、俺が江島教授について明日香女子大に行っていれば……)

いまでも悔やむのは、江島教授に一緒にいかないかと打診されたとき、専門が違うからと断ってしまった己の先見の明のなさだ。

越知のついている明日香女子大の江島雪子《ゆきこ》教授は日本では知られた繊維学の権威で、特に奈良時代の発掘品から古い繊維を取りだし、分析して、コンピューターグラフィックスなどで当時の風俗を再現する研究を行っている。風俗史、服飾史という分野がかちあっているほか、昔から貴宣も興味がある研究であり、K大のころからかわいがってもらっていた。

なぜ、誘われてついていかなかったのかといえば、あのとき内々にK大の助教の座を打診されていたからだ。

（俺は、K大の教授になりたかった。そのためには江島教授門下ではムリだった。だから日下部《くさかべ》教授に指導を受けた。日下部先生は文科省にも顔が利《き》く業界のドンで、その下にピタっとついていれば出世が約束されていた……いるように見えた）

当然、自分の上司が上にあがれば、その下もひとつずつもちあがることが多い。なかなか上にいけない教授の下についていては講師の座すらめぐってこない。いくら研究分野に興味があり、個人的に好きなタイプの指導者でも、のちのちの出世を考えるなら江島教授ではだめだったのだ。

しかし、もしあのとき江島教授にくっついていっていれば、今頃自分は国立女子大の講師として順風満帆の地位を手に入れていたのである。いま目の前に座っている、この越知のように。

越知は、江島教授と同じく発掘学の観点から日本の風俗・服飾史を研究していたが、学会などであまり質のいい論文を発表できていなかったこともあり、K大では目立たない存在だった。実際、貴宣も越知をライバル視したことはなかった。彼が今、明日女の専任講師の地位にいるのも、おとなしく江島教授に誘われるままK大を離れて、彼女の小間使いとして長年従事してきたからにすぎない。

そんなやつにあっさり先を越され、あろうことか非常勤のアルバイトの口を探してもらえないかと頭を下げることになろうとは。しかし背に腹は代えられない。

「頼む。なんとか口をきいてくれ。お前今年から研究所のポスト就いてんだろ」

「うーん、そうねえ。明日女はK大閥だからきみも来れないことはないだろうし、江島教授はきみのこと気に入ってたから、可能性はなくはないけど」

「甥っこがもうでかくなって、いろいろ金がかかるんだ」

「誉くんももうそんな歳になったんだなあ。たしかに子供はねえ。六コマぶんの収入でやりくりは難しい、と……」

瓶子家の家庭の事情を全《すべ》て知っている越知は、すぐに同情したように顔をしかめて考え込んだ。

「地方大の助教のクチは探してるの？」

助教は大学における教職ランクの一つ。多くはコマを持ちながら助手の仕事もするなんでも屋という位置づけだ。たいていの場合、正規職員であるので月給が出る。助教になれればたしかに生活は今よりずっと楽になるだろう。なんといっても月給というのはありがたいものだ。しかしもちろんデメリットもある。

「探してる。だけど地方は研究の設備がないし、スポンサー企業もないからなかなか」

貴宣は首を振った。貴宣のように研究にある程度の予算がかかる場合だと、設備の不十分な地方に行くことはなかなかにためらわれる問題だった。大学はどこも人手不足で、助教などとにかく押し付けられる雑用が多いから、テストの採点から学位論文指導の補佐、教授の研究材料の確保、資料集め、実験室の手配、学会に発表するためのパネル作り、ゼミのレジュメ作り、出張の同行まで、ほぼ助手と同様の仕事を押しつけられる。その上、授業も持つ。地方行きは研究内容をすっぱり変える覚悟をもってのぞまなければ、なかなか決心のいる話だ。

「国立大の明日女の助教なら喜んで受ける。関西ならギリギリスポンサーもいる。できればやっぱり通える範囲で一コマか二コマもちたい。同じ日ならいくつもったっていい。中国語のコマでも」

「うーん、そうね。非常勤の金本《かねもと》先生が退職するから、かわりに非常勤講師を入れるっていう話はしてるみたいだけど」

ちら、と貴宣を見た。

「でも瓶子君、分子科学は持てないよね」

「……専門外だ」

貴宣の専門分野はあくまで実験がメインの感性学と史学だ。最近では脳波の測定のような理系らしい実験からは少し離れてしまったが、もともとは人の美意識の変遷《へんせん》の歴史を文献からだけではなく、神経科学的なデータから実証していくことを目指していた。それでもコマをひとつでも多くもつため、アジア史などの史学やかんたんな建築史の授業を受け持つこともあるし、昨年度からは生活デザイン論やCG基礎実習の授業の助手も引き受けた。院で長くすごすうち、なんでも屋のようになってきた感がある。

「金本先生、バリバリの理系出身だからね。瓶子君はそっちは門外漢でしょ。惜しいなあ。金本先生の指導教授ってたしか江島先生だから、瓶子君なら異論なくすっと決まっただろうに」

そう言われると、目の前にぶら下がっている肉をみすみす逃したようでたいへんに悔しいものがある。

貴宣のいる環境学部のように、一言で文系、理系に分けられない教養学部はたくさんある。バイオや繊維学、食品関係を扱う理系や、情報学などのコンピューターを主にする授業、さらに環境論や文化論、服飾文化史などの文系までもが混在する学科では、ありとあらゆる場所から講師が引っ張られる。大手繊維会社から研究者が授業にくることもあるし、パソコンメーカー、はてはテレビ番組で名前の売れている一級建築士《ハウスデザイナー》が講師になることもある。

そのような外部講師をのぞいた教授、准教授たちのほとんどは、どこかの派閥に属している。そして学生の相手をしながらせこせこと論文を書き、顔つなぎのために学会をはしごしながら、上のポストが空くかどうかを虎視《こし》眈々《たんたん》と狙《ねら》っている。

（この俺のように）

しかし、棚からぼた餅《もち》などそうそう降ってくることはない。

「でもね、これは僕の周囲でもよく言ってることだからあえていうけど、Ｆランでも地方の五流短大の助教でもなんでもいいから、とにかく専任の教職についたほうがいいよ。いろんな出会いがあるかもしれないしね」

人の良い越知は、なにか情報があったらすぐに連絡をくれることを約束して仕事先へ向かった。

（地方の五流でもいいから、か）

貴宣もまた、重い荷物を片手に図書館に足を延ばす。今日は四限後は授業がないので、書きかけになっている本の原稿のためのデータを処理し、出版社に提出する概要をまとめるためである。

（越知の言ってることはわかる。奨学金を返さなくてもいいのは魅力だ。あれをチャラにするためだけでも地方に行くことは意味がある）

給付型の奨学金をもらえていた大学時代はさておき、院の学費は全額返還しなくてはならない。しかし教職に就けばこの六〇〇万円は返還義務が免除されるのだ。貴宣があえて民間に就職することを考えなかったのはこの要因が大きい。

（早く楽になりたい）

越知がいうように、地方の私立大でもなんでもいいから専任の話があれば受けるつもりだ。しかしそのような枠にすら、何十人という応募がある。それがポストにつけないいまの日本の研究者たち。いわゆる、ポスドクである。

＊＊＊

教員にとって、特にやる気のない生徒の相手をすることほどむなしいと感じる時間はない。

「どこをむいても人件費削減。給料削っときながら、教育の質を高めるとか無茶言うなっての」

貴宣は先日年度末を迎えるにあたって行われた会議で配られたプリントを親の敵のように握りつぶした。

大学側も、学生に教員の指導力を採点させるようなシステムをつくっておいて、簡単に言ってくれるものだと思う。厳しくすれば学生達は腹いせにあることないことアンケートに書くし、かといってゆるくすれば教育の質が下がると指導が入る。

（いったいどうせーっちゅーんじゃ！）

学生のレベルが低いのはしかたがないと我慢できるが、意欲が低いのはひたすら苦痛だ。貴宣の受け持つコマの中でも、五百蔵《いおろい》教授のゼミ生に論文指導をしたあとは、いつもの倍疲労感が増す。ゼミ全体にやる気がなく、時間も守らず、出席率も悪い。果ては、書いてきた論文が小学生の読書感想文以下ときた。

（ですます、と、である、が混じるのはまだいい。どうして最初と最後で比較対象が変わっているのだ。それのどこが比較論だ！）

もっと許せないのは、最後まで書ききる能力も意志もなく、途中で結論をうっちゃって、「先生の指導をお待ちします」とか、はては「さまざまな意見が存在するのである、なぜなら日本は平等だから」などと結論をよくわからない根拠で棚上げしたものを寄越すことだ。

（なにが平等だ、社会論やってんじゃねえんだぞ！）

学部の中でも五百蔵ゼミは特にゆるいと評判で、毎年楽をしたがる学生ばかりが受講する。毎日のようにゼミのメルアドには、ゼミ生からの遅刻と欠席の連絡が入る。貴宣が大学生だったころは考えられなかったことだ。

メール一本で連絡できてしまうせいで、皆、遅刻するのも堂々としたもの。一度三回生の高遠青葉《たかとおあおば》に遅刻を注意したところ、ぽかんとした顔でこう言われた。

「え、だって連絡したじゃん」

以来、貴宣はこの手のことで学生に注意をしたことはない。はっきりいってするだけ無駄だし、自分の評判が下がるだけだ。

要はテストで及第点をとってくれればそれでいい。授業で配ったプリントをあとでコピーしても、PDFで共有しても、身に付いていれば問題はない。だからテストで規定の点数がとれなかった者だけは容赦なく切り捨てる。追試と再試も、ほかの先生のように手を抜いて論文形式にはしない。

「瓶子せんせいさあ、テストあんなに難しかったら、みんなの反感食らうよ」

今日も、年明けに行われた後期テストの件で、指導室にやってきた高遠青葉にそんなことを言われた。

「みんなって誰だ」

「だからー、クラスのみんなとか、ほかのクラスのみんなとかだよ。暗記問題多すぎるよ。もっと小論文とかにしたら、みんなも点とりやすいのにさあ」

「お前らのクソみたいな日本語を読むのを一行でも回避するためだ」

「うわ、性格わる……」

青葉はべったりとグロスの塗りたくられた唇でぼそりと言った。親が病気で遅刻してきても、彼女たちのメイクはいつだって完璧だ。

「先生だって、たかだか非常勤のくせに」

「生産性ゼロで親にたかるしか能のないお前らとは違う価値観をもっていることは確かだな」

「青葉はちゃんとバイトしてます。稼いでるよ。交通費は自分で出してる」

「じゃあ、その調子で生産性をあげろ。一年後には大学を出て納税者になれ」

「消費税払ってるもん！」

ぴしゃりと大きな音をたててドアを閉め、彼女が出て行ったあと、貴宣はやれやれと机の上に突っ伏した。

（疲れた……）

ああは言ったが、まだ高遠青葉はマシなほうだ。成績もほぼAで優秀だし、教職やほかの資格単位も取得している。遅刻はするが、それ以外で特に問題はない。論文指導中にSNSを見ないし、化粧も直さない。

ノートパソコンを開いてゼミ用メルアドを見ると、学生たちから指導日を替えてほしいというメールが次々に入っていた。三回生の終わりといえば、どの学生も就職活動の準備と決まっている。

（そういえば、高遠のやつ、なにも言わなかったが就職はどうするんだ……？　教員採用試験を受けると言っていたが、そっち一本に絞ったのかな）

気になることは多々あれど、まずは自分の問題が先である。

図書館が混んできたので、さっさと荷物を片づけて大学を後にした。帰宅ルートである国道四三号線は、すぐ上を阪神高速神戸線が通っていることで日陰になり、海からの風もあってこの時期はものすごく寒い。なのに信号は果てしなく長いのだ。寒さを紛らわせるために、ポケットから携帯を取り出した。珍しいことにメールが一件届いている。

もしや、越知からのメールだろうかと淡い期待を寄せたが、送り主は人事課のお局《つぼね》、林原《はやしばら》さんでがっくりした。

それでも、『緊急情報』というタイトルに興味をひかれてすぐにメールをひらく。いったいなんだろう。たしかにそろそろ来年度のカリキュラムが固まるころなので、それに合わせて人事も動くことが多いのだが。

『緊急情報。リボンの弟子の助教について』

自分が受け持つはずだったコマを奪おうとしているヤツの正体が明らかになったのだ。さすが人事課のお局は仕事が早い。

『環境学部のリボン教授の教え子で、川手《かわで》千尋《ちひろ》っていうブスがいるんだけど、どうやらそいつのことみたい』

ブスという貴宣にとってどうでもいい詳細情報までリサーチしてくるのが、なんともお局らしい。

問題はそこではない。その先に添えられた情報のほうだった。

『リボンはそいつのことすごくかわいがってて、なんでもキティちゃんのコレクター仲間らしいよ。辞める先生の持ってたコマだけじゃなくて、〈CG基礎実習〉をもたせたいらしいの。ただのCGデザイナーのオタクのくせに、リボンが有名企業の研究室にいたとかホラふいてものすごく売り込んでる。このCG基礎実習ってたしか、瓶子君のコマだよね』

「……なん、だと……」

動揺のあまり、信号が青になったにもかかわらず、よろめいて自転車から転げ落ちそうになった。周りにいた人々が不審な目を自分へ向けているのがわかる。

なんということだろうか。あろうことかそのリボンの弟子とやらは、新しいコマばかりではなく、すでに貴宣が去年からもっている『CG基礎実習』のコマまで奪おうとしているというのである。

（俺の貴重なる収入源を、たかだかゲーム会社出身のオタク女に取られてたまるか！）

断固、阻止！

ものすごい早打ちで、『リボンの弟子の弱みを探してください。お礼は明日香女子大の専任講師とのコンパ』と林原さんにメールを打った。光よりも速く『了解』と返事が戻ってきたから、林原さんはきっとちゃんとやってくれるだろう。コンパで紹介されるのはあの越知だが、肩書きに偽りはない。

浜風と戦いながらふらふらと自転車をすすめ、なんとか自宅まで帰りついた。この時刻はちょうど大家の山一食堂が混み始めるころで、大きな排気口からもうもうと餃子の臭《にお》いが上っている。

「疲れた。ものすごく、疲れた……」

（今日は自分に、チューハイを飲むことを許そう）

突然打ち込まれた強烈なジャブの痛みを、一刻も早く癒《いや》すためにはアルコールが必要だ。

アパート裏にある自転車置き場に、学生時代から乗り回しているせいであちこちガタがきているマイチャリをとめてチェーンをかけ、アパートのポストへ向かう。見知った顔とはちあわせした。山美愛《やまみあい》。ここのアパートの大家であるヤマさんの一人娘だ。

「あ、タカちゃんだ」

いつ見ても理解不能なコスプレを堂々と普段着にしている美愛は、その日は深夜アニメのコスプレだというすごい衣装（上半身が甲冑《かっちゅう》のようなドレスだ）で現れた。

今年一九になる専門学校生の彼女は、貴宣のとなりに女友達と二人で同居している。なんでもロックミシンの音がうるさすぎて家を出て行けといわれ、仕方がないからアパートの空き部屋に移動したらしい。

「ねえねえ、タカちゃんの大学ってフリマとかやってない？」

「知らん」

一〇以上も年下の異性からタカちゃん呼ばわりされるのは気にくわないが、相手が大家の娘ではいかんともしがたい。

「あーっ、愛想《あいそ》ないの。タカちゃんの大学、被服科あるじゃん。だったらフリマとかあるって」

「あるかも知れんが、俺は知らない」

「調べてよ。店やりたいの」

「学部のサイトでも見ろ」

素っ気なく素通りして、二〇三号室へ向かった。あんな格好でゴミ捨てに行くなど尋常ではないが、デザインをやる人間は得てして変わっているものだ。

「ただいま」

家に戻ると、すでに誉が学校から戻っていた。帰るなり、待ってましたと言わんばかりの顔で、

「あ、お帰り。貴宣さん」

奥からエプロンで手を拭《ふ》きながら誉が出てきた。その仕草たるや、完全に一家の主婦である。

「ちょっと下いかない」

「下って」

「今日はヤマさんちのポリバケツを洗ったんだ。お礼に残弾処理に来てもいいって」

「残弾いうな」

このアパートの一階で中華料理店を経営する山さんは中国人で、本来はヤさんと読むが、いちいち訂正するのも面倒くさいらしくヤマさんと名乗っている。父親は遼寧《りょうねい》省彰武《しょうぶ》県の出身で、ここに貴宣がころがりこんだのももともと祖父がそのヤマさんの父親と満州で仕事をしていたころの知り合いだったこと、そのつてでヤマさんが敷金をまけてくれたからだ。

ヤマさん一家は誉を気に入っていて、ちょっとした手伝いをさせるかわりに夕食をタダで食べさせてくれる。娘のほうは、洋裁を習いながらネットオークションで手に入れたものを転売するのが趣味らしい。中国人らしくやたら金にうるさくてマシンガンのごとくおしゃべりだが、重宝する一家だ。

「ああ、ああ、タカノブ。お帰りお帰り。今年の助っ人はいけるぞ」

特にタイガースファンではないのに、会うたび阪神の様子を教えてくれる。おかげで野球には興味なかったのに、大家の機嫌を左右する重要事項としてつねに情報を蓄積するようになった。

戦前に父親が、満州で一旗揚げた日本人について日本へ渡り、土地を譲ってもらってこの場所に食堂を開いた。元々神戸には中国から移り住んだ華僑《かきょう》が多く、父親もどうせ店を出すなら中華街に出したかったとあとになって言っていたらしいが、いろいろ事情があってできなかったという。

「つてがなかったんだよ。神戸の華僑はみんなお金持ち。上海《シャンハイ》や香港《ホンコン》から開港と同時に来たのが多いよ。うちは東北の田舎もんだからね。遼寧省彰武県なんて、普通の人は聞いたこともないでしょ。砂漠よ。砂漠しかないのよ」

と、ヤマさんは、額に汗して大鍋《おおなべ》で鶏《とり》ガラスープを煮ている。ここのスープは野菜とチキンのうま味が出る白湯《パイタン》スープでほんとうにおいしい。

「それくらい田舎。中国人は同郷を重んじるし、日本には東北人《ドンベイレン》も多いけど、おれの親父《おやじ》が来たときにはつてがなかったんだよなあ。言葉も通じなかったっていうしねえ」

「えっ、言葉が？　だって同じ中国人じゃないの？」

ラーメンを食べ終えた誉が言った。

「上海人と東北人じゃあ、スペイン語とイタリア語くらい違うんじゃないかねえ」

神戸の大空襲で店が半壊したのを機に、ヤマさん一家はアパート経営を始めた。モノのない時代だったが、近くに青物の市場も闇市《やみいち》もあるのでここ西宮《にしのみや》が便利だったという。ヤマさんの奥さんは内モンゴル自治区に住んでいた遠い親戚《しんせき》で、やはり同時期に神戸へやってきた料理人仲間の娘だった。

「お金持ちの華僑はみんな山の手に住んでてね。うちはそこの料理人をしていたのよ。それで人の紹介でお父ちゃんとお見合い」

エプロンの端で手を拭きながら厨房《ちゅうぼう》から出てきたヤマさんの奥さんが、すかさず会話に割り込んでくる。異国にいるからかもしれないが、彼らは自分たちのルーツを語り出すと熱が入る。

「おれの親父の実家に、タカノブが下宿してたんだよ。瀋陽《しんよう》大学に留学してたから」

「K大のときな」

誉がデザートの、山一食堂特製のアンコと生クリームで食べる杏仁《あんにん》豆腐、題して〝餡杏《あんあん》豆腐〟をほおばりながら聞いた。

「へえ、だから貴宣さん、中国語ぺらぺらなんだ」

「会話だけなら韓国語と英語とスペイン語もいける」

「ほんとうに秀才だよねえ、貴宣さん」

感心したように誉が言う。その一瞬後、一時的ながら上昇した貴宣の株価を、ヤマさん夫婦が台無しにした。

「まあ、頭さえよければいいってわけじゃないっていうのの見本だよね、タカノブは」

「そうそう」

　レバニラを黙って咀嚼《そしゃく》することに専念する。貴宣としては反論したいが、まさにそのとおりであるので、ぐうの音も出ない。

「タカノブが、おれのいとこからここのことを聞いて転がり込んできたんだ。同郷のよしみみたいなもんで、敷金とかはまけてやった」

「はい、ありがとうございます……」

　関西は関東と違って、いまも高額敷金礼金制度が根強く残っている。二部屋以上ある家だと全部で一〇〇万以上を用意しなければならないこともザラなので、関西人は関東人と比べても引っ越しは少ない。

　貧乏人としてはヤマさんのご好意はたいへんありがたかった。専門分野以外はからきしの自分に突然エアコンを修理しろとか、看板が落ちたから直せとか出前に行けとか言い出さなければ特に。

「やっぱり、今でも中国に戻りたいって思ったりする？」

「戻りたい、ねえ……。そりゃねえ、うちの親戚はみんな東北にいるし」

懐《なつ》かしそうに笑いながらも、ヤマさん夫婦はほぼ同時に、でも、と言った。

「うちは田舎だから」

「田舎だしね」

「田舎が、なにかあるんですか」

「とにかく中国じゃ田舎差別が酷《ひど》いんだよ」

留学していた貴宣はすでに知っている話だったが、好奇心旺盛《おうせい》な誉には興味あることだったらしい。

「田舎の人だからってばかにされるってこと？」

「ばかにされるどころじゃないんだよ。なんの保証もないんだ」

「農村部出身ってだけで奴隷《どれい》みたいに扱われることもあるんだよ。中国は広いから、どこ出身かっていうのが大事だ。だから、親しくなったら故郷の話を聞く。だけど……」

夫妻は顔を見合わせ、

「都会の人はお高くとまってるんだよ」

「うちは東北なんでまだいいよ。モンゴルも北朝鮮もロシアも近いから民族はごちゃまぜで、日本人ももちろんいるし、どっちかっていうと中国っていうより東北っていうまとまりがある。でも内陸部のほうはひどいっていうね」

それから、貴宣が食べ終わるまで、誉の質問はひっきりなしに続いた。ごちそうになった礼を言って椅子《いす》をすべてテーブルの上にあげ、床に掃除機をかけてから店をあとにする。週に一度か二度は、こうしてまかないをいただくかわりに掃除をしていくのが瓶子家の習慣だった。

むき出しで屋根もない鉄骨の階段をカンカンいわせながらあがり、部屋に戻る。

「美愛ちゃんがズボンの丈を継ぎ足してくれたんだ。折り返しに見えるようにバーバリーチェックのハギレで作ってくれたんだって。ほんと器用だよね」

誉が言った。尻《しり》の大きさはそのままにタテにばかりひょろひょろと伸びるせいで、いつのまにかジーパンがデニムキュロットになっていた誉のズボンだったが、器用なコスプレ・ギャルのおかげでなんとかなっている。

「さっきそこで会ったとき、礼をいえばよかったな」

「美愛ちゃんに会ったの？」

「ああ、甲冑着てた」

「スゴイよね。この前はレディー・ガガにプレゼントするんだって、戦国ドレスを作ってたよ。兜《かぶと》に『愛』ってついてるやつに、阿修羅《あしゅら》の腕みたいに背中にたくさん刀しよってて、肩の上にガンダムが載ってた」

「肩にガンダム？」

貴宣の想像力が途中でメーターを振り切った。脳内では再現不可能。

「最近はネットで洋裁道具や小物が買えるから便利なんだって。美愛ちゃん、この前ネットオークションに出してる服にいっぱい注文がきて大変だって言ってたよ。肩にガンダムが載ってるやつも」

世も末だ。

水をはった盥《たらい》の中につけおきしてあった食器を洗い、風呂《ふろ》に湯を入れた。瓶子家の風呂は二日に一度。二日目の残り湯に洗濯物を直接ぶち込むのが基本だ。洗濯機はおもに脱水とすすぎにのみ使用される。

「そんなことより、誉。おまえ部屋に山ほどおいてある冊子、あれなんだ」

「ああ、ごめんなさい邪魔だった？　卒業生を送る会のしおりなんだ。僕、イベント委員だから」

この春、小学六年生に進級する誉は、あいもかわらず素直で勉強ができて先生の覚えもめでたい優等生街道をぶっちぎっている。身長もクラスで二番目に高いらしい。通信簿もオール『よくできる』しか貰《もら》ってこないから、最近ではそれがあたりまえすぎて、おまえよくやるなあ、なんて感想しか出てこなくなった。

たしかに、自分も子供の頃から勉強「だけ」はよく出来たが、体育は常に『がんばりましょう』だったので、ドッジボールがうまかったり駿足《しゅんそく》だったりする同級生に対する劣等感はそれなりにあったものだ。

「そういえば、実加ちゃんは元気にしてるのか？」

五年生になったばかりのころ、誉はなんとなく元気がなかった。聞けば仲良くしていた夙川《しゅくがわ》のお嬢様、栗原《くりはら》実加ちゃんとは別のクラスになってしまったからだという。

「中学になったら学校も別になるかも」

「そうなのか」

「実加ちゃん、中学受験するんだって。貴宣さんトコの中等部も考えているらしいよ」

納得した。栗原実加ちゃんの親は会社経営者だ。一人娘を私学にいれることくらい、わけないだろう。

「がんばれ。いまのところお前は頭のできがいい。きれいごと言ったって企業も他人も学歴を気にするんだ。文句ない学歴と経歴をそろえて、一〇年後に勝負するつもりでいろ」

「うん。そのためにもK大くらい入らないとね」

さらりと言った。

「K大にいくつもりなのか」

「そりゃもちろん。実加ちゃん家《ち》の会社は地元に特化したホームセンターと取り引きしてるから、本当は地方経済とか経営学とかやりたいんだけど、そういうのって東京の大学に行かなきゃいけないものなの？」

なんと、そんな踏み込んだところまで考えていたらしい。まだ小学五年生なのに婿《むこ》入り先の経営に関わるつもりとは。

「待て待て、お前そんな先まで……。だいたいその時まで実加ちゃんのこと好きかどうかわからないじゃないか」

「え、どうして？」

「どうしてって……」

澄んだまなざしで見つめられて、思わずまぶしくて目をそらしたくなった。

そうだ、まだこのころは、ずっと変わらないものがあると普通に信じているのだ。

（そら、アレだ。永遠ってやつだ）

その昔、アルトゥール・ランボーという陰気な詩人が、『永遠』という詩の中で、なくした永遠を見つけたと書いていたが、彼が見つけた永遠は、たしかに太陽の隣で海と一緒で、そして子供の目の中にあったに違いない、と思う。

いつのまにか、永遠なんて言葉は一曲三〇〇円で売られるラブソングの中にしか存在しないことに気づくものだ。貴宣にとってはもはや口にすることもない。けれどまだ、誉の中にはあるのだろう。それがくすぐったくもあり、これから失う彼のことを思うとひどく寂しい。

(誉も、こういうところは年相応の子供だなあ)

ともあれ、誉の前途は多難だ。純情な誉がこの先初恋を貫きとおしたとしても、学歴と就職先で逆転しないかぎり、お嬢様とハッピーエンドになることは難しい。

「でも連絡とりあってるから大丈夫だよ。部活でいっしょになるし。またお誕生会に来てねって言われてるんだ」

「ちょっと待て、誕生日会って、なんにも用意できないぞ」

思わず手ぶらで出かけて誉が恥をかくのではないかと心配したが、優等生の甥《おい》っ子はここも抜かりがなかった。

「大丈夫だよ、心配しないで。今年の実加ちゃんへのプレゼントは、もう美愛ちゃんに頼んでるんだ」

「美愛に？」

「うん。ネットフリマに出品してるギョウザのポーチの試作品があるから、部屋の掃除を手伝ったらただでくれるって」

「ちょっと待て」

再び誉を制止する。

「ギョウザのポーチ、だと……？」

一瞬で脳裏にチェーンと髑髏《どくろ》にまみれたレディー・ガガ風黒バラ柄の特大ギョウザが再現された。貴宣の言いたいことを素早く察知した誉が、大事ないと手をふる。

「大丈夫、ガンダムは載ってない」

ほっとした。いや、ほっとしてはだめだ。特大のギョウザポーチもどうかと思わなければ。

「そろそろ寝る準備しようか」

いつのまにか時計は一〇時半をすぎ、誉が和室に布団《ふとん》を敷き始めた。

「誉」

「なに？」

「あのさ」

「うん」

「いまどこにいるのか知ってるか」

「だれ？」

「〝しずる〟」

誉の顔が、すうっと真顔になる。

「知らないよ」

「そうか」

「連絡もない。携帯もってないし、ここん家電話もないし」

「わかった」

おやすみなさい、と言って誉は引き戸を閉めた。貴宣が日付が変わるまで台所で仕事をするので、灯りを遮断するためだ。

狭い三畳のスペースに置かれたパソコンデスクを前に、貴宣はぼりぼりと頭を掻《か》いた。

『授業参観のお知らせ』

なんて忙しい年度末だ。

（せめて、次は運動会くらい行けたらな）

誉がうちに来てから、一度も参観日などには出向いてやれていない。まだ家庭をもつ覚悟も勇気もないまま、なし崩し的に扶養家族ができてしまったせいで、こういうときにどうしていいのかいまいち判断がつかなかった。姉しずるの素行の悪さには罵《ば》倒《とう》と呪《のろ》いの言葉しか出てこないが、かといって誉にはなんの罪もない。

「俺に、もう少し余裕があったら」

尽きかけている貯金と、懸案の来年度からのコマ数と、遅々として進まない研究。きっと本物の家族なら、あんな気を遣わずに済むのだろう。食卓を囲みながら、必死で話題がとぎれないように話し続けた誉のことを思い出して、ため息しか出なかった。

ふいに、カバンの中で携帯のメール着信音が鳴った。この時間鳴ることなどめったにないので、なんだろうと見てみると、

「あれ、めずらしいな」

それは学科に二人いる専任講師のうちの一人、堀内向洋《ほりうちこうよう》先生からのメールだった。堀内講師はなんとなく学科内の若手講師のリーダー的存在だ。同じ講師でもあの変態薬膳と違って常識のある研究者である。

「えっ、巡間《はざま》先生が亡くなった⁉」

巡間昭太郎《しょうたろう》教授はたしかK市立芸大出身で歳《とし》は五八歳、専攻は色彩学で和紙の研究でちょっと有名な人だ。芸大出身ということもあって派閥争いにも加わらず、学科内でも目だたない、おとなしい印象の先生だった。

「どうかした？」

閉められた引き戸が開いて、誉が心配そうに起きてきた。

「教授がくも膜下《まくか》で亡くなったってさ。脳は怖いな」

「たいへんじゃない。お通夜《つや》は行くの？」

「ああ、時間が時間だから明日になるって」

思ってもみなかったことまで誉は切り込んだ。

「香典《こうでん》は？」

「あー、えっと、そうだな……。聞いてみる」

促されて急いでメールで確かめてみる。すぐに返事がきた。

「学科内でまとめて用意するみたいだ」

「ああ、それなら香典袋はいらないよね。じゃあ喪服出しておくから。数珠《じゅず》は内ポケットに入ってるから忘れないで。ハンカチとワイシャツは漂白したのあるか見てくる。黒ネクタイに皺《しわ》よってたら教えて」

貴宣があっけにとられているうちに、誉はボストンバッグの中に明日持っていく荷物を整えてくれた。最近学会に出ているヒマもないので、スーツや革靴などとんとご無沙汰《ぶさた》である。

「よかったよ。この前、貴宣さんの使ってない革靴、干して靴墨塗っておいたんだ」

「お前、なんでそんなに冠婚葬祭に詳しいんだ？」

「大阪の団地にいたとき、一階のおじいさんが死んでたことがあって、身よりもなくて二階に住んでた赤の他人のおばあさんがお葬式したことがあったんだ。そのとき、いろいろ教えてもらったの。——お金がないのは恥ずかしいことじゃないけど、冠婚葬祭の作法を知らないのは恥だって」

まったくもって正論である。

＊＊＊

巡間先生の通夜は小雨になった。はたしてビニール傘で行ってもいいものか迷ったあげく、近くの一〇〇均でもち手が黒の傘を買った。近頃は葬式用のネクタイも数珠もふくさもなんでも一〇〇均で揃《そろ》うからありがたい。

神戸の須磨《すま》にある巡間先生の自宅は立派な門構えで、代々続いた資産家でなければ維持していくことが難しい敷地を誇っていた。最近では家で葬式をやることは珍しい。来ていたのは禅寺の坊主《ぼうず》で、ふと焼香の仕方は浄土真宗と同じでもよかったのかどうか気になった。

（このぶんだと、誉の授業参観は、今回も無理だな）

去年は公募の面接とかちあって、土壇場《どたんば》で運動会にも行ってやれなかった。せめてクリスマスくらいは子供らしいことをしてやりたいと思ったのだが、誉に冬用のダウンコートを買ったくらいで、結局何もしていない。

（あいつ、うちに来てから、誕生日プレゼントもクリスマスプレゼントもなにもいらないっていうだけなんだよな）

修学旅行の積み立てのことだけであれほど緊張して遠慮するのだ。誉が、ごくふつうの子供と同じようにものを欲しいというはずなかった。

「ああ、だけどこの日の会議を欠席するわけにいかないし」

学内で見かけたことのある職員がかわるがわる焼香に向かうのをぼーっとながめていると、突然、

「休んじゃえばいいじゃないですか」

ささやかれた。

「！？！？」

耳の中に生ぬるい男の息がかかって、思わず鳥肌がたつ。

振り返ると、目の前にスーツを着込んだ分厚い胸板。恐る恐る目線をあげる。

薬膳だ。

「べつに欠席なんてほかの先生方もしょっちゅうやってるでしょう。なにもサボりで休もうってわけでもあるまいし」

ぞわぞわっとした。僻《ひが》みとねたみと反感と敵意によるまっとうな生理的嫌悪感《けんおかん》である。しかもささやくように言われるのがたちがわるい。

「あ、あんたには関係ない！」

「でも、行きたいんでしょう。大事な甥っ子の参観ですからね。そこはそれ、親代わりとしてねえ」

やっぱりこいつに借りを作り弱みを握られるくらいなら、リボンの弟子のそのまた弟子になったほうがマシだ。

「な、なんで授業参観のこと……」

「助手ちゃんたちはなんでも知ってますからね。みんな言ってましたよ。瓶子先生が急にフレンドリーになったって。いつもは頑《かたく》なに人を寄せ付けない貞淑な未亡人みたいなのに、最近はなんだかキャバクラのホステスみたいにあれこれ聞いてくるって」

「……」

なぜ、そこでホストではなくホステスに例えられるのだろう。やっぱり女って怖い。

薬膳ははるか高い位置から貴宣を見下ろすと、顎《あご》をつまみながら、

「さては瓶子先生、今度九鬼先生のところの助教になる子のことが気になるんでしょう」

ズバリ言われて、馬鹿《ばか》正直にも口ごもってしまった。そんな貴宣の愚直さを薬膳は苦笑と冷笑の中間のような顔でながめている。

実際新しい助教のことは気になる。川手千尋《かわでちひろ》、二七歳。本学環境学部卒。目下のところ、彼女が貴宣の授業数増加を阻《はば》む目の上のたんこぶだった。

学部内CIAこと林原お局情報によると、やっかいなことに川手はこの新設科の一期生。つまりリボンがこの大学で持った初めての学生だったというわけだ。添付されていた資料によるとリボンのゼミ生で修士論文まで面倒を見たというから、思い入れもひとしおだろう。

香櫨園女子大大学院修士課程を修了後、アメリカに留学。向こうで語学学校に通い

ながら大手映画会社やゲーム会社の画像処理を請け負っている子会社に勤務。その子会社レベルでも日本語のウィキペディアのページがあるくらいだから、規模としては相当大きな部類に入る。

（どうせこれもリボンが人事に受けやすい経歴に整えたに違いないんだ。留学なんてアメリカに住めば全員留学だし、ゲーム会社の関連企業での職歴も、たとえただのデバッガー程度でもなんとでも言える。この業界で私費留学ほどうさんくさい経歴はない）

『修士っていったって、どうせ就職できずに大学院に進学した負け組。留学女子もたいしたことないよ。瓶子先生がんばって！』

川手情報を送ってくれた林原さんのエールが身に染《し》みる。

そして、この文系特有のお得留学システムを最大限に活用していたのが、この薬膳光二なのだ。

（日本では見向きもされない土着風俗信仰についての研究も、ヨーロッパにいけばそれなりに評価はされる。この野郎はうまくこの特性を利用して効率的に博士号を取得し、宗教風俗文化研究所の研究員のポストを手に入れたんだ）

しかも、論文のタイトルがよかった。

〝サムライを生んだ日本の性風俗、ニンジャの隠れ里という特異性からの考察〟

ヨーロッパ人が大好きなサムライとニンジャに無理矢理関連づけている。日本人なら侍とニンジャは別物であることぐらい承知だが、どこがどう違うのか明確に説明できる西洋人の学者は少ない。よって彼の論文を正当に評価できる人間はほとんどいないといっていい。まったくもって薬膳の作戦勝ちと言わざるを得ない。

K大にいたころ、中国語でしか出願できないという理由から中国にしか行けなかった我が身を顧みた。あのころ貴宣にヨーロッパに行って語学学校に通えるだけの軍資金があれば絶対にそうしていただろう。せめてTOEFLで満点をとるくらいの準備をして、英語圏に出向いていたはずだ。もっとも英語圏はだいぶ競争率も高いので、出願して必ずうまくいったかどうかはわからないが。

「そういえば、そろそろ来年度の担当カリキュラムが正式決定するころですよね」

油断していると、また耳に顔をくっつけてささやかれた。

「あの子、なんだっけ……。そうそう川手さん。アメリカの映像関連会社で働いてたんだよね。それじゃあ、グラフィック関係のコマごっそり持って行かれるね。瓶子先生」

「なん……」

「おや、噂《うわさ》をすればだ」

ぎくりとして思わず顔が強《こわ》ばった。人事課の林原さんから就職浪人ブスだと言われていたのだが、どちらかというと化粧っ気のないさっぱりしたスレンダー美人だ。目が一重で表情がきつくみえがちだが、無難な感じに見える喪服もまとめ髪もやぼったくなく、趣味とスタイルは悪くない。川手千尋はそんな貴宣と薬膳をごくごくふつうにみやって、すれ違いざまに会釈《えしゃく》した。

思ったよりずっと感じのいい女性だった。

（くそ、だからってあんなろくに論文の本数もない、英会話ができるだけの女に先を越されてたまるか！）

敵の後ろ姿をひと睨《にら》みしながら決意を新たにしていると、

「きっと彼女、これからぐいぐいくるでしょうねえ。あっという間に講師になって出世しちゃうかも」

とんでもないことを薬膳が言い出した。

「なにを根拠に」

「もっと敵を知らなくちゃ、瓶子先生」

完全に貴宣をからかう顔で、薬膳はうすっぺらく微笑《ほほえ》んだ。

「川手さんの父親は、この前銀座に出店したことで有名になったニューヨーク系ファストファッションのオーナー一族ですよ」

「……それがなにか」

「この企業は数年前から日本のキャラクタービジネスに興味を持っていて、有名企業と合弁会社を作って外国向けに受けのいいクールジャパンファッションのブランドを買収しようとしてましてね。その際、データを集めるためにでしょうね、九鬼先生をはじめ何人かの研究者を集めて産学連携プロジェクトをたちあげたんですよ」

「へ、へえ……」

薬膳がなぜそんな大企業の経営企画について詳しいのか知らないが、彼の言わんとしていることを察して、貴宣はこれ以上ない衝撃を受けた。

(つまり九鬼のババアが、川手の父親の会社から研究費をもらってるのか!)

九鬼のばあさんの、あの年甲斐《としがい》もなく全身リボンまみれの姿を思い出して胃が重くなった。どんなに学生から失笑をかおうとも、小学生の女子がもつようなキティちゃんのビニールバッグにリボン柄のワンピース。そして頭にも複数個リボンをつけ、機関銃のようにしゃべりまくるあの変人。

なぜ、貴宣がそんなに妖怪リボンについてくわしいのかといえば、彼女がそもそも貴宣が研究している「日本人の嗜好《しこう》」における、日本でも有数の研究者だからである。

彼女は中でも「かわいい」の専門家なのだ。

「川手先生はああ見えて、いい論文を書いてるんですよ。これからファッションもアフリカンがくるだろうと見込んで、日本のキャラクタービジネスの中で、アフリカでもっとも成功しそうなものはなにか、統計をとったそうです。そしてその根拠を、瓶子先生。あなたと同じ感性学の見地から考察していましたよ」

「えっ、俺と同じじって」

「脳波測定器で人の嗜好を数値化するという研究です。彼女、子供の時は父親の会社で子供モデルをしていたそうで。だから、自然とキャラクタービジネスというか、日本のクールジャパン文化に興味をもったんでしょう。最新のCGアニメーションを勉強しにアメリカに渡ったというが、父親の薦めもあって日本に帰国した。いずれは父親の会社を継ぐ気なのかもしれませんね。だったら、この分野で研究者になるのもいい。縁のあった九鬼先生の下でと考えるのも自然でしょう。ただの腰掛助手かと思っていたら、なかなか読み応《ごた》えのある論文で驚きました。どれくらい指導が入ったのかはしりませんがね」

教養学部とは、理系文系の壁がないかわりにさまざまな専門分野の人間があつまる。

ゆえにあの川手千尋のように、ファッションビジネス分野からの刺客もありうるわけだ。

研究とは、常におもしろそうで最先端なことをしている人間が注目される。アフリカでジャパニーズファッションを売るための研究に、いま日本の何人の研究者が取り組んでいるだろう。目の付け所は悪くない。

「クールジャパンといえば、最近聞こえがいいですから。ボクも出そうかな、クールジャパンな論文」

サムライとニンジャの次はクールジャパンかよ。節操ねえなという憎まれ口さえ出てこなかった。

（まずい！　このままでは、来年度から、俺の月収は確実に一〇万ない事態に!!）

今時ファストフード店のフリーターでも、貴宣よりはリッチに違いない。

「しかし、大和《やまと》先生もこれから大変だなあ」

薬膳はいつもの切れ長の目を意味深に細めてこちらを見た。

「なんのことです」

高そうな礼服を着てきたのに、差している傘が貴宣と同じビニール傘なのがおかしかった。細マッチョのせいで肩がはみだして濡《ぬ》れている。

「フフ、そのうちわかりますよ」

講師仲間で集まって香典を渡したあと、簡単に焼香を済ませて門から出た。さっき買ったばかりの傘を開くのに四苦八苦していると、また声をかけられた。女の声だった。

「瓶子先生」

聞き慣れない声に、声の主をさがした。タクシーの側《そば》にだれかが立っている。

「や、大和先生……」

言わずとしれたわが環境学部の最大権力者にして、産学連携センター環境部門の部門長ゴッド大和である。

「家、たしか大学の近くでしょう。乗っていかない？　私いまから大学に戻るの」

眼光はいつものように鋭く、思わず避けてしまいそうな迫力があったが、意外にも少し古い型の喪服に、やはり時代めいた真珠のネックレスをしていた。

一瞬迷ったものの、ここまで来た電車賃が惜しかったのもあり、ありがたく便乗させていただくことにした。

「はあ、すいません」

「久寿川《くすがわ》だったかしら」

「あ、いえ香櫨園なんで、大学からは適当に帰ります。大学に自転車も置いてるんで」

大和教授はそう、とだけ言って、タクシーの運転手に大学名を告げた。

「びっくりしたわね。巡間先生。急すぎて」

「そうですね。ご遺族の方もお気の毒に」

通り一遍の言葉だが、それ以外に言いようもない。

「喪主は娘さんだったわね。巡間先生、随分前に奥様を亡《な》くされて一人暮らしをされてたみたいよ。結局それで手遅れになったのね」

貴宣も頷《うなず》いた。くも膜下出血の場合、一人暮らしは致命的だ。発見が遅れて亡くなるケースが後を絶たないときく。

「どんなふうに、発見されたんですか」

「お隣さんが、洗濯物が二日間干しっぱなしになっていて、雨がふってきたのに放置されているから、これはおかしいと思ったんですって。何度チャイムを押しても出てこないから、警察に連絡して――見つかったみたいね」

通夜が一日遅れたのも、遺体に不審なところがないか警察が調べたせいもあるらしい。

ひとしきり今回の事件についての情報を得たあとも、タクシーはまだJR神戸駅側《そば》の高速を走っているあたりだった。まだ一五分以上はタクシーに乗っていなければならない計算になるが、残念ながらもう話題がない。

(困ったな)

貴宣はこの居心地の悪い沈黙をなんとかするための話題を急いで探した。せっかく学科一の権力者と親しくなれる機会なのだ。なるべく有効活用したい。

(だが、俺は最近の大和先生がどんな研究をしているのかもよく知らない)

己の多忙さとうかつさを最大限に呪っていると、大和教授がぼそりと言った。

「……瓶子くんは、たしか出身K大だったわよね」

いきなり、瓶子先生から瓶子くんになっていた。

「は、はい」

「いま明日香女子大にいらっしゃる、江島さんの指導だったかしら」

「あ、いえ、日下部昭博《あきひろ》先生でした。いまはご退官されましたが」

正確には学部内での研究費横領がバレて首をきられた、と言うべきだが。

「日下部さん……私、詳しくないんだけれど民俗学の方よね。瓶子くんも博論はそうなの?」

「えっと、自分はどちらかというと感性学です。ただ、史学を自然科学的に分析することに興味があったので、教養分野で指導を受けました。自分としては、新しい技術を使っていままで隠れていた文化を徹底的に洗い出す歴史実験感性学という分野を開拓したいと思っています」

質問につぎつぎ答えながら、貴宣はいったい大和教授はなにを話したいのだろう、と考えていた。大学関係者も多く訪れていた通夜の席で、わざわざ貴宣だけをタクシーに誘ってくるとは、単なる親切心からだけだとは思えない。

「日下部さん……ああ、あの人ね。たしか研究費を愛人に貢《みつ》いで、その愛人が覚醒剤《かくせいざい》で捕まったのよね。製薬会社からもらってる研究費もあって、大騒ぎになっちゃって、必死にK大が火消ししたって聞いたわ。ああ、だからあなたもいまここなのね」

「……………」

ここ一〇年でのK大最大のスキャンダルをさらっと口にしてくださった。何度聞いても耳と胸が痛む。

「完全などばっちりだったんでしょ」

「完全などばっちりです」

日下部教授が研究費を何に使っているかなど、一介のセンター研究員が知るわけがない。

「いまは国公立も私立も研究費にはだいぶん厳しくなったけど、いつまでも昔のような感覚でいいかげんな人もいますからね。愛人だけなら訓告くらいで済ませられたのにね」

悪くないといわんばかりの言葉に、思わずぎょっとなった。

「あら、私は愛人なんていないわよ。ノートパソコンくらいは買うけれど、どうせ家でも仕事してますからね」

「あ、いえ……」

大和教授がわざわざノートパソコンと言ったのは、それが昔よく行われていた経費横領の最多手口であったからである。

普通、計器や資料などは学科の備品として、一年に一度きちんと数があっているか点検が行われる。しかし、電化製品やパソコンは備品ではなく消耗品扱いになり、よほど買ったばかりでない限りは「壊れました」といえばその場になくても通ってしまっていたのだ。

よって、研究者たちは学科の予算でプライベート用のパソコンを買う。このあたりの研究費管理も昔はざるで、たとえば大昔の私大では業者にルイ・ヴィトンのバッグを買ってきてもらい、その領収書を全てシャーレやビーカー、試験管などの消耗品代金にしてもらえば、たとえそれが学科の研究室になくても「割れました」ですんでしまっていた、なんていう伝説も聞いたことがある。

実際のところ、K大の場合は、大部分の経費が税金でまかなわれているため、研究費の管理は厳しく、機材ひとつ申請するのにもチェックがいくつも入る。いちいちそんな手間をかけて研究費に手を付けようという人間はいないだろう。今は。

「ねえ、この間、S学会で発表してたでしょ」

唐突に振られて、今度はなんの話だと内心面食らう。

「えっと、去年の話ですよね」

「一〇月のよ。たまたまあそこの学会誌で査読《さどく》を頼まれてね」

査読というのは、学会誌や専門雑誌に提出された論文が、優秀なものであるか、掲載に相応《ふさわ》しいものであるかを選別する、いわば選考のようなものである。中には、面白い着眼点ではあるけれど、データが足りなかったり引用不足だったりを指摘された上、これこれここをこう直せば掲載できますよ、という条件付きで論文が返ってくることがある。これは査読付き論文といって、専門家にチェックして貰った論文という意味で、自分は査読付き（で掲載された）論文を何本もっている、と言ったりする。

論文を掲載されたかどうかは研究者にとっては大事なステータスなのだ。複数の著者で書かれた論文の場合、それぞれが研究にどのような寄与をしたのかまで細かくチェックされる。

「発表は聞けなかったけど、あとで編集部で見せられたの。この前ちょっと話題になった発表があったけど、香女の先生ですよって」

「ああ、えっと、日本人の洗濯文化における清潔感のやつですね」

ようやく思い出した。

去年の一〇月、貴宣はあまりメジャーではないが、そこそこ歴史のあるS学会で研究を発表していた。環境社会学系の学会である。

「わざわざ時代別の洗濯用洗剤を再現して、日本人の清潔度の変異を数値化していたでしょう」

貴宣が行った研究発表は、日本の古代から現代までの年代を一〇にわけて当時の洗濯洗剤を再現し、洗浄度と当時の暮らしを感性学の見地から数値化した比較研究だった。実際、大学にあった風俗に関する論文をもとに完全に状況を再現して、日本人がいつから清潔好きになったのか検証したのである。洗剤自体は灰汁《あく》や柿渋《かきしぶ》などシンプルなものばかりであったから、ものすごく低コストな上、さっと書きあがった。

(そう、学科の経費で洗剤とダウニーを一ダース買いたいがために書いたとは、さすがに言えん)

「評価もよかったでしょうに、どうして専門誌に送ってみなかったの」

「……あの、ええとそれは、調べてみたらその雑誌に洗剤の広告が載っていまして」

「あら、そんなことまで調べたの」

律儀《りちぎ》ね、と大和教授は目をしばたたかせた。

「ああ、でもそうね。たとえば生活用品についての論文が多いH誌なんかは、生協の広告が入っているからね」

もし、貴宣の論文がH誌に掲載されれば、内容によっては洗剤類も多く取り扱う生協は広告を出すのをやめる可能性もある。関西で絶大な勢力を誇る生協の広告がなくなれば、雑誌は痛手をこうむり、貴宣は今後この雑誌に論文を載せてもらえなくなるかもしれない。それは困る。

「事実は事実なんで遠慮するのもおかしな話なんですが、実際雑誌の方に相談したら、やっぱりスポンサーのこともあって、資料扱いにしかならないかもしれないっていうことだったので」

資料扱い……つまり大人の事情もあって、掲載はできないという意味である。

「そう、残念ね。面白そうだったのに」

大和教授はかるく頬に指を添えてため息をついた。

「私ね、いまお風呂の洗浄についてメーカーさんから相談を受けているの。トイレのように自動洗浄できるお風呂をメーカーも考えているらしくて。そのときに使う洗剤が、やはり欧州基準だと成分にだいぶ規制があってね。それで瓶子くんの研究発表もおもしろく読んだわ」

「あ、ありがとうございます」

「企業さんのほうは、合成界面活性剤を使っていない洗剤だと汚れは落ちにくいんじゃないか、だったら欧州基準前提も難しいのではないかとおっしゃるのでね。あの発表のデータ、使ってもいいかしら」

「えっ」

「もちろん、協力のところには名前を入れるわよ」

思ってもみない申し出だった。

（なるほど、ゴッド大和はこの話をするために声をかけてきたのか）

一も二もなく頷いた。もとより雑誌にも載せてもらえなかった研究だ。二次利用でも使ってもらえるならありがたい。ましてや、これで権力者に恩が売れるなら願ってもない。

「はい。このままボツになるよりは、大和先生に使っていただけるほうが」

「瓶子くんは、薬膳くんみたいに風俗論か社会論やってると思っていたわ。まさかこんなデータ出してるなんてね。研究者はみんなそうだけど、みんないろんなことやってみるし、変わってるのね」

「はあ、まあ気になったことはとことん調べないと気が済まないたちなんで」

本当は、洗剤などに手を出したのも、環境学部にいる以上エコエコした論文を書かないと正規雇用への道に繋《つな》がらないと考えたからである。もちろん、心はいまも、古文書の海へダイブして研究者とオタク以外だれも読まないような数字のない論文に没頭していたい。けれど、生活のため就職のためにはしかたがない。いつか発表したいとこつこつ進めてきた、斎部広成《いんべのひろなり》が編纂《へんさん》した「古語拾遺《こごしゅうい》」に描かれている内容を科学的に再現する研究は、もう半年以上筆が止まったままになっている。

「じゃあ、今は現代の住居もやってるの」

「そう、ですね。まだデータが揃ってないので書けてもいないんですが、鬱病《うつびょう》と住居の関連性なんかをやってます。どっちかというと、壁紙の素材や色を変えただけで、どれくらい回復に効果があるのか、みたいな」

「あとは、時間と研究費さえあれば、日本の伝統芸能や伝統工芸品の中で新しい市場を開拓できるものはなにか、脳波から読み解いたりとかですね。もともと中世以前の建築物に興味をもったのは、大学の研究室でメインチームがシックハウスについての研究を進めていたからです。大昔は今よりずっとオーガニックだったはずなので、現代の建築に応用できる建材なんかを探したり」

「…………」

大和教授は急に黙り込み、ロダンの考える人のようなポーズをとって動かなくなった。それから、一分、二分……。

ゆうに五分以上上司が黙り続けている間、貴宣はなにを言われるのかあれこれ脳内で推理しながら、タクシーが一秒でも早く大学に着いてくれることを祈った。

（なんなんだ。まるで企業面接みたいに。……まさか、俺の研究に興味があるってことなのか。巡間先生のかわりに専任講師にって話だったりするのか！）

そう思いついた途端に、緊張と期待で体中の血流が早回しになった感じがした。

たしかに、今回巡間先生が亡くなったことで、教授の人数が一人減ったことになる。空いた教授の枠を埋めるのに准《じゅん》教授のだれかが昇格することになれば、上がひとつずつ繰り上がる――、つまり貴宣が専任講師に抜擢《ばってき》されることだってあり得るのだ。

もちろん、それは捕らぬ狸《たぬき》の皮算用がすぎるかもしれない。ただ単に、明日から巡間教授の受け持っていたコマをどうするか、という問題である可能性だってある。

（だが、それでもいい！）

巡間教授のゼミは指導できないが、恩を売るのも、コマを引き継ぐという話ならさらに大歓迎だ。葬式帰りに穴埋めの話は不謹慎かもしれないが、大学だって開いた穴を埋めるためにそうも悠長なことを言っていられないはず。

「そうね。明日、委員会のあとに私の研究室に来てちょうだい」

長い沈黙の後、ゴッド大和はそれだけ言い置いて大学へ戻っていった。

幸いにも雨はあがりかけていて、貴宣はがたついた自転車に乗って家へ急いだ。道はいつものつぎはぎだらけのアスファルトなのに、なんだか線路の上を滑っている感じがした。

「ただいま」

アパートのドアを開けると、ちょうど目の前の台所で誉が海苔《のり》巻きを作っているところだった。水で戻して甘く煮付けたかんぴょうを指でつまんで、誉が言う。

「あ、おかえり貴宣さん。ちょっと待って」

塩をもってきてくれた。軽くかけてもらって、外玄関にも塩を振る。

「今日もっと遅くなるかと思って、さっと食べられるように海苔巻きにしたんだけど。海苔にごま油塗ったほうがいい？　そのままがいい？」

「そのまま」

ふと、今日あったことを口にしようとしてためらった。大和教授に呼ばれたことは、まだ吉と出るか凶と出るかわからない。持ちゴマが増えるかどうかもだ。ここは下手に喜ばせて後でがっかりされないよう、黙っておいた方がよさそうだった。

しかし、いくら脳内に湧《わ》いて出る捕らぬ狸を打ち消しても、もしやと希望を抱いてしまうのはどうしようもない。

（くそ、早く明日になってくれ）

子供の頃、遠足の前の日は決まって眠れなかった。入試の前も、口頭試問の前の晩もだ。いまでも学会発表の前の日は、節約のため普段飲まないアルコールを飲んで布団に入ったりする。

御多分に漏れず、今夜も眠れそうにない。

午前と午後にあった会議を、地に足のつかない状態でなんとか済ませた。いよいよ約束の時間がやってきたので、時間を何度も時計で確認して、大和教授の研究室へ向かう。

「瓶子です」

ノックして名乗ると、どうぞと中から声がかかった。

「忙しいところ呼び出して悪かったわね、瓶子先生」

初めて入る大和教授の研究室は、普段出入りする五百蔵教授の部屋よりもずっと広い二間だった。どちらも四方がスチール製の本棚で埋め尽くされていることに変わりはないが、手前の部屋には応接セットがある。業者が頻繁に出入りするためだろう。

「散らかっててごめんなさいね。あ、そこに座って」

助手らしき女性が急いでソファの上の書類を引き上げていく。

「単刀直入に言うけど、いま瓶子先生、急ぎの論文とか研究発表とか、どれくらい抱えてるの」

ソファに深々と座り、肘掛《ひじか》けに肘をついてじっとこちらを見る。怖い。巨大なブラックホールを目の前にしているようだ。これが子飼いのポスドクたちを鬱にして退職させていった迫力か、と思った。大和先生にはそういう噂も多い。

「そう、ですね……。恥ずかしい話ですが、授業の準備に時間を取られて、なかなか書き進められていません」

「ああ、そうね。大上《おおがみ》のあとを引き継いだコマがあるのね。あっちもなんだか急で申し訳なかったわね」

「いえ、そんな」

大上先生とは、先年くだんの大和先生のパワハラに耐えかねて退職したポスドクだ。とても優秀で、次はあの人がひっぱりあげられるだろうと前々から学内では評判だった。

「全部じゃないけど、査読付きの論文をいくつか読んだわ。三年前にN誌に出したのとかね。最近は素材の検証が多いみたいね」

「はい。もともと感性学が専門ですが、中国に留学したのをきっかけに、地域別の印象比較に興味が出てきました。まあ、印象といっても個人の好き嫌いだけじゃ研究にはなりませんので、官能評価を数値で出す脳波測定器が必要なんです。院の研究室にはないんで、研究所のほうからレンタルしてるんですけど」

「N社が実用化した脳波測定器なら、うちにあるわよ」

さらりと返された。貴宣は一瞬、それがどういうことなのか摑《つか》み損ねて瞬《まばた》きした。

「あの、それってＦＰ１（左前頭極部）だけにしぼって計測できるやつですよね。あれってN社がまだ商品化してないんじゃ」

「もともとうちのセンターで開発したのをN社で作ってもらったのよ。それでいま、産学連携センターとN社と共同で取り組んでいるプロジェクトがあるの。だから、一〇個ほど提供してもらってるわ」

「ええっ、ホントですか」

なんと、あのあこがれのFP1測定器が大和教授の研究チームに一〇個もあったとは驚きだった。あの測定器はジェルなども必要とせず、装着も簡単なバンド型でしかも軽量なので、商品化されたら絶対欲しいと思っていたのだ。もちろんばか高いので買ってもらうのも大学に、だが。

「N社はもともと滋賀の資材メーカーだけれど、脳波測定器の開発に熱心でね。うちでも空港なんかのセキュリティシステムに応用するためのプロジェクトをいっしょにやって、それがずっとうまくいってる。産学のプロジェクトはそこから派生したものも多いのよ。私もだいぶお世話になっていて、いくつか頼まれてやっているの」

「あ、はい」

N社は日本でも名の知れた大企業で、大学にとっても研究費をくれるありがたいスポンサーである。このN社の研究費をもってきたのが実質この大和教授だ。彼女は産学連携センターの環境部門部門長も兼任しているから、名実ともにこの部門のトップであり研究費そのものである。

（そりゃ、測定器ぐらい貸してくれるよなあ）

企業側にとって大学と組むメリットは、今後の事業展開に大学側のお墨付きがもらえる、社会貢献することによって企業のイメージアップが図れるなど、さまざまある。おそらくN社には香櫨園女子大学出身の担当者がそれなりの数いて、融通してくれているのだろう。

「N社は最近は医療や福祉のほうにも力をいれていてね。なにせ四人に一人が老人になる世の中だから、お客さんもほぼ私のような年代というわけよ。ありていに言うと、持病がある人専門の老人ホームをプロデュースするのに、パッケージをつくりたい、ということなのね」

目の前に、どどんと分厚いファイルが積み上げられる。ファイル名は、EHP。

「エンディング・ホーム・プロジェクトってうちでは呼ばれてるわ。仮の名称だけど」

エンディング・ホームか。週末の家ならぬ終末の家。死ぬまでずっと続く仮の家での最後の晩餐《ばんさん》、そんなイメージがある。

「この研究では特別な素材を使うことなく、今ある安価な建築資材、建築方法やデザインをうまく利用して、どの組み合わせが最も老人ホームとして効果的であるかを検証するの。お金をつぎこめばいくらだっていいものができるけれど、昨今はそうもいってられないでしょ。

たとえば同じ便器や風呂釜《ふろがま》でも、電気代がカットできるものがいいのか、それとも便利なほうがいいのかは一概には決められない。電気代が安くついて経営者の負担が軽くなっても、それで利用者が不便と感じれば評判が悪くなって結局経営者にとって不利益になるわね。そういうものを全部数値化して、パッケージとして提案しやすいようにする。そういうことね」

「はあ、それはめんど……、いや大変ですね」

大和教授は数値化なんてさらりと言っているが、ひとつひとつ環境を作って、それに対するユーザーの官能値をこれまたひとつひとつデータ化していくなんて、金も時間も手間も気力もとほうもなくかかる。

実際、大和教授クラスが企業から委託される大がかりなプロジェクトは、三年などの複数年で行うことが多い。聞けばこのEHプロジェクトも、もう走り始めて二年近くが経《た》っているそうだ。

(その大和教授の研究が、俺になんの関係があるんだ? ちょっと手伝えとかそうい

う話なのか）

いまいち大和教授が自分をここに呼んだ真意をはかりかねていると、助手がコーヒーを運んできた。なんだ長い話になるのかと遠慮無くミルクを入れ、一口する。うまい。インスタントじゃない。ドリップだ。

「このプロジェクトは大がかりだから、うちの研究室だけじゃなくて、ほかにも三人ほど声をかけて大人数でさばいているの。菱山《ひしやま》くんと真知《まち》さん、それから亡くなった巡間先生」

「なるほど」

コーヒーのうまさに舌がじぃんとしびれているのを感じながら、貴宣は内心頷いた。大和教授が、わざわざ自分なんかを研究室に呼んだ意図がようやくわかった。

「僕に、巡間先生の研究を引き継いでくれ、ということですか」

「話が早くて助かるわ」

大和教授は貫禄《かんろく》をみせつけるようにゆっくりと足を組み替えた。

「巡間先生の研究内容は？」

「香櫨園女子大学×N社のシニア向け壁紙ポジティブ感性学プロジェクト。老人ホーム利用者の、壁紙に対する印象の数値化よ。巡間先生は色彩学が専門でいらしたから、おもに壁紙の色を中心に、模様やパターンなんかのデータを取っていたの」

「それに、さっきの脳波測定器を使っているんですか」

「そうよ。これも一年前からね」

大和教授が言うには、研究チームを立ち上げたころは、旧来の大型の脳波測定器しかなかったのだという。

「はじめは、あの大きな脳波測定器でアルファ波なんかの帯域を測っていたんだけど、けっこう個人によってばらつきがあるのね。このへんは専門家さんにお願いしないと難しいかもしれないと思っていたら、プロジェクトが始まって一年ほどしたあとにあのFP1専用器が使えるようになったの。N社側と相談して、やっぱりこっちで測定したほうがより実用的なデータが取れるんじゃないかということになった。それで急《きゅう》遽《きょ》一〇台とりよせて、データの取り直しをしたのよ」

だから、まだろくにデータが取れていないの、と彼女は言った。

「季節ごと、室温ごとの数値も取っていたんだけど、まだ冬のデータしかまとまっていないわね。春はこれから」

「じゃあ、今年一年で春夏秋と取るわけですか」

「そうよ、ギリギリよ」

たしかに、その後データをまとめて論文として形を整えなければならないことを考えたら、ギリギリどころか、けっこうアウトのような気がする。

「提出は」

「今年いっぱい。正確には一二月七日」

「ええっ、そりゃちょっとマズいんでは？」

「巡間先生のことはN社とも話したんだけど、なんとかとり繕《つくろ》ってくれって。向こうもいろいろ事情があってね」

「事情……、大人の」

「そうね。厚生労働省が、来年度に有料老人ホームの審査基準を改定するのよ。それで、N社としては大学といっしょにやったという体裁が必要なの。急いでいるのはそういうこと」

ばりばりの大人の事情だ。

「ってことなんだけど、どう。興味ある？　引き受けてもらえるかしら」

「……そう、ですね……」

貴宣の頭の中で、現在の授業スケジュールとこの研究を引き受けたときの時間的ロスと、将来におけるメリットが光速のスピードで計算されていった。

（これは、チャンスなんじゃないのか）

もっとも楽天家な自分が真っ先に声を上げた。

（N社がスポンサーで三年がかりの研究なんて、今のままの自分じゃとてもじゃないけどかかわれない。指導教授もいないこの香櫨園女子大で、自分を大きな研究に誘ってくれる教授もいなかったじゃないか。手伝い程度じゃ、ゼミの学生と同じレベルでチームの最後に名前が入る程度。論文の本数稼ぎだとしか思われない）

「きみには、このプロジェクトの〝特別研究員〟として月給で五万つけるわ」

貴宣の逡巡《しゅんじゅん》を見抜いたかのように大和教授が待遇の問題に切り込んだ。

「もちろん、データとりのための交通費やなんやらかかるでしょうから、それも申請して。五〇万円くらいまでなら問題なく通るわ。研究所の機材は好きにつかってもらってかまわないし、もし今後きみがこのプロジェクトの論文を書くなら、ファーストオーサーで出していいわ」

（ファーストオーサー！）

就活用の論文を書くのにこれ以上ない条件というわけだ。

（しかも、N社とのかかわりもできる。もし、就活がうまくいかなくてもN社の研究員になれれば奨学金くらいボーナスでかえすあてもできる）

利己的な自分が次々に賛成票に回るなか、慎重論を唱える自分ももちろんいる。

（待てよ、こんなうまい話があるわけがない。なにか落とし穴があるに決まっている）

（それに、こんな期限ぎりぎりの話を受けて、もしなにかあったら。全責任をとらされるための人身御供《ひとみごくう》じゃないのか。目先の条件とコネに惑わされてはいけない）

（いいや、世の中は金コネだ！）

良心的ななにかは、多勢に無勢であっという間に私利私欲によって塗りつぶされた。実際のところ、研究者としてのやりがいや自分の主義主張や専門性など、月収一〇万という問題をかかえた貴宣にとっては、乳首にいつのまにか生えてきていた毛くらいどうでもいい。

全ては金だ。そして評価だ。評価のためには論文、論文のためには環境と、やはり金だ！

自分の好きな研究なんて、めでたく専任になってから好きなだけやればいいのだ。

（いまは、ここで大和教授に恩を売っておくのが吉だ）

大勢いる手下の講師ではなく、わざわざ子飼い以外の自分に声をかけてきたのだ。感性学をやっていたという経験を買われたにせよ、多少なりとも貴宣のことを評価してくれているのは間違いなかった。

大和教授はまぎれもなくこの環境学部ナンバーワンの権力者であり、ほぼすべての人事を左右できるスーパー権力者なのだ。ここで生きていく以上、このチャンスに食いつかない犬はアホだ。

「時間的に難しい面もありますが、面白そうな研究なので、興味はすごくあります」

その答えを当然予測していたのだろう、大和教授は満足そうに頷いた。

「たしかに厳しいけれど、できるかぎりうちの研究所もバックアップするわ」

「はい」

「臨時だけれど、助手もひとりつけます。必要ならゼミ生に声をかけて人員を確保して。巡間先生の助手は稲垣温子《いながきあつこ》って子よ、一昨年《おととし》の卒業生。研究データや予算なんかの引き継ぎは彼女から聞いてちょうだい」

忙《せわ》しげに大和教授は立ち上がった。貴宣も少し残っていたコーヒーを急いで飲んで席を立った。

ドアを開けようとドアノブに手をかけると、彼女が言った。

「この研究がまとまれば、瓶子くんにとって十分なキャリアになると思うわ」

胸にずきんと来た。明らかに大和教授は専任講師へのキャリアアップをほのめかしている。

「がんばってね」

多分に重いおみやげを持たされた気分で研究室を出た。いつも出入りしているフロアなのに、エレベーターに乗って一階についたあとも、まだエレベーターに乗っているときの浮遊感がずっと続いていた。

＊＊＊

「へええ、あの噂《うわさ》のゴッド大和先生に見込まれて大きな研究を仕切ることになったの。すごいじゃない貴宣さん」

酔っぱらい運転のような自転車走行で家にたどり着くと、ちょうど誉がヤマさんの店の窓ガラス拭《ふ》きを終えて、戦利品のレバニラ炒《いた》めを持って帰ってきたところだった。

「これ、レバーが古くなりかけてるんだって。早く食べちゃおう」

古くなったレバーを働いてくれた子供に押しつけるのはどうかと思うが、ヤマさんにもらった夕食で腹を壊したことはないので、そこは信用はしている。

家に戻ると、誉が手早く冷凍庫からラップしたご飯を取り出してレンジに放り込んだ。炊飯ジャーは電力を食うため、役目を終えればすぐにスイッチをオフする省電力な我が家である。

ちゃぶ台の上には、明らかに学校の教科書ではないテキストが積み上げられていた。持ち主の名は山口冬弥《やまぐちとうや》。

「なんだこれ、学校のじゃないよな」

「ああ、それ山口くんの」

「友達だっけ？」

「うん。塾で使った問題集、もういらないからってくれたの」

どうやら誉は、中学受験する子供が使うハイレベルの問題集を自主的に解いているらしい。出来の良い子供で助かることは確かだが、学校外の勉強をしたがるなんて、子供としてほんとうにこれでいいのだろうかと思ってしまう。

「とにかく、そんなわけでちょっとこれから戻ってくるの遅くなったりすることが多くなると思うけど、適当に食って風呂入って寝ててくれ」

「ラジャー」

レバニラを口いっぱいほおばって、誉はほくほく顔で言った。

「貴宣さん、ついに理想の〝長いもの〟に巡り会えそうだね」

ここのところ自分たち二人の座右の銘は、『長いものには積極的に巻かれにいけ』である。

実際、今まで悪い意味でも平坦《へいたん》だった貴宣の日常は、研究者としては正しく、そして幸福な意味で忙しくなった。

まず雑務の合間に、亡くなった巡間先生の研究室に籠《こ》もり、今までどれくらい研究が進んでいたのかを把握しなければならなくなった。本人からの引き継ぎはないので、勝手にノートパソコンを開いて勝手に中身を漁《あさ》らなければならないのだが、まず出始めで大きな壁にぶち当たった。

「パスワードが、わからない」

パスワードがわからなければ、中身を見ることはできない。五〇過ぎのおっさんのことだ、パスワードをどこかにメモしたりパソコン本体にメモを貼り付けていたりしないかと探し回ったが、それらしいものは見あたらなかった。

「だれかほかに管理してるやつはいないのか！」

だいたい、研究を手伝っていた助手の稲垣温子はどこへ行ったんだと教務に尋ねたら、なんと、きのう退職願を出したのだという。

（くそ、この助手もしょせん腰掛けかっ。スポンサーが死んだらとっとと辞めるってか！）

研究所に残っていた連絡先に電話をかけてもなかなかつながらない。一〇回以上かけ直して、ようやく出た元助手はあからさまに迷惑そうな口ぶりだった。

「研究のことはよくわかりません。巡間教授は完璧《かんぺき》主義でなんでもご自分でなさるので、私はいつもお手伝い程度でしたから」

お手伝い程度といっても、この助手は二年間研究室に在籍し、巡間教授の論文チームに入っていたのである。なのに研究内容を把握していないはずがない。

「本当に知らないんです。元々教授とは就職が決まるまで置いてもらうって約束だったし」

あからさまな腰掛け宣言に、開いた口がふさがらない。

「だからって、こんな急に退職することもないでしょう。亡くなったばかりなのに。先生がやり残されたこともたくさんあったはずです。あなただって教授に恩があったんじゃないんですか。それなのに」

「ないですよ、恩なんて」

あっさり返された。

「もともとすぐ辞めるつもりで就職活動してたのに、決まらないまま二年経ってしまったんです。だから最近はコンカツしてました。私、もうすぐ結婚するんです。いまさら大学の手伝いとか恩を返せっていわれても……」

短い電話だけで、この助手がいかに腰掛けで研究内容にかかわっていないのかがよくわかった。なにもしないで大学に二年も助手として籍をおいていられたのも、巡間教授が論文に名前を入れてくれているからだ、ということがわかっていない。

「じゃあ、ノートパソコンのパスワードだけでも」

「知りません。先生の好きなものとかじゃないんですか」

「じゃあ手がかりだけでも。バックアップをどうされていたのかとか、そういう……」

「研究のことだったら、私より院生のほうがよく知ってると思います。そっちに聞いてください」

一方的に切られた。以降、何度かけても出てくれる気配はない。

「くそ、無能な腰掛け助手め、呪《のろ》われろ！」

自分の携帯に向かって思わず呪詛《じゅそ》を吐いた。巡間教授はいまこそ、安らかに成仏《じょうぶつ》なんてしてないで自分の研究を阻害するあの元助手のコンカツを妨害するべきだ。

「なんで紙で保管してないんだ」

結局のところ、この産学連携プロジェクトに参加していた巡間ゼミのゼミ生チームがパスワードを管理していたため、ノートパソコンの問題は解決できた。しかし引き継ぎが進めば進むほど、巡間教授がいかにいい加減に研究をすすめていたかが明らかになっていた。

「もちろん、プロジェクト全体の定期的な報告会もあったんだけれど、巡間先生はそれもやすみがちだったの。診断書もついていたから強く言えなくてね」

ゴッド大和すら放置ぎみだったことが明らかになると、まったく整理されていないファイルやいつなにを調べたのかよくわからないプリントの山に埋もれて、貴宣は頭を抱えた。

(研究自体は単純だ。おおざっぱに言うと老人ホームを一部屋ずつ内装を変えて、そこで生活する利用者たちの健康状態や脳波を記録する。気温や湿度などのデータに加えどの壁紙がいいかも含めての検証になるから、一年中データを取り続けることになる。巡間先生のチームは脳波測定器を持って指定のホームを訪れていたみたいだな……)

すでにデータは一年分取り終わっていた。その数値はさすがに大和教授にも提出されていたため、データの取り直しは免れた。しかし、研究規定ではもう一年データを取って平均値を出さなくてはならない。

急いで巡間先生がデータをとっていた老人ホームへ連絡をいれた。先方はすでに巡間先生の訃報《ふほう》を知っているらしく、これからは別の担当が訪問しますと告げると返答を濁した。

「あの、ちょっとそれは……、上のものとも話し合います」

どうも返事の歯切れが悪いと不安に思っていると、悪い予感は的中した。

「えっ、施設使用を継続できない⁉」

ホーム長だという男は、ただひたすら迷惑だという態度で応対してきた。

「もともと、そちらの巡間先生とは個人的なおつきあいがあってお引き受けしたので、先生がいらっしゃらないとなると……」

「いやいやいや、だって使用料払ってますでしょ。ちゃんとN社とうちとプロジェクト契約も交わして」

言うと、心外だという声が返ってきた。

「まさか。使用料なんて聞いたことないですよ。巡間先生はこの施設を研究に使わせてもらったら、無料で全部リフォームできるんですよとおっしゃったので、オーナーはお引き受けしたって聞いています」

「そんなばかな」

まがりなりにも企業と大学が組んで行う大規模なプロジェクトなのに、そんな口約束で済むはずがない。

（書類はどうなってるんだ、書類は！）

何度聞き直しても、相手のホーム長は、大きな額の金銭の授受はないという話だった。しかもこの男、つい最近ここの代表になったばかりの雇われで、前のホーム長は先週退職したばかりだという。

電話が切れたあと、貴宣はふとこの場合の最悪のケースを思い浮かべた。

「まさか、巡間先生、研究費用を使い込んだりとかしてないだろうな……」

よくよく考えてみても、研究に関わっている人数が少なすぎるのである。数値はろくに管理できていないし、助手は実質なんの役にもたっておらず、研究に参加していた院生やゼミ生はわずか四人。その助手は強引にドロンし、院生も四回生も「データとってただけなのでくわしいことはわかりません」と口をそろえて言うだけ。

それもこれも巡間先生が研究費を横領していたせいだとしたら……、そして助手もそのことを知っていて、共犯にされたくなくて逃げているのだとしたら。

（最悪じゃないか！）

すぐさま、大和教授に連絡を取って相談することにした。

「つまり、巡間先生が横領していた、ということね」

大和教授は話が早かった。

「この『さくらホーム』は、もともと巡間先生の推薦で施設に決まった。オーナーは地主で老人ホームの経営には関心がなかったから、中のことは柏という前ホーム長に任せていた。それをいいことに、柏と巡間先生は共謀し、協力すれば施設をN社の金でタダでリフォームできるからと言ってオーナーから許可をもらった。実際はプロジェクトから協力金が出ているのに、そのことをオーナーには言わず、二年もの間二人で横領し続けた」

実際、この『さくらホーム』のことも産学連携プロジェクトのこともオーナー地主は関心がないため、協力金はすべて二人の懐《ふところ》に入った。研究はすべて巡間教授がしきっており、N社からの金は柏ホーム長が管理していたので、だれも横領には気づかなかった。

「それが、巡間先生が突然亡《な》くなったことでごまかしきれなくなった。まずいと思った前任者はすべて投げ出して辞めて逃げたってことね」

「はい」

「それで、急きょ新しいホーム長がやとわれたけれど、事情を知らない」

「はい」

「困り果てたあなたがホームに連絡して、二人の横領に気付いた、と」

突然死した教授がホーム長と結託し、割り当てられた研究費を横領していたなど、とんでもない不祥事だ。このことが明るみにでれば、もちろん警察沙汰《ざた》はおろかこの研究の代表者である大和教授の責任問題になる。

念のため、巡間先生が管理していたチームの研究費用の口座も調べたが、見事なまでに残高のない通帳が残されていただけだった。いったいなにに使い込んだのか、いやそれはもういまさら問いただすすべもない。

不測の事態を前にして、さすがのゴッド大和も怒りと落胆を隠せないようだった。

「本来なら研究費の管理は学校が一括して行うの。企業から学校の口座に振り込まれて、そこから私が申請して引き出す。でも学校のほうも、まさか私が研究費を不正に使うとは思っていないから、数百万単位で引き出しても不審には思わなかったでしょう。実際私は三チームもっているから。巡間先生の申請書にはそのままハンを押していたわ。そしてその施設使用料は、ホーム長の手によってうまく受領がごまかされていたわけよね」

本来ならその金には、老人ホームの使用料と参加協力者に対する謝礼、機器のレンタル代に学生のバイト代、実験環境を整えるための内装工事費、そして自分たちの交通費などが入っていたはずだった。

しかし、巡間先生はそのうちの老人ホーム使用料をまるまるポケットに入れていた。学生のバイト代も申請より安くあげていたが、まあこちらは時給数百円の違いである。協力者への謝礼も、図書カードという無難なものだった。

恐ろしいことは、これらの出来事が巡間先生がもし生きていれば発覚せずに終わったかもしれないということだった。しかし発覚した。

「いくらこちらに罪はない、巡間教授一人の横領ということで警察沙汰にしても、本人が亡くなっている以上、すべての責任は私がかぶることになるわね」

貴宣は曖昧《あいまい》に頷《うなず》き、黙っていた。大和教授がなにごとか思案している間は、とにかく居心地の悪い空間だった。

(こんな仕事、引き受けるんじゃなかったかもしれない)

引き継ぎを了承したときは、まさか教授が研究をすすめていないとも、助手やかかわっていた人物が辞めてしまうとも思っていなかったのだ。挙げ句の果てに発覚した、巡間教授の研究費横領……。

間が惜しい」

「いくら横領してたのか、なにに使ったのかを証明するのも難しいわね。なにより時

「ですが、巡間先生の使っていた研究施設が使えないとあっては、今年の分のデータをとるのは難しいのでは？　このまま一年分だけで原稿に起こしますか？」

「いいえ、N社からはかならずデータは二年分と言われているの。壁紙以外のチームは二年揃《そろ》える準備をしているし、なんとかするしかない」

そして、困惑するばかりだった貴宣の顔を見て言った。

「瓶子先生。面倒なことに巻き込まれたわね。こんなことになるなんて……。関わるんじゃなかったたって顔ね」

「え、いえ」

内心を見透かされたかと焦《あせ》って小刻みに首を振る。

「でも、ここで投げ出すわけにはいかない。瓶子先生、悪いけど、『さくらホーム』の新しいホーム長の方とオーナーさんを説得してもらえないかしら。もちろん、オーナーさんへのご挨拶《あいさつ》は私もいっしょにいくわ」

「あの施設をそのまま使えるようにですか」

「そうよ、協力金のことはこっちでなんとかするから」

「はあ、なんとかって。具体的にはどうするんですか……？」

「………」

大和教授は即答を避けた。貴宣は、ああ自腹を切るんだなと察した。N社は大和教授にとってたいへんに太い客だから、ここで企業からの信用をなくすわけにはいかないのだ。

「通帳は私が預かるから、必要経費は言ってちょうだい。こうなったら時間を金で買うしかないのはわかってる。瓶子先生も気にせず言うのよ。物いりになるのはしかたがないし」

わかりました、と答えるしかなかった。どのみちもう同じ船には乗ってしまっている。

ピンチをチャンスに変えることができる者だけが成功する、なんていう言葉はよくビジネス書のうたい文句に使われている。その言葉を鵜呑《うの》みにするわけではないが、いまここで投げ出さず、あの新しいホーム長を説得してこのままデータを取ることさえできれば、ゴッド大和の強力な信頼を得られるのだと思うと、自然とやる気が出ようというものだ。

(とにかく研究施設の問題だけなんとかすればいい。どのみち一年分のデータはそろっていて、結論をあらかじめ用意しておくことも可能なのだから。要は数字だ。二年間データをとったという体裁だけでも整えれば、それなりの結果は導き出せるはず)

やるといったら素早い大和教授は、次の日には貴宣に支度金として五〇万をぽんと現金で渡してくれた。たしかになにごとも金で丸め込むにかぎる。

ひさびさにそんな大金を手にして、周りの学生が全員泥棒に見えた。無意識のうちにいつもより脇《わき》を締めて歩いてしまう。

食堂の、パーティションで区切られただけの教員用スペースで今月何食めかのきつねうどんをすすっていると、堀内に声をかけられた。

「あ、この前はどうも」

堀内向洋講師は、S大卒の三五歳。いつも似たような色の量販店のスーツを着ているのが、あの変態薬膳と違って印象がいい。人当たりがよく漫画好きで知られていて、学生からの人気も高いようだ。漫画好きが高じてか、いまは安価なコミック用紙の開発を手がけているらしいと聞いている。

「瓶子先生。……うどんばっかりだね。うどん好きなの？」

堀内の持っているトレイの上には、豪華な卵とじカツ丼《どん》がのっていた。さすが専任講師は金持ちである。

「いやまあ金欠で」

「そっか、給料日前だモンね」

給料日前であろうとなかろうと、金欠なことには常時かわりない。

先日の香典のとりまとめや、学科内での連絡網など堀内にはいつも世話になってい る。ポスドクなどの若手は、学科内の雑用に呼び出されることも少なくないのだ。入 試説明会や、校内見学会、他校からの視察、大学内のテナント誘致のための企業懇談 会といったイベントでも、なにか話せとか座ってろとか言われてかり出される。

「そういやさ、瓶子先生が巡間教授の研究の尻《しり》ぬぐいしてるってほんと？」

すでに噂は学科内で広まっているらしい。どのみち隠し立てする意味もないので頷 いた。

「はあ、ちょっとお手伝いさせてもらってます」

「大和先生の一声じゃ断れないとしても、いまから引き継ぎじゃ面倒くさいよねえ。 巡間先生もいないし」

心底同情している、というのがありありと窺《うかが》える言い方だった。たしかに、すでに 専任講師の地位を手に入れている堀内にとっては、そこまでして大和教授に恩を売る意味もない。さすがに横領の件は耳に届いていないだろうが、それをぬきにしたって面倒くさい案件であることには変わりないのだ。彼ならやんわりと、あくまで人当たりよく断っていただろう。

次に予定が控えているという堀内は、貴宣の三倍速でカツ丼をかっ込むと食堂を飛び出していった。貴宣は何となくため息をついた。来年度への希望と、単独ではとても進められない大きな研究に関われたことはおおいに歓迎すべきことだ。この学部の最大の権力者である大和教授に恩を売ることの意味は大きい。

(なんせ大和教授はつぎのセンター長だ。来年いまの長が退職すれば運が良ければひとつ席があく。繰りあがりで教授になる准教授もいるだろうし、そろそろ公募だってかかるだろうが、大和教授が俺を推せばほぼ自動的に俺が専任講師だ。それくらいの影響力をあの人はもっている)

尻ぬぐい料(むろん横領の口止め料も入っているだろうが)としての十分な報酬と合わせても魅力的だった。受けたことは後悔していない。

半分もすすんでいないうどんが伸びて、箸《はし》で摑《つか》もうとしても簡単にちぎれてしまう。

すると聞きたくない声がした。

「うどんって、字面《じづら》がエロティックですよね、瓶子先生」

飲んでいたうどんのダシを吹きそうになった。いつのまにか、空いた目の前の席に薬膳が座っている。

「まあ、麺《めん》類の食べ方でその人の性的傾向がわかるっていいますしねえ」

そういう薬膳も月見うどん大盛をオーダーしたようで、意味深な流し目を寄越した。

「あのな……！」

「構わずお食べなさい。見ててあげますよ」

「…………」

「どうしました？」

なぜだろう、こいつにだけは食べているところを見られたくないと思うのは。

「そういえば、瓶子先生。大和門下に入ったんですってね」

おそらくそれが貴宣の目の前に座った最大の理由だろう。単刀直入に聞いてきた。

「……べつに、そういうわけじゃありません。ただ手伝いを頼まれただけで」

「よかったじゃないですか。巡間先生の代わりに入るんでしょ。N社との共同研究にファーストに近い位置で名前が載るんですよ」

「なんにも決まってません。まだペーパーの全体像もイメージできてないし」

そう、これから新しいホーム長を丸め込み、オーナーに頭を下げて金で解決するという大仕事が待っている。そもそも研究していた内容を頭に叩《たた》き込み、残されたスタッフとコミュニケーションを取りながら大急ぎで検討を進めなければならない。むろんデータを取りながら書き進めないと、今年中の提出は極めて困難だ。よってホームの利用継続が必須《ひっす》条件になる。

「厳しい戦いになりそうですね」

「はあ、まあ。やるだけやりますよ。時間がないのはしかたがない」

「時間もそうですが……、虫が」

は？ と顔をあげた。

「なんです、虫？」

薬膳は少しとぼけたように視線を外すと、箸の先で卵をつついて黄身を破った。

「そうです。腹の中の。そういう虫にね……。食い破られないように」

妙なことを言う男だと思ったが、この男が理解不能の言動を繰り返していることは日常的であるので、考えるだけ無駄である。

伸びきったうどんの残りをかっこんで、食堂を出た。ああほんとうに、あいつと顔を合わせない日々のためにも早く、百億円欲しい。

「へえ、それで貴宣さんがぜんぶ尻ぬぐいして回るはめになったんだ。その教授も面倒くさいことを残してくれたよね」

家で誉は相変わらず小学生とは思えない家事スキルを発揮している。最近はひたすら片づけと光熱費のカットに凝っていて、いつのまにか押し入れのデッドスペースが全面本棚になったりプラスチックの衣装ケースを利用した納戸《なんど》になったりしていた。

「光熱費ってやっぱり冬場のお風呂！　お風呂がいちばん高くつくみたい。だから冬場に熱を使わないようにすればだいぶ節約できるよ。というわけでレンチンしたホットタオルで体を拭いてどれくらい光熱費カットできるか試してみまーす」

実際風呂に入るのも面倒くさい日もある男所帯、冬場の風呂カットくらい大したことではない。そういえばいつのまにか家の洗濯機がドラム式になっていて、いったいどうしたのかと思ったら市の再生利用センターに電話して、引っ越しで処分されたドラム式洗濯機があったら引き取りたいと申し入れていたそうだ。

「西宮ってセレブな転勤族も多いから、ちょっと古くなったドラム式なら捨てていく人もいるんだよ。でも洗濯機はやっぱりドラム式がベストなんだ。水道代って高いからね！」

けなげなその台詞《せりふ》だけで泣けてきた。いい、いい、俺の尻ぬぐいなんて全然かまわない。今お前が雪平鍋《なべ》で煮てくれているイカナゴのくぎ煮だけで満足できる。明日から生きる楽しみができる。

「まあなあ、でも今回の場合は巡間先生とホーム長の共犯だったっていうのが幸いというか、説得材料になってさ」

事前に大和先生と説得プランを何度も打ち合わせ、オーナーに直談判《じかだんぱん》しにいったのがきのうのこと。あの老人ホーム『さくらホーム』は、オーナー経営者である地主がN社の勧めでN社の子会社に経営を業務委託している。つまり、土地は貸すからあとは好きにしてもいいくらいの丸投げ状態で、むろんN社から研究費が下りてきていることなぞ知らされていなかった。

そこで、大和先生は自分のミスでN社から下りてきていた研究費が振り込まれていなかったということにして、オーナーに頭を下げたのだ。

この件に関しては、すべて明らかにするかどうか、貴宣と大和教授の間で何度も検討した。明らかに詐欺《さぎ》であるし、大和教授に非はない。だが、共犯者の片方はすでにこの世にはいないし、逃げた前ホーム長の居場所もわからない。警察に通報すれば捜査はしてもらえるかもしれないが、最悪、このプロジェクト自体がご破算になる可能性も高い。

N社はもう一〇年以上香櫨園女子大学とタッグを組んでいる。大学にとっては上客である。それをたった数百万円ぽっち（あくまで大和先生の金銭感覚による）で縁がきれてしまっては損害ははかりしれない。学内での大和先生の立場も微妙になるだろう。

（それくらいなら自分がかぶったほうがいい、その判断は正しい）

突然のことにオーナー側は驚いたようだったが、彼らにとってこれは思ってもいない臨時収入だから、とくにこちらを大きくとがめだてしたりもせず、このまま研究は続行ということで決着がついた。

「あとは、この一ヶ月間のロスを取り戻すことと、報告会の準備をとにかく進めないとね」

N社側には、巡間先生急死のため後任者が決まらず遅れていると報告しているが、それもそろそろ限界だ。

「悪いわね、本当に」

オーナーへお詫《わ》びに行った帰り、タクシーの中で大和教授が言った。

「ボーナスをだすわ」

「えっ、ボーナス」

「気持ちだけだけどね。私からのバイト代だと思えばいいわよ。それからもっと使える専属アシスタントのことも考えておきます。時間がないからね」

思ってもいなかった臨時収入の可能性に一瞬ぎょっとする。

「もちろん、それだけじゃないわ。次の人事には役に立てると思います。もちろん瓶子先生がウチで専任講師になりたいのであれば、だけれど」

さすがに大和教授はアメとムチを心得ているようで、とにかくその最後の言葉が、麻薬のようにいつまでも貴宣の感覚を酔わせた。

結局、年度末のボーナスという言葉につられて、新しい業務委託者であるホーム長を言葉巧みに説得し、金券やらお土産やらなんやらで押し切って研究の続行を勝ち取った貴宣である。

「だから、この春はいつもよりちょっとだけ余裕があるぞ。ボーナス一〇万もらったしな」

「一〇万！　すごい。そんなたくさんの福沢先生、見たことない」

「そうだな、俺もだ」

誉のような小学生には福沢先生一人でも大金だろうが、残念なことに貴宣にとっても突然の財布に福沢先生一〇人は大変レアな事件だ。

「せっかくだから、なにかうまいもの食べにいくか。それとも旅行でもいくか」

「今年は修学旅行があるからいいよ」

言われて、冷蔵庫に張ったまま ろくに内容もみないで日付が過ぎていったプリントの束を思い出した。

「ごめんな誉、今回も、授業参観行ってやれなくて」

今度こそは休みが取れると思ったのに、巡間先生の事件の尻ぬぐいに奔走しているうちに誉は六年生に進級し、いくつかの行事が終わってしまっていた。さすがに個人面談には出向いたが、それも予定された期間中は難しかったので誉だけ別の日に時間を作っていただきようやくというありさまだった。保護者失格だ。

「えっ、そんなのいいよ」

親が来られないのは僕だけじゃないから、と誉は笑う。

「貴宣さんこそ、がんばるのはいいけど、さすがにオーバーワークじゃない？　目の下のクマ、ひどいよ」

こたつからモデルチェンジした座卓で、ついうとうととしてしまう。今日はまだ眠るわけにはいかなかったが、最近さすがに疲労が積み重なって夜の時間帯の活動が短くなっていた。

乳酸《にゅうさん》のたまった体を引きずるようにして大学へ出勤し、自分の授業をこなし、空き時間は巡間先生の研究室でひたすらデータ取り開始までの準備に追われる。高遠青葉には「センセー、顔が死んでるよ」と言われ、あのむかつく薬膳には「必死ですね」とまであざ笑われたが、残念なことに言い返す気力もないくらいには疲れ果てていた。

（早く……早く夏休みよ、来い……。いっそ俺が迎えにいってもいい）

今は夏が待ち遠しい。七月に入り前期テストさえ終了すれば、大学の授業が休みになる。授業さえなくなれば一日中を研究の準備に費やせる。

「――瓶子先生！」

耳元でだれかに名前を呼ばれた。なんだ、誰が呼んでるんだと脳みそを揺り動かそうとしたとき、

（うぐっ）

明らかに椅子《いす》から体が浮いた。貴宣の体は大きく跳ね上がり、そのままデスクの上に落ちて顎《あご》を打つ。

「あ痛っ」

いったいなにが起こったのかわからないまま顔を上げると、目の前に古風なワンレ

ングスタイルの女性が立っている。

（か、川手千尋！）

「あ、起きた」

川手は遥《はる》か高いところから貴宣を見下ろしていた。ざっくりとした白ニットのトップスに細めのカラースキニーパンツ。スタイルに自信がないと着られないチョイスだな、と寝ぼけ眼で思う。コーディネートは悪くない。気にくわないのは中身のほう。

（ああ、俺は寝てたのか）

顎をさすりながら立ち上がった。さっきの衝撃はおそらく川手が椅子を蹴《け》ったのだろう。その起こし方もどうかと思うが、もっと恐ろしいことにまったく意識がなかった。机の上によだれのシミがなくてよかったと安堵《あんど》する。

「どうも。……って、あの、なんで」

「何回ノックしても反応が無いしきちんと閉まっていなかったので押し入りました」

「ああ、……すいません」

「大和先生からお聞きになってると思いますけど、お手伝いするように言われてるんで」

「えっ」

「だから、瓶子先生のお手伝いを」

もう一度、ええ？　と繰り返すと、目の前で明らかに川手千尋の殺気ゲージが上昇した。

「瓶子先生、巡間先生の研究ひきついだんですよね。理由があって助手も院生も使えないから手伝うように大和先生に言われたんです。それで来たんですけど」

いらないなら帰りますけど、と言わんばかりの態度だった。貴宣は慌《あわ》ててログアウトしていた意識を覚醒《かくせい》させた。たしかに以前、ゴッド大和から誰か一人助手をつけると言われたことはある。

「あの、九鬼先生は」

川手は環境学部の九鬼紘子教授またの名を「妖怪《ようかい》リボン」の助教だったはずだ。なのになぜ、よりによってこんなところに臨時出向扱いになったのか。

「九鬼先生は夏から一年、招かれて外国にいかれるんです」

「ああ、なるほど」

あの教授の場合、市民からの血税を使って公費招聘《しょうへい》しても、研究結果はどうせキティとリボンしかないのだが。どこの国か知らないが太っ腹なことだ。

それにしても、まさか頼んでいた助っ人《すけと》が因縁のある川手千尋だとは予想もしなかった。猫の手も借りたいのはやまやまだが、正直彼女に対して蟠《わだかま》りがなくなったわけではない。実際彼女は昨年度まで貴宣がもっていたカリキュラムを受け持っているのだし、その分の手取りが減ったのは厳然たる事実だ。手を取り合っていっしょにがんばりましょうという雰囲気にはなりそうもない。

（まいったな。こんなことでやれるのかな）

内心天を仰いだ。

（まあ向こうだってやりにくく思ってるはずだ。ただゴッド大和の命令にはだれも逆らえない。川手千尋だってこれから博論を書くんだろうから、となると権力者の意向には絶対服従ってことか）

九鬼教授という後見人がいなくなる以上、川手千尋といえども大樹に寄らざるを得ないというわけだ。

「で、私なにすればいいんですか」

「えーっと、じゃあまずパソコンありますか。学校の」

「九鬼研究室のものなら」

「自由に使えるならそれで結構ですので、こっちのデータをこのソフトに吸い出してもらえませんか。それからこっちは実験に協力してくださる方への金券なんで、領収書はこっちのファイルにつけて。費用は大和先生に申請しますが、ある程度まとめて降りてくるのでこっちの別通帳で管理しています。覚えてください。普段は学校の金庫に預けています」

彼女はわかりました、と短く言って空いている椅子に座り、ショルダーバッグからノートパソコンを取り出した。コンセントを探して充電する場所を見つけると、今度は研究室の中を見回し始めた。

「あの、ここでお茶って飲んでもいいんですか?」

「かまいませんが、基本持ち込みで」

普段なら研究室のお茶代くらいは教授の研究費でまかなわれるのだが、あいにくここには研究費をもらえるような身分の人間はいない。

「ここにあるものって、ぜんぶ巡間先生の持ち物ですよね」

「そうなんですが、EHPの研究にかかわるものがあるかもしれないので、親族の方の許可をとって、このまま使用できるようにしてあります」

本当は研究に関係のない蔵書なども山ほど本棚にあるのだったが、他家に嫁いだ一般人の娘としては、そんなもの引き取りようがないから大学で処分してほしいというのが本音だろう。

川手千尋は一〇分もしないうちに自分のパソコンから無線で研究室のプリンタを使えるように設定し終えると、一枚のプリントを貴宣に寄越した。

「私の授業スケジュールです。基本、空いている時間はここに来るようにしますので、外でのデータ取りはこれを見て日程組んでもらえますか」

わかりやすいようにエクセルで表化され、連絡先と最寄り駅まで記されていた。

「あ、はい」

「なにかすることがあったら声をかけてください。それまで私は研究の全体骨子を把握するためいままでの検討会の記録を読んで、巡間先生が取った去年のデータ読みしてます」

川手は、貴宣もゴッド大和から渡されたＥＨＰ研究の概要をまとめた冊子を、黙々と読み始めた。はたから見ているかぎり、彼女のほうで貴宣に対する蟠りをもっているようには見えない。

ここは必殺大人のスキルである、『なかったこと』にするのがよさそうだ、と判断する。

「あ、そうだ。川手先生」

「なんですか」

「このチーム巡間――、いまはそういう名称にはならないかもしれませんが、とりあえずこの色彩関係の研究全般を手伝ってくれるんですよね。データ取りだけじゃなくて」

「N社への報告書作成も手伝うように言われています」

「それって雑用とかも?」

「九鬼先生がいらっしゃらなくなれば、授業以外の助手としての仕事はほぼありません。コピーでもおつかいでも銀行でもなんでも行きますよ」

と、歯切れのよい返答が返ってくる。

(うーん、いい返事だな。こうなったら毒をくらわばだ)

こんな昼間っから居眠りをこくぐらい、体は疲れ切っている。出来る限りやることを分担して川手にも動いて貰《もら》わないと、期日までにデータが取り終わらない。

まさにいまの貴宣は溺《おぼ》れるなんとかだった。

「じゃあ、明日午後って空いてます?」

「三限目後なら」

「データの採り方が少し変わるので、明日ご案内してセッティングを始めたいんですけど手伝ってもらえますか」

ああそれと、と慌てて付け加える。

「明日は作業するんで汚れてもいい服で来てください」

川手は怪訝《けげん》そうな顔をした。ホーム利用者にバンド型の脳波測定器を付けさせてデータを取るだけの作業なのに、という顔だった。

「何をするんですか？」

「壁紙を張ります」

老人ホームの部屋にエセマリメッコの、と言うと、今までクールな一匹狼《おおかみ》を気取っていた彼女が口を開けて絶句した。

すっかり私物化している巡間研究室のノートパソコンを開いて、専用のサイトを開いた。先日から『さくらホーム』で行っている実験のデータがリアルタイムで更新されているのがわかる。貴宣と川手の二人がかりで壁紙を張り終え、イケアに行ってそろえたカーテンをセットして作り上げた実験用の個室は四つ。ここで一週間ごとに違う入居者が生活し、以前の部屋を使用していたときとどう違うかを数値から推測する。

寒色系で海の中をイメージした部屋、暖色系で華やかな壁紙に囲まれた部屋、和をイメージした部屋、そして輸入壁紙などを使ってコテッとしたイメージで仕上げた洋室、の四パターンだ。

あらかじめ使用者には全員、どのような部屋に住みたいかなどの好みを聞いてある。そして実験結果が好みに左右されないよう、とにかくかたっぱしから人をつっこんでデータをとる。

N社製のバンド型脳波測定器は大変優秀で、風呂《ふろ》に入るとき以外はほぼつけっぱなしでも問題はないし、充電すれば四時間はコードなしですむ。実際は朝起きて、午前中だけつけていればデータはとれるので、使用者にもあまり負担をかけなくていい優れものだ。大事なのは、部屋に移って初日の脳波の変化、そして部屋から出て行ってふつうの部屋に戻ったあとの脳波の変化だから、そこに絞ってグラフ化すれば資料としても目新しい。

ひとつ、問題があるとすれば、それは機械を外したりつけたりするのをこちらの手でやらないといけないため、貴宣と川手はしょっちゅう『さくらホーム』に出かけていかなければならないということだった。

最新の脳波測定器の使い方は、これをN社と共同開発した環境学部の准《じゅん》教授に二日指導してもらった。PCにオンラインでデータが蓄積していき、自動でノイズが除去されたものがそれなりに読みやすいグラフになって表示されていくのを見ていると、昔自分がK大で使っていた脳波測定器が大昔の遺物のように感じられた。

「このノイズって、装着方法でもっと減らせないの?」

「出てるグラフって既にフィルタがかかった後のもの?」

「壁紙以外のインテリアについてはどの程度比較対象として扱うか、指定ある?」

など、二人とも一から手探り状態である。

さらに問題があった。だいたい一人計測するのに一週間かかるため、これからめいっぱい一一月末まで計測したとしても三〇人ほどのデータしかとれない。そのことを大和教授に相談すると、

「一人につき三日でまわすのはどうかしら」

つまり、多少はバタバタするが三日に一人の割合で順繰りに回していけば、七〇人のデータがとれる。去年の分とあわせればなんとか一六〇名近い人数のデータにはなる計算だ。本来統計データは二〇〇名とることが望ましいといわれているが、実質的には一〇〇名もあれば十分である。

結論から言うと、川手はけっこう使える人物で、今までの研究の進捗《しんちょく》状況をたった三日で把握しまとめていた。これには彼女に対していい印象をもっていなかった貴宣としても、まったく味方がいない今現在の状況下において、彼女が使える戦力である

ことを認めざるを得なかった。

半月も一緒の部屋で仕事をすると、だいたい相手の能力がわかってくる。デフレの世にファストファッションで押せ押せの大企業のオーナー一族の娘というコネ就職にしては、語学が堪能《たんのう》で機械に強いのもポイントが高かった。

なぜ、あのリボン教授が強引な手段をとってまで川手千尋を助教にしたのかよくわかった。単純に、彼女は秘書としての処理能力が異様に高いのだ。何をすべきかを頼むまでにほぼ把握しているので、こちらがわざわざ仕事を作ってやらなくても、さっさと先回りして「これこれは、これでいいですか？」とだけ聞いてくる。こちらはイエス・ノーを答えるだけでいいので、人を使って仕事をする上での面倒くささとほぼ無縁でいられるのだ。

英語はビジネス英会話程度にはできて、しかも文法的な間違いがほとんどない。聞けばＬＡにいたころは父親が役員を務める会社の関係企業で、秘書アルバイトをしていたそうである。

「ハリウッドで映画の仕事をしたくて頑張ったんですけど、やっぱりそんなに甘くないんですよ。タダでもいいからあの場所で働きたいって人がごまんといるんです。世界中から集まってくるから、私みたいなたいしたコネもたないマイノリティなんて話にもならない」

なにかのついでのように、川手はアメリカ在住時のことを自嘲《じちょう》気味に語った。もっとも仕事中の彼女はイヤホンを付けて音楽を聴きながらデータのまとめ仕事をこなし、自分のことはほとんど話さないので、貴宣が知っていることといったらそれだけだ。

（名前の通った大学に留学したわけでもない、ただLAの企業にいたってだけで重宝されてる通訳係だと思ってたんだよな）

一皮剝《む》けて帰ってきた、ということだろう。夢を打ち砕かれ、なけなしのプライドもかなぐり捨てて就職先をもぎとった。あの他人のコマをぶんどる図々《ずうずう》しさも、ハリウッドなどという魔境で日本人が美徳を放棄した結果、芽生えたものなのかもしれない。

（まあ、だからといってライバルなことは変わりないけど）

いつでも蹴落として、奪われたコマを取り返す心づもりだけはしつこくある。だいたい川手は助教で大学の「正社員」扱いだから、非常勤の貴宣と違って大学からきちんと月給が支払われているのだ。留学費用を出してくれる親もいる。給料も、ぶっちゃけ貴宣の倍は軽くある。そんな奴《やつ》に同情の余地などあるものか。

（ああ、俺もなにかほかに食い扶持《ぶち》があればな）

気が付くと、授業がまったくなくてそれなりに自由な時間がとれるはずの夏がほとんど終わっていた。

＊＊＊

九月になると誉の小学校でも二学期が始まり、運動会の練習だとかで毎日砂だらけの体操服をもちかえるようになった。

「やっぱりドラム式洗濯機にしてから水道料金がぐっと減ったねえ」

二ヶ月に一度来る水道料金の明細を見て、我が家の会計士はご満悦である。

「これから寒くなると電気代がぐっと上がるし、節約できるところは節約していかなくっちゃ」

ヤマさんちのまかないにもありつけず、給料日前で買い物も許されない瓶子家の月末は、決まってもやし入りのインスタントラーメンが食卓に並ぶ。しかし、インスタントラーメンはうまいので文句もない。その上に、もやしとおつとめ品で誉がゲットした青梗菜《チンゲンサイ》一束三〇円がのっていれば、不平も出ようはずがない。テレビのバラエティ番組では一ヶ月の食費一万円で黄金伝説が打ち立てられるらしいが、瓶子家ではそれは伝説ではなく現実である。

「誉、なんだその紙の束、また持ってきたのか」

狭苦しい和室のはじに積みあげられたわら半紙を見た。

「あ、それ来月あるドッジボール大会のお知らせ。僕が作らなきゃいけなくて」

優等生も楽ではないらしい。

誉はラーメンをすする間に、先週呼ばれた実加ちゃんの誕生日会がものすごい豪華で、ケーキが三段重ねだったこと、誕生日会に招かれた友人たちがみんな女子ばかりですごく恥ずかしかったこと、でも思ったよりずっといい思い出になったことなどを話してくれた。

「その場に呼ばれてたのは、前のクラスでも秀才女子グループっていわれてた子たちで、実加ちゃんの受験仲間みたい。みんな地元の中学には行かないんだって」

「まあ、最近多いだろうな。このへんじゃ頭がよけりゃ男は灘《なだ》、甲陽《こうよう》、六甲《ろっこう》。女は神戸女学院か」

「クラスの男子でも何人もいるよ、進学塾行ってる子。ためしに塾でやってる問題見せてもらったら面白かった。方程式使っちゃいけないから頭使うよね。こつさえ覚えれば僕でもできた」

「……お前、一次方程式とか解けんのか」

貴宣の知るかぎり、一次方程式は中学の問題だったはずである。

「だって、鶴亀《つるかめ》算より方程式使ったほうが早いじゃないの」

「それはそうだが、そんなのだれに教わったんだ」

「塾行ってる子。英語とか社会とかの問題は覚えたらおしまいでそんなに頭使うことはないけど、算数とか理科は違うよ。面白いんだ。山口冬弥くんがGゼミに行ってて、灘中用の過去問見せてくれるの」

誉はあっという間にラーメンを食べ終えると、手洗いする洗濯物があったら今日洗うから出してね、と風呂場へ向かった。

勉強はと急《せ》かすこともなく率先して学習し、学校ではなんの問題もない優等生。女の子から人気も高く、家事・炊事等主婦能力もばっちりでマメである。いったいどこの世界にカーディガンを手で洗ってくれる小学生がいるというのだろう。我が甥《おい》ながら感動することしきりだ。

（どうせ、こいつの母親は息子を連れ戻しにくることもないだろう。今頃はやっかい払いしたつもりでせいせいして、新しい男と適当にやっているに決まってる）

押しつけられた甥っ子の出来がすばらしくよろしかったことに感謝した。誉ならたいして学費をかけなくても奨学金で大学に行ってくれるはずだ。

ピンポンとチャイムが鳴った。こんな時間にうちにやってくる人間に心当たりはない。

「誰だろ」

不審に思いつつ声をかけると、思いがけない人物から返事があった。

「おおい、タカノブ。帰ってるか」

なんと大家のヤマさんだ。

「いやいや、今日はなんだか店が混んでてね。本当はもっと早く来ようと思ったんだけどね。ありゃ、もう夕飯済んじゃったかね」

手には餃子《ギョウザ》と焼売《シュウマイ》に肉まんまでがずらり並んだ大皿。しかも焦《こ》げたりしていない。そのまま客に出せるレベルの商品だ。いったいどういう風の吹き回しだろう。

「まさか、ヤマさんが形が崩れてない海老《えび》焼売や、焦げてない餃子や、中身がはみ出してない肉まんを僕らに食べさせてくれるなんて、なにかあるとしか……」

背後の誉が正直すぎて心を打つ。

「なに、ちょっと話があるんだよ。悪い話じゃない」

たいていの映画の中では、気弱なカモを陰謀に巻き込むために用意された台詞を口にしながら、ヤマさんは家の中に入ってきた。誉が急いでラーメン鉢を片づけ、お茶の用意をする。

「ああ、気をつかわなくてもいいよ誉坊、すぐすむから」

しかし、ヤマさんの「すぐ」は中国人の言う「すぐ」なので、日本人感覚で聞いてはならないのだ。座布団《ざぶとん》をすすめると、ヤマさんはその上にどっかりと座った。誉は長い話になるな、という顔をして、側《そば》の台所で洗い物を始めた。

「いや、折り入ってタカノブに頼みたいことがあるんだよ」

「はあ」

まさか、部屋を出て行ってくれという話ではないかと身構えた。冬を前にして引っ越しを余儀なくされるなど、もやし入りのラーメンをありがたがる我が家にとっては致命傷だ。

「実はね。俺の親戚《しんせき》で、遼寧省にヤさんって人がいるんだが、この人が日本の土地を買いたいって言ってるんだ」

貴宣は顔をしかめた。

「土地？」

「そう。日本の土地ね」

なんだか話がずいぶんきな臭いような気がする。

「そのヤさんは……、ああ、葫蘆島《フルダオ》地区に何百年も前から住んでる一族なんだが、一〇年くらい前に先祖代々持ってる山からモリブデンが出てね」

「モリブデン……、なんですかそれ、レアメタルかなんかですか」

「レアってほどでもないみたいだけどね。最近じゃ液晶パネルに使われてたりするみたいで、そのヤさん……まあうちと同じだからヤマさんでいいか……は一気に金持ちになったんだ。いまじゃいろんな中小の鉱山をいくつも経営してる」

「それで、日本に土地を買いたいと？」

　聞いてみるとよくある話だった。中国は社会主義で厳密に言うと土地の個人所有が認められていない。すなわち、どんなに中国で土地を買っても、それは賃借しているだけなので、政府が「これは取り上げます」と言えば反抗できないのだ。

　よって、少しでも金を持っている中国人はたいてい海外に投資する。最近中国人が日本の経営難に陥った会社を買収したり、山や島を購入しようとさかんに目を向けているのも、こうした事情があるからなのだ。

「まあ、そういう中国の富裕層はいっぱいいますから驚かないですよ。……で、それがうちとなんの関係が？」

「いや、それがさ。当然中国にもそういう専門の業者がいて、日本の不動産屋と提携しているからすぐに探すって、いろいろ紹介してもらったらしい。だけど、ヤマさんは用心深くて、業者が出してきた候補地が本当のところどうなのか、日本での評判が知りたいってうちに連絡してきたんだわ」

話がだんだん読めてきた。ヤマさんは誉が出した賞味期限が不明な粗品のお茶を遠慮無くがぶ飲みした。

「もしかして、俺にその土地がどうなのか検証しろってことですか？」

「違うよ、違う違う」

ヤマさんは大仰に手を振った。

「土地じゃないんだ。そんなんだったら俺にだってできる。そうじゃなくて、あっちのヤマさんは家を建てて貰いたいんだよ」

「はあ、家？」

「そう。なんでも娘さんが結婚して婿《むこ》をもらったそうで、子供は日本で産ませたいそうだ。まあ中国の病院がめちゃくちゃなのはいまに始まったことじゃないがね。で、急いで土地を探してた。なのに、その業者のやつら、ヤマさんが外国の田舎者なのをいいことに、適当な土地を売りつけようとしてたんだ。娘さんの出産のための家なのに、電車も通ってない山奥とか、氾濫《はんらん》を起こす川の側とか、沼地とかさ。とんでもない話だろ?」

「……まあ、そうですね」

「だろう? だから、俺は言ってやったのさ。ヤマさんのための土地は俺が見つけてやる。なんたって俺たちはもうこのあたりに七〇年住んでんだ、不動産屋にコネはあるし土地勘だって日本人なみにある。それに、うちのアパートにはそういうの専門にしてる大学の先生が住んでて、そいつは瀋陽大学に留学してて日本で一番の大学出て博士号もってるエキスパートだって」

「………………」

頭痛がしてきた。なぜ、誉といいヤマさんといい、勝手に人の経歴を拡大解釈して他人に言いふらすのか。

「あの、俺は不動産に関しては素人《しろうと》ですが」

「でもよ、住居がどうとか言ってただろ。この前もウッドチップの壁紙がどうとか、珪藻土《けいそうど》がどうとか言ってたじゃない」

それは、前から建築学科の先生と共同で進めている、アトピー性皮膚炎に有効なハウス・リフォームの研究についての話で本業ではない。それに、今回の巡間先生のあれこれのせいでそっちのほうの研究も止まってしまっている。

「うちは別名エコ学科っていわれてるんで、エコっぽい論文を書いたらうちの研究所が出してる雑誌に載せて貰いやすいんですよ。それで、建築の授業に来てる先生と、そろそろ一本くらい載せないとヤバイってことになって共同でやっただけです。本業じゃない」

「いや、そんな難しいこと言われても俺はわかんねえわ」

ならば、わからないことをわかったように他人に言いふらさないで欲しいものだ。

「とにかく、設計にかかわることなんてなにひとつ出来ませんよ。専門外なんですから」

「いや、できるって。だってK大だろ？」

「K大だからなんでもできるってわけじゃないんです」

「できるよ。なんならその建築学科の先生といっしょにやってくれたらいいよ」

「そんな無茶な」

ヤマさんはあぐらを組んだ足ごとずい、とこちらに向き直った。

「タカノブよ。お前だってさ、俺に恩があるだろ」

いきなり人情論で切り込んで来た。三四歳月給一〇万円のポスドクに怖いものなどクビ以外ないので、それくらいではひるんだりしない。

「ありますけど、できないものはできないんです」

「敷金ナシで部屋世話してやっただろ」

「それはありがとうございました」

「なにもお前に家建てろって言ってるんじゃないんだ。俺たちがあっちのヤマさんが気に入る土地を見つけて、そこにヤマさんたちが気に入る家を建てたらいいんだ」

「そういうのはコンサルとゼネコンの仕事でしょ」

「コンサルぐらいやれるだろう。なあ。——それに、なにもタダっていってるわけじゃない」

ヤマさんが急に声を潜め、右手の人差し指と親指で円を作る。貴宣は誉を見た。子供に聞かせたくない話になっていたが、どうせこの1Kのどこにいても話はつつぬけだ。

「じゃあ、給料払ってもらえるってことですか」

「おうよ」

「アシスタント料くらい？」

ヤマさんは、かつてタイガースのポスターだらけの店に読売新聞をとってもらえないかと営業がやってきたときと同じ顔をした。

「馬鹿《ばか》いっちゃいけない。遼寧のヤマ一族をナメたらいかんよ」

わざわざヤマさんが遼寧のと冠づけるのは、ヤマ一族はほかに安徽《あんき》省渦陽《かよう》県にも二〇〇〇人ほどいるからである。ちなみにヤマさんたちはかの有名な岳飛《がくひ》将軍の末裔《まつえい》で、逃亡するさい岳の姓を「山」に変えたらしい。本当かどうかは知らないが。

「じゃあ、いくらくれるんですか」

「マンション」

「はあ？」

「マンションをくれるってさ。建ててくれたら一室、タカノブにあげるって言ってたよ」

あまりに突拍子もない話に、開いた口がふさがらなくなる。

「い、いや、冗談は……」

「冗談じゃないよ。言ったろ、あっちのヤマさんはモリブデン鉱山のオーナーだから金もってるって。タカノブだったら俺たち東北人のこともよくわかってるし、下手なこっちの不動産屋にまかせるよりいいよ。だからさ、自分の金だと思って夙川だか苦《く》楽園《らくえん》だかあのへんに土地買って、でーんってマンション建てたらいいんだよ、マンシヨン」

「でーんってマンションって、いったい何人で住むつもりなんですか」

「だから、一族だよ」

ヤマさんはなんでもないことのように言って、座布団から立ち上がった。

「まあ、身内っていっても一〇〇人くらいじゃないかな」

「………ひゃく……」

ちゃっかり聞き耳をたてていた誉が、ヤマさんに言った。

「え、じゃあ一〇〇人、中国の人が引っ越してくるの？」

――わかっていたつもりだったが、中国人のスケールは日本人の脳みそで想像することの範疇《はんちゅう》を軽く越える。

「ホントにヤマさんのマンション建てるの、貴宣さん」

ヤマさんが賄賂《わいろ》のつもりらしい店の餃子と肉まんと海老焼売を置いて帰ったあと、それらをきっちりラップして冷凍庫に片づけながら誉が言った。

「……いや、ムリだろ」

「でも、マンションもらえるんだよ」

極貧の月収一〇万男に、目の前にぶら下げられたにんじんは黄金であることを告げる甥。

「もし、マンションもらえたらスゴイね」

「う……」

「一生家賃払わなくてもいいんだよ、一生だよ」

「言ったって固定資産税があるだろ」

「そんなの年間一〇万もないじゃない。一ヶ月にしたら八〇〇〇円程度だよ。今と比べてみてよ」

なぜお前は一般的な京阪神のファミリータイプマンションにかかる固定資産税をそんなに自然に語ってみせるのか、甥よ。

「不動産っていいよね。安定のしるしだよ。普通の人が三五年ローン組んでようやっと住めるマンションに、借金なしで住めるんだ」

「あのな」

「それに、ヤマさんの親戚の話でしょ。詐欺とかじゃない。こっちは失うものなにもないでしょ」

「もし、コンサル料踏み倒されたらどうする。マンションあげるなんて言ってませんとか、中国人だったら言うぞそれくらい」

「手付け金貰えばいいじゃない。コンサル料も分割で」

「……おまえ、手付けとかどこで習ったんだ」

「ヤマさんの店にあった『ナニワ金融道』」

おお、と額を押さえた。なんと実用的なジャパニーズのクールな文化。

「それとも、本気でやる気しない？」

「……いや」

貴宣は顎《あご》を摑《つか》んで考え込んだ。マンションの一室を貰う貰えないという話はさておき、中国のレアメタル成金が日本の土地を買ってマンションを建て、一族で住むというのはおもしろい。うまくデータをとってモデルケース化できれば、中国人相手に誘致を考えている企業に売り込めるし、ちょっとした論文もかける、かもしれない。

「そうか、そのヤマ一族一〇〇人にアンケートをとって、中国人の好きな内装や外装、好む居住区をデータ化すればいいんだな」

長年書き上げたいと思っている室町時代の住居論とはかけ離れた、しかも所属する環境学部にもエコにもまったく関係のない論文ができあがりそうだが、べつにどんな研究をしようとどのような論文を世に出そうと制限はない。むしろ幅広い分野で研究していることが評価に繋《つな》がることもある。

「自分たちの住む場所のことならすんでアンケートにも答えるだろうしな。中国語の翻訳は頼まなくても自分でできるし」

「そうそう、なにごともご縁はメシの種だよ、メシの種」

誉はエデンでイブにりんごを勧めたヘビのように貴宣の耳元でささやき続ける。よほどヤマさんの語ったマンション建設計画が魅力的だったらしい。

「メシの種なあ」

「きっと、大学を辞めさせられても、マンションの管理人としてやとってもらえるよ」

それは喜んでいいんだか悪いんだか。

「ヤマさんも協力してくれるだろうしね」

「どーせあっちも、マンションの一室をやるから協力しろって言われてるんだろ」

駅から少し離れているせいか、この山一荘には空き部屋が目立つし、設備も古くてなかなか住人が居着く気配もない。ヤマさんとしても、ここらで一度、アパートを建て直すかなにか策を練りたいところだろう。マンションの件は渡りに船だ。

データをとっては討議、とっては会議でろくに自分の時間もないことにかわりはなかったが、メゾン・ド・ヤマ計画を依頼者にせっつかれ、仕方なく重い腰をあげたのはつい先週のこと。高校時代の同級生で、その後大手の不動産会社に就職したらしいあたりにかたっぱしから電話をかけてようやく一人捕まえた。

「はあ？　中国の一族のためのマンションって、ひさしぶりに連絡あったと思ったら瓶子、お前本気で言ってんの？」

こちらが冗談でもホラでもなく本気で、しかも相手にはそこそこ軍資金もあり、どんな家に住みたいのかという要望もまとめつつあるということを、できるだけはしょって説明すると、とりあえず本人と連絡が取りたいからメールを翻訳してくれという。

「実は、そういうの、まったくない話じゃないんだ。たいてい持ち込んでくるのは不動産屋だけど」

日本人によくありがちな、「考えてみるよ」という、イコール〝ない〟を含んだ形だけ前向きな返事を寄越しておわりだと思っていたら、前例がいくつかあったらしく、ヤマさんの親戚とはメールでやりとりがはじまった。貴宣の仕事はもっぱらメールの翻訳である。いくらかやりとりをしたあと、友人の会社も仕事を進める気になったようで、この正月休みまでに候補地をあげ、旧正月にヤマ一族が現地を視察しにくることになった。

（なんだ、とんとん拍子にすすむじゃないか。よしよし）

誉の二泊三日の修学旅行期間がやってきて、家に戻ってもだれもいないという日が珍しく続いた。それでもひとりの寂しさを感じるヒマもなかったのは、とにかく家に戻ってきて風呂に入って寝るだけの生活だったからだ。

本格的に季節が秋を迎える頃には、データ取りやその先に待っている研究成果のまとめの準備に忙しくなり、貴宣の私生活はほぼないといってよかった。夏休みの間は授業がなかったのでどうにかなったものの、九月に新学期を迎えると、スケジュールはあっという間にパンクした。授業をこなしてすぐに『さくらホーム』に赴き、データを取ってとんぼ返りをして、委員会や教務の会議やあれやこれやに出席する。そんなふうにめまぐるしい日々を過ごしていると季節の移り変わりにも疎《うと》くなるようで、気がつけばまわりは厚手のアウター姿だった。

「貴宣さん、そろそろコート出さないと寒いんじゃないの？」

母親のようにまめまめしい出来る甥こと誉が、押入の奥に半年間しまわれていたダッフルコートを出してきてくれた。本人はとっくに、去年のクリスマスに貴宣が買い与えたダウンコートを着ている。

「うー寒い、ここまで冷えると風邪ひきそうだ」

「やめてよ。いくら保険証使えるからっていっても、医療費が高いことにかわりはないんだから。手洗い、うがいは忘れないで」

日曜だというのに、誉は外出もしないで家で問題集を解いていた。聞けば進学塾に行っている友達に、これまたお下がりでもらったのだという。

「山口くんは私学受験専門の塾に行ってて、来年K中を受けるんだって」

「実加ちゃんはどうなったんだ？」

「実加ちゃんはS女子とK女子受けるんだよ。貴宣さんのところも」

ふーん、と半ば適当に相づちを打つ。もっとも月収一〇万でやりくりする我が家では、私学受験情報などアメタレがドヤ顔で言い放つハリウッドセレブ情報以上にどうでもいい。

「そういえば、お前ももう中学生なんだもんなあ」

はあ、とため息が出た。最近は疲労のためか普通に話していても、全《すべ》てため息になっている気がする。

「ねえ、学生服とかジャージとか教科書とか、けっこう物いりじゃない？　ああいうのってお下がりとかもらえるのかなあ。僕、だれかのお下がりで十分なんだけど」

「市のネット掲示板とかで探したらあるかもしれないな。担任の先生に相談したら、そういうのどこで譲ってもらえるか教えてくれるかも」

ああでも、と急いで繋げる。

「制服ぐらい新調するぞ」

「ええっ、そんな。いいよ。だって何万もするんでしょ」

金銭問題に聡《さと》すぎる一二歳は本気で顔をしかめたが、貴宣はかまわなかった。

「あのな。この研究発表がうまくいけば俺はめでたく来年から専任だし、実際、大和先生が準備金とボーナスをくれたから、ちょっと足しになってるんだ。お前の制服代ぐらいどうにでもなる」

授業をこなしながらひたすらデータをとり続けるルーチンワークは過酷ではあったが、最近はさすがに慣れた。川手千尋は意外にも女性らしい気配りがあって、何ヶ月も続くデータとりに飽きてきたホームのじいさんばあさんたちを、データとりの日はおやつの日、という新ルールをもうけてあっという間に心を摑んでしまった。あとで貰う金券や図書カードなんかより、今日のおやつはなにかなとわくわくしながら待っているほうが、ホームで代わり映えのしない生活を続けるしかないご老人がたには受けがいいようなのである。

「そういえばその川手さんって人、この前家にきたよ」

誉がひと玉一三円のうどんにとろろと月見をくわえてくれた、給料日前我が家特製の原価三〇円うどんをすすっていると、爆弾発言に噎《む》せた。

「な、なに？」

「いや、貴宣さんが先週、学会の手伝いでいなかったとき。美愛ちゃんに用があったみたいで、破れたカーテンの補修に来てた」

「あ、ああそういう……」

さくらホームの実験で使用しているカーテンだ。そういえば、とっさにミシンを踏める人間が美愛しか思いつかなかったので背に腹は代えられず頼み込んだのである。

「それで帰りに下のヤマさんとこで定食食べて帰ってた。美愛ちゃんとは意気投合してたよ」

「意気投合って」

「ほら、川手さんってモデルのMに似てるでしょ。すらっとしてて背が高いし。だから学生の卒制ファッションショーに出てほしいとか、写真とらせてほしいとか言ってたなあ。川手さんもハリウッドの衣装やってる店でバイトしたことあるらしくて、それでもりあがってた。あと、ギョウザのポーチも買ってた」

（特大ギョウザのポーチ、買ったのか）

美愛と同じファッションセンスというだけで、貴宣の中で川手千尋への評価ゲージが下がっていく。

「へえ、美愛とねえ」

「ギョウザが好きで、食べ歩きが趣味なんだって。ギョウザは飲み物だって言ってたよ」

「それはほんとどうかと思うな」

明日ニンニク臭くなることなどかけらも気にしない女どもが餃子をぱくつく側で、誉は床を磨いていたというから、これでいいのか日本という気がしないでもない。

「貴宣さんの敵だっていうから、どんないやな人だろうと思ってたけど、意外といい人だよね」

「なんだ、急に」

「英語教えてもらったの。ネットでラジオの基礎英語聞くといいよとか、図書館で映画のＤＶＤ借りて字幕で見るといいよとか。そういうの」

「……ふーん」

「このへんで住む家探してるっていうから、美愛ちゃんがメゾン・ド・ヤマ計画のこと話してた。そしたら、『へえ、瓶子先生が時々うんうん唸《うな》ってるアンケートのメールって、その話だったんですね』って。マンション建ったら住めばいいじゃんとか、そういう話だったかな。あれからたまにヤマさんところに食べに来てるよ」

「あっそう……」

なぜか川手に外堀を埋められたようで、貴宣は黙ってうどんをすすった。

メゾン・ド・ヤマ計画は、思った以上にうまく進んでいる。中国のヤマ一族がどこまで本気か知らないが、さすがに紹介料と通訳代くらいは出すだろう。マンションの一室をもらえるならいうことはないが、土壇場《どたんば》になれば中国人が手のひらを返すことも知っているので、深入りはしないことにした。君子危うきに近寄らず。

その日は、急に気温が下がって昼の間にみぞれが降った。

（顔、寒いな）

空腹がすぎて主張すらしなくなった腹を抱えて自転車に乗った。もう少ししたら毎朝の通勤が辛《つら》い冬がやってくる。吐く息の温かささえももったいないと思うほど、真冬の自転車通勤は風が冷たい。とくにここは海風と高速道路の下という悪環境のせいで、雨の日など体温がどんどん削られ泣きたくなる。

（うう、ペダルが重い）

今日は特に自転車が重く、なかなか前に進まなかった。ここ半年間は例の研究のためかなりオーバーワーク気味で、体重も五キロ落ちた。さすがに落ちすぎだろうと思い、安い時を狙《ねら》ってマックで朝ご飯などを食べてみたりサプリをとったりしてみたが、消費されるカロリーのほうが多いらしく体重はいっこうに増えなかった。以前はヤマさんの中華料理店の残り物が続くとすぐに腹が出ていたのに。

（早く帰ろう。家に）

古くて狭くて、いつもうんざりする我が家ではあるけれど、誉が晩ご飯を作って待っていてくれると思うだけで救われる。

たしか、誉が今日は鍋《なべ》だと言っていた。シーチキンで出汁《だし》をとってお勧め品の菊菜やら京ネギやら白菜やらを炊《た》くだけのシンプルなものだが、最後に玉子をたっぷりいれて作る雑炊が格別なのだ。

必死でペダルを押すようにして前へ進んだ。目よりもすでに体が覚えてしまっている帰宅ルートをなぞり、アパートへ戻ってくる。足をというよりは体そのものを引きずって階段をあがり、自宅のドアを開けるが早いか靴を脱ぎ出す。

「ただいま、腹減っ……」

貴宣は言いかけた言葉を思わず飲み込んだ。見慣れない女物の靴、しかも安っぽいグレーのムートンブーツ。ここにあるはずのないもの。

だがしかし視覚よりも先に嗅覚《きゅうかく》が、自分の家に異物が混ざり込んだことを貴宣に教えていた。かすかに玄関に香る香水の匂《にお》い。

（この、匂い）

そして脳が警告を出す。

「お、おかえりなさい、貴宣さん。あの……」

誉が座卓に手をついて立ち上がった。けれど貴宣はそれを見ていなかった。

不自然なまでに色を抜いた髪をだんごにまとめ、明らかに地毛とは違うロングのウイッグをつけた若作りの女。こんな寒い日に太ももが三分の一しか隠れない短いデニムパンツを穿《は》いた女。この家にあがるのにもっとも相応《ふさわ》しくない。

「なんでここにいるんだよ、――しずる」

突然、誉の母親が来襲した。

＊＊＊

「誉を迎えにきたの」

突然現れた姉のしずるは、あろうことか我が子を置き去りにし、なおかつ一度も連絡をしなかったことに悪びれもせずに言った。

（こいつ……、もっとほかに言うことはないのか！）

あいかわらず派手な恰好《かっこう》をしている。もう三八になるはずだったが、コンビニで売っている女子高生向け雑誌のモデルのようにつけまつげで目元を強調し、血色チークを入れてわざわざホワイトのアイライナーで涙袋を描いている。裾《すそ》の解《ほつ》れたデニムパンツ、イエローのカラータイツ、安っぽいホワイト・ボアのパーカージャケットという出で立ちだ。貴宣が授業を受け持っている大学生ですらここまでわかりやすい〝安っぽさ〟は感じない。

しずるがこういう人間であることは知っているはずなのに目眩《めまい》がした。わかっている、これはただの拒絶反応だ。そして外見だけでなく、この姉の生き方すべてに対して貴宣は拒絶反応しか示せないのだ。昔から。

「あのねえ貴宣。わたしね、今横浜にいて介護の仕事やってるの。すんごくまっとうなやつよ。朝も九時から働いてて六時には仕事が終わる。もうさ、すんげぇしんどいしさ、じーさんばーさん何言ってるかわかんないし、すぐキレるやついるし、マジうっといけどがんばってんのよ。もうすぐ介護の新しい資格をとる試験があって職場が支援してくれてるしさ。受かったらお給料もちょっと上がるって、へへ」

貴宣がなにも言えないまま呆然《ぼうぜん》と突っ立っているのも、しずるにはどうでもいいらしかった。誉が用意した（らしい）お茶漬けと白菜の漬け物を勢いよく胃袋にかっこんでいる。

「……おまえ、よくここに顔が出せたな」

「は、なんで？」

「なんでって……」

怒りのやり場がない、とはこういう事を言うのだろう。貴宣は疲れ切った頭をさらに酷使して、同じように疲れ切ってもう一歩も歩きたくない体が暴走しないよう、全力で制御しなければならなかった。

「自分の子供を他人に押しつけて消えて、今まで好きほうだいやってたんだろ！　誉がどうやってうちに来たのか忘れたのか。まだ小学三年だった誉をお前がアパートの前に置いてったんだろーが！」

——三年前、あのころ貴宣は行き詰っていた。経済的な理由で博士論文がなかなか進まず、指導教授の不祥事だのなんだのというトラブルが続いて、結局博士論文を出すのに足かけ七年かかってしまった。貴宣と同じような状況だった仲間たちも、大学でのポストさがしに見切りをつけて民間へ就職していったが、自分は奨学金の返還がネックでなかなか踏み切ることができなかった。いま、ここでどこでもいい、地方のFランク大学の専任にさえなってしまえば、六〇〇万円は免除されるのだと思うと、どうしても欲が出る。日本全国津々浦々、どこでもいいからと応募書類を送りまくり、それでもいいポストを得ることができず半ばヤケになっていた頃だった。

結局、教授職を与えられるのとひきかえに他大への〝降嫁《こうか》〟が決まった、一度も交流のない、学部も研究も関係ない准教授の紹介で香櫨園女子大の非常勤講師の枠をなんとかものにした。職を与えられたのはいいが、貴宣に用意されたポストはあくまで非常勤。まわりに頼りになる知己も後ろ盾《だて》もいないという孤立無援での新生活が始まった。そんな年の一一月だった。

『こんにちは、僕、瓶子誉っていいます』

アパートの入り口で体育座りをしていた小学生。同じ名字を名乗ったことに気付いたが、あまりに想定外だったので貴宣はしばらくなにも言えずにいた。誉と名乗った子供が自分の甥であり、母親がしずるであることはすぐにわかった。彼が実に申し訳なさそうに、そして慣れているふうな口ぶりで事情を説明したからだ。

『母は仕事を探しにいきました。しばらくは僕を養うお金も気持ちのゆとりもないそうです。だから叔父さんのところに行って食べさせてもらえと言われました。ほんとうにすいません。ご迷惑をおかけします』

小学三年生にしては体も大きくしっかりしていたが、それにも増して大人びた口調とどこか諦《あきら》め半分な雰囲気が貴宣には気持ちが悪かった。どうしてこの子供は、自分が捨てられたことをこんなに淡々と説明してのけるのだろう。どうして母を求めて泣かないのだろう。

彼が本当に自分の甥である証拠はなにもなかったが、彼から聞いた母親の話はたしかに姉のしずるそのものだった。自堕落で計画性が無くて、男癖が悪くて、実家近くの底辺高校を三ヶ月で中退してからはほとんど家に寄りつかずにいた姉。そのしずるが父親がだれだかわからない子供を産んで育てていたということは、姉のいままでの行状を知る貴宣には容易に想像できた。

『いままで、どこでどうやって暮らしてたんだ』

『お母さんは働いてくれてました。一応』

一応、という言葉が小学三年生の口から出ると、ひどく背徳的だ。

『……うーん、そうですね。とにかくお酒に弱いので、そのへんで泥酔《でいすい》していないか心配です。夏はいいけど冬はね。一度それで肺炎になったんですよね。僕がいなくなってまわりの人に迷惑かけてないといいけど』

聞けば聞くほど、誉の中には母親という存在がまっとうに機能していないのがわかった。彼が言うには、住んでいたのは吹田《すいた》にある築四〇年の公営団地で、近所に住む親戚でもなんでもないおばちゃん達にほぼ育ててもらっていたのだという。貴宣には、誉が小学校に通っていただけでも奇跡だと思えた。

恵まれない子供は数多くいる。自分だってしずるだって、子供のころに父親がいなくなってから余裕のない片親家庭で育った。けれど母親はちゃんと保険の外交員として働いて貴宣を学校に行かせてくれたし、住む場所や食べるものに困ったことなどなかった。

なのに誉はそれまで住んでいた吹田に落ち着くまで、自分でも覚えていないくらい頻繁に引っ越したという。

『あ、でも家に男の人がいることはなかったから。もっと小さいときに僕がいやだって泣いて逃げ出してから、それだけはやめてくれたんですよ。約束したの』

どこか誇らしげにそう言ってしずるをかばう甥を見て貴宣は内心天を仰ぎ、すぐに誉がこちらの小学校へ通えるように転校手続きをとったのだった。

それが三年前のこと。

今まで一度たりとも連絡してきたことはなかったし、母子手当や養育費はおろかクリスマスや誉の誕生日にプレゼントを送って寄越すことさえなかった。

（なにをいまさら……、いまさら！）

見開きすぎて目の奥が痛い。腸《はらわた》が煮えくりかえるとはこのことだ。

「ふざけんな、なに人んちで勝手にメシ食ってんだよ。出ていけよ！」

「メシって、ただのお茶漬けでしょ、こんなのごはんのうちに入らないじゃん」

「うるさい、早く行け。二度とうちに入るな。こっちはお前の顔も見たくないんだよ！」

横目で誉を見た。彼の前で彼の母親と言い争いをするのは気が引けるが、さすがに疲れて帰ってきたところに、一方的に迷惑をかけられた相手に自分本位な行動をされては黙ってはおれない。

「ねえ、なんでそんなに怒ってるわけ。あいかわらず感じ悪いな、あんた」

「なんでって、おまえな！」

「貴宣、あんたもしかして誉が迷惑だったの？」

心外だ、とばかりにしずるが言ったので、さすがに頭に血が上った。

「なに言って……、お前が自分の子供をここに置き去りにしたんだろ。俺が警察に行ってりゃいまごろ刑務所だぞ、わかってんのかよ！」

「別に誉は迷惑かけなかったでしょ。できた子だもん。えらい子だもん。赤ん坊の時はそれなりに大変だったけど、なんにもしなくてもすくすくーって育ったのよ」

ケラケラ笑うしずるに、思わず眉根《まゆね》が寄った。いま目の前にいる姉の言った言葉は日本語のはずなのに、よく意味が理解できない。昔からこうなのだ。彼女はどこまでも自分本位で他人に迷惑をかけることをなんとも思っておらず、いつも周囲を巻き込んで騒動を起こす。大事《おおごと》になったところで自分は謝らずにただ逃げて、結局母と自分が頭をさげてまわることになる。

しずるが家にいたころはずっとこの繰り返しだった。母はなにも言わなかったが、明らかに疲れきっていた。そして疲れたまま逝《い》った。その母親の葬式すらなんの手伝いもしなかったのだ、この女は。

「誉がお前にいいようにされてもまっすぐなのは誉自身が努力してるからだ。お前はやるべき事をやってない。誉の手柄を勝手に自分のものにするな」

「なによ、えっらそーにさ。あんたってほんと変わんないよね」

箸《はし》を置き、耳の後ろの髪を手櫛《てぐし》ですきながら、しずるは顔を顰《しか》めた。

「捨てたんじゃない。甥っ子を、あんたに預けたんじゃないの」

「俺はなにも聞いてなかった」

「連絡してもどうせ出ないでしょ」

それは、しずるからの連絡なんてどうせろくでもないこと――ほぼ一〇〇パーセントの確率で金の無心――だと決まっていたから関わりたくなかったからだ。

「おまえの電話なんて金の無心しかなかったじゃないか。母さんの葬式のときだって手伝いもしない、金も出さない、身内のくせにド派手な化粧で現れて引っかき回して、あげくのはてに香典盗んで逃げたよな」

「……あ、あれは借りたんだって言ったじゃないの。あのときお腹《なか》にその子がいたのよ。お金がいったの。あんたにはわからないかもしれないけど子供産むのって大変なのよ」

「どうだか」

偉そうに母性を語って煙《けむ》に巻こうとしているが、盗んだ香典がそのとき同居していた男の借金に消えたことぐらい、想像に難くない。

結局その金も男に奪われ、しずるは捨てられた。自分が捨てられ慣れているせいで、しずるは都合が悪くなるといとも簡単に誉を捨てるのだ。何度も繰り返されれば、それがあたりまえのことだと心と体が間違って認識する。父親が母親に暴力をふるうのを見ていた子供が、同じように母親や妻に暴力をふるうようになるのと同じだ。

かといって、貴宣はしずるに同情するつもりは欠片《かけら》もなかった。彼女の不幸は自己責任の範疇でしかない。

「なによ。お金お金ってさ。人を泥棒みたいに」

「泥棒みたいにって、泥棒だろ。もういいよ話す気なんかない、行けよ」

「ムカつく。あんたみたいにいつまでも独身で好きなことやって社会人としての義務も果たさずにぷらぷらわけのわからない研究とかしてる男に言われたくない」

「あのねえ、俺はまっとうにやってますから。だれかさんとは違うの」

「好きなことやってお金かせげてるんでしょ。楽してんだからちょっとくらい預かってくれたっていいでしょ。血のつながった甥っ子じゃないの」

「だれが楽してるって……」

「はーあ、お母さんだっていつもあんたのことばっかりでさあ。貴宣貴宣って、勉強できるのがなんだっていうのよ。わたしがこんなんなったのも全部あんたのせいよ」

さっきからなにを返しても、しずるから戻ってくる返事は、厳密に言うと返事ではない。まともに話がかみ合っていない。仕方がないのだ。しずるは自分の言いたいことしか言わないし聞かない。

「あんたのためには必死で働いてあんたの大学資金蓄えるくせに、わたしが美容師になりたいっていっても一円も出さなかった。忘れたとは言わせないから」

「やめろよ。誉の前でそういうこと言うな」

自分の都合が悪くなるとしずるが持ち出す話は決まってこのワンパターンだ。聞き飽きている。きっと誉も。

「隠したって無駄。あんたが未《いま》だに好きなことばっかしてられるのも全部わたしが損したから。あんたの踏み台にされたからでしょ。なのにこれくらいなにさ」

「いい加減にしろ、つまみ出すぞ」

「いいわよ、じゃ帰ろ、誉」

しずるはその場に立つと、パーカーの上からそでなしのダウンジャケットを羽織った。

「荷物あとでこいつに送ってもらうから、簡単なものだけまとめなさい。新幹線乗るよ」

「ちょっと待てよ!」

ついに頭の中でなにか線が切れて、隣近所に響く声で叫んでしまった。だが、ここは引けない。

「誉はお前とは行かない」

「なんでよ。わたしが誉の母親なんだよ」

「お前は母親失格だ。ここに誉を置いて行った時から母親の権利はない」

「はぁ？　そんなの誰が決めたワケ？　法律とか？」

貴宣は自分の中にある冷静さを総動員させて静かな声を保つよう心がける。だが、それもそう長くもちそうもなかった。

「いいか、お前がこの子を放っていた間にだって、誉の生活があったんだ。ここで友達もできたし、もうすぐ卒業で中学に行く準備だってしてる。お前の入り込む余地はもうないんだよ」

「ええー、そんなことないよね。だって誉に言ったもんね。お母さん、ちゃんと仕事見つけて家決めて働くから、そしたら迎えに来るから、それまで叔父さん家《ち》で待っててって」

貴宣は誉を見た。急に大人二人からの視線を受けて、明らかに彼は戸惑っていた。

「あの……、僕は……」

「お母さん、約束通り仕事決めてきたよ。今働いてるところ寮があって、子連れでも入れるんだよ。ここの小学校卒業したいならそれでもいいけど、きりがいいし中学からは横浜の学校に行きなよ。ねっ、誉」

しずるは大股《おおまた》で誉の側《そば》に歩み寄った。もう身長がそんなにかわらないので目線は同じだ。違うのはその互いを見る眼光の強さだった。しずるは食い入るように息子を見つめていたが、誉は困ったように母親を見ては視線を落とすばかりだ。

「その仕事って、どれくらい続いてるの」

「大丈夫だって、カラオケ店とかビデオショップみたいなことにはならないからさぁ。なんてったってちゃんとした仕事だよ」

「どれくらい続いてるの。今で、何ヶ月？」

慎重に、同じ事を誉は問いかける。寮付きの仕事なら、またしずるが騒動を起こして会社をクビになったとき同時に家まで失うことになる。誉の表情からは、いままでに同様のことが何度かあったと窺《うかが》えた。

彼は母親を信用していない。けれど、信用したいと思っていることはわかる。本気で母親に愛想《あいそ》を尽かしているのなら、ろくに問いかけもせずに帰ってくれと言ったはずだ。

そうだ。誉は話を聞こうとしている。貴宣は聞く耳さえもとうと思わないのに。

（こんなやつでも、母親だからか）

正直言うと、誉のこの態度は貴宣にとって少々ショックだった。誉はこれからもずっと貴宣と暮らしたいのだと勝手に思いこんでいたのだ。なぜ誉はしずると向き合えるのだろう。親戚《しんせき》とはいえ知らない男の家に置き去りにされたというのに、恨みはないのだろうか。それでも子供は母親に盲従するものなのか。あんな母親にさえ。

「今で四ヶ月目よ。健康保険も入ってる。偉いでしょ」

「母子手当ってお母さんのところに行ってるんでしょ。どうしてそれだけでも貴宣さんに送ってこなかったの」

「……それは」

さすがに痛いところをつかれたのか、しずるは一瞬言葉を詰まらせ視線をぐるぐる動かして必死に適当な言葉を探し始めた。

「生活がきつかったの。ほ、ほら、関東は物価が高いでしょ。家賃だってさ……」

「会社の寮に住んでるんじゃなかったの」

「それは、そうだけど、いまの会社に入る前だよ」

誉の声は淡々としている。こんな話し方は三年前にここに来たときはしなかった。それだけ彼が成長したということだ。

子供のほうがよっぽど冷静だ。貴宣はしずる相手に激高した自分が少し恥ずかしくなった。

「今どうやって暮らしてるの。前の男の人は？」

しずるは心なしか胸を張って首を振った。

「寮だからお母さん以外は住めないのよ。大丈夫」

「その介護の試験っていつ？」

「もうすぐよ。来月」

「じゃあ、それに受かったら迎えに来てよ」

貴宣は誉を見た。

「おい誉……、それは」

「本気で介護の仕事続けたいと思ってるなら、ちゃんと勉強してるんでしょ。そうだよね」

誉の言い方はあくまでソフトだったが、その言葉の裏に潜む子供らしからぬ達観に貴宣は気付いていた。いや子供だからこその達観ともいうべきか。ともあれ誉は今すぐしずるを受け入れる気はないらしい。

「わかったわよ」

誉の気迫に押されたのか、しずるはそれ以上なにも言わず、試験が終わったら連絡するからとだけ言い置いて、ショルダーバッグを摑んで部屋から出ていった。

カン、カン、としずるの厚底ブーツのかかとが階段を下りていく音が響く。やがてそれも聞こえなくなり、この部屋にはめったにない不気味な沈黙が訪れた。

誉はしずるの足音が完全に聞こえなくなったタイミングで、深く大きなため息をついた。

「ああ言わないと帰らないでしょ。終電なくなったら泊めるはめになるよ」

誉はちゃぶ台の上の茶碗《ちゃわん》などを片づけると、ラップしてあった貴宣の夕食をレンジに放り込んだ。ぶーんという音をたててみそ汁の椀《わん》と焼き魚が回転し始める。鍋の予定は変わったらしい。

「いいのか、あんなこと言って」

「いいもなにも、慣れてるから」

どこかあっけらかんとした誉の表情に思わず顔をしかめた。目の前に湯気のたつ夕食が並べられても、食欲がなかなか戻ってこない。

「ごめんね、貴宣さん仕事で疲れてるのに騒いじゃって」

「いや、騒いだのは俺だし……、子供の前でする話じゃなかったかも」

「おかあさん、学校から戻ったらドアの前で待ってたんだ。今日は小さい子たちを送っていってちょっと遅くなったんだけど、部屋の前に立ってタバコ吸ってた。タバコ買うお金とか新幹線に乗るお金とかはあるみたい。タバコは万引きできないし、新幹線のチケットもね。だから自由になるお金はあるんじゃないかな、いまのところ」

　小学六年生になった誉は、定員の問題から学童を利用できなくなったが、事情が事情なので校庭や図書館で時間をつぶし、六時になると帰宅する学童保育利用者を指導員とともに送っていっている。クラスの子に誘われて遊びにいくこともあるが、最近は図書館で過ごしているらしい。

「ああ言ってたけど、たぶん今も別の男の人いるんだろうと思う。まあ……、昔から言ってることもころころ変わる人だから、お母さんは。そんなことより食べてよ。そのほっけ五〇円のわりには肉厚でおいしいよ」

〝そんなことより〟で実母の襲来を片づけてしまった誉は、どこまでも通常運転だった。そうだ誉は賢い。もしかしたらこんな日がいつか来ることを予想していたのかもしれない。

　心構えがなかった自分を貴宣は恥じた。醜態をさらしてしまった。どんなにダメな親が相手でも、子供の前でそれをいちいちあげつらって責め立てることもなかったろうに。

「うん、食べるよ。ごはん、いつもありがとうな」

「おかあさんに見つかったら食べられると思って、先に残り物出したの」

「そういう作戦だったか」

本当に誉は賢い。彼ならばK大に入ったとしても、貴宣のように定職なしポスドクの地位に甘んじたりはしないだろう。きっと学生時代からバリバリ起業するタイプのマネー戦士に育ってくれるに違いない。

「来週の金曜データ取りで遅くなるから、先に寝ていていいからな」

なんとか場の空気を変えたくて、強引に話を変えた。

「わかった。じゃあヤマさんちでなにか食べるよ」

「そうだな。そうしてくれ。ヤマさんちで食べない日も、学校から戻ってきたら一回は店に顔を見せろよ」

「うん」

いつも通りの会話と空気感が戻ってきた。ちょっと焦《こ》げた焼き魚の匂いもみそ汁の湯気も、いまはしずるの合成香水の匂いを消してくれるだけありがたい。

二人きりのいつもと変わりない食卓なのに、きっと誉以上に自分のほうがほっとしているのだろう。

貴宣はしずるに会った動揺を出さないよう注意深く魚の身に箸を入れた。

＊＊＊

寒さが日ごとに深まってきて、最近では日が短くなったのが体感的にわかる。貴宣はあいかわらず授業をするかたわら、ＥＨＰチームの作業に追われていた、来月七日にはＮ社に報告書を提出しなければならないため、データをとっては大和教授や川手千尋はじめチームで話し合い、データを解析し統計処理を行いまたデータと向き合う日々である。

理系の論文作成の時間が、ほぼ研究のデータ取りと解析に費やされるのもよくわかる気がする。貴宣のような史学よりの研究者にとって、ひたすら数字のみを追いかける日々は、単純であるが一日たりともデータ採取ミスが許されないぶん気が抜けない。どうしても委員会や教務の用事で『さくらホーム』に赴けない時は、川手千尋がスタッフをつれてデータを取ってきてくれる。今はクラウドを通じたネット環境があるため、大学にいても貴宣は退屈な会議中にそれらの数値を確認することが出来た。一年を通研究で得たデータを見るに、なかなか興味深い結果が出ようとしていた。

じて気温差による脳波数値の変動を見ていると、ある程度歳《とし》のいった日本人は寒色系より暖色系を好むことがわかった。和のテイストははじめは喜ばれるものの、すぐに慣れるらしくほかの色の壁紙と数値はかわらない。面白かったのは、真っ白の壁紙に人気がないことで、モノトーンやモダンといったスタイルは特別若い人向けであることがよくわかる。マリメッコもどきの壁紙もあまり評判は良くなかった。それも脳波に顕著に表れている。

「和紙風の壁紙が一番人気かと思ったら、そうでもなかったな」

酸化のすすんでいないコーヒーを味わいながら、専用のソフトがはじき出したグラフを見やった。最近は一日一度は巡間教授お下がりのコーヒーメーカーで、贅沢《ぜいたく》にもドリップコーヒーを淹《い》れることを自分に許している貴宣である。

「女性の数値が特に興味深いですよね。天井にもパターン柄じゃなくて、一枚絵の壁紙を張った部屋は人気が高いです。相対的にパターン柄より林やガーデンの絵をあしらった外国産ウォールペーパーのときに特に数値がいい」

研究とは、データをとるだけとればいいというわけではない。その解釈が重要である。データは単体ではただの数字の集まりでしかないが、実験条件と照らし合わせ、ある要素のときと別の要素のときの状態を比較することで、データの示す意味が浮かび上がってくる。

特に今回のように、複数の条件を重ねあわせたときの影響を見たいとき、いくつかの視点でデータを切り分けて、それぞれ簡単なソフトで統計処理をして、ようやく研究者はそれを「実験結果」として扱うことができるようになる。ここまでくると結果に相当な確信がもてるようになるので、はやく報告書としてまとめてしまいたくなるし、もっと先、論文にするときのことを考えてしまう。それはどの研究者も同じだろう。学者のさがというやつである。

「この結果はどう解釈すべきだろう。美術館に行ったときのような特別感を感じるから？　特に絵を見るのが好きじゃないと答えている被験者でも同じ高い数値だ」

「リッチさ、じゃないですかね」

川手はコーヒーミルクをカップに落としながら言う。

「グリーンに、適度な花の絵で色彩を添え、それによって出来る限り室外の雰囲気を醸《かも》し出している。面白いことに、ほかの壁紙でも好感度の数値はほぼ値段と比例しているんですよ。つまり、実際の値段を知らなくても、見ただけでだいたい高いか安いかはわかるようになっていて、高い壁紙のときはそれだけ気分が高揚する。好き嫌いじゃないんです。つまり――お得感ですね」

「なるほど、お得感か」

つまり被験者たちは、実験室を〝我が家〟だとは認識しておらず、ホテルとか旅館とかそういう特別な空間だと思っていることになる。

「それで出た数値をそのまま、『これが一番快適な部屋の例です』って出してもいいもんかねえ」

「どのみちこのデータ結果は、家のリフォームにではなく老人ホームのリフォーム案に使われるんですから、家じゃないってところは同じでは？」

「そう、だなあ……」

「これって発表、いつでしたっけ」

「N社に渡すのが一二月七日で、報告会は二五日。学会の一セクション使って、二〇〇人くらい人呼んでプレスも入ってって大掛かりなものらしい」

「一二月二五日って、クリスマスですよね……」

なにもこんな日にやらなくてもいいよなあ、と言いかけて、その日は助手である川手も出席してもらう必要があることに気づいた。

（まずい、これってセクハラになんのかな）

なるべく穏便に、当たり障《さわ》りなくクリスマスの予定を聞く。

「川手……さんは、あの……、この日、なんか予定とか……」

「仕事ですから出ます」

即答だった。仕事ですからというところを強調されたようで、なんともコメントがしづらい。

「ああそう。ごめんね、クリスマスなのに」

「いえ、とくに予定ありませんので」

「あ、そう、なんだ」

しん、と部屋が静まりかえり、その空気のまま会話がとぎれた。妙に焦《あせ》りが生まれ、せっかくの美味《おい》しいコーヒーを味わうことができなくなる。

(な、なんで俺がこんなことで妙な気分にならねばならんのだ!)

しかしながら、どうにも上手《うま》く別の話題を切り出せないでいると、川手がうまく話を変えた。

「瓶子先生こそ、誉くんはいいんですか。ケーキとかプレゼントとか」

「あー。そうですね。実はまだなんにも用意できていなくて」

去年のクリスマスは、たしか誉にダウンコートを買ってやったんだった。もちろんブランドものなどではなく量販店の安物で、きっと誉なら一年もすれば袖丈《そでたけ》が足りなくなると思っていた。実際冬物のコートはあれ一点着た切り雀《すずめ》のため、よく汚れているし、すぐに傷《いた》む（そういえば腕のあたりがほつれているのを見た）。おもちゃなどを買ってやる歳でもなければ、高価なゲーム機など論外なので、結局は今年も服などの実用品になりそうだった。

「子供ってすぐ大きくなるから、今年もコートとかマフラーとかそんなんでいいかなと思ってるんですけど」

「すっかりお父さんですね、思考が」

川手は珍しくアーモンドアイを細めて笑った。女性から見ると、自分の子でもないのに甥《おい》っ子を育てている独身男性というのは妙にポイントが高いようで、いつも誉の話をすると受けがいい。二〇代の学生ではない女性と色恋抜きでなにを話して良いのか見当もつかないので、誉はいい話のネタだ。

そうだ。誉がいてくれて貴宣はずいぶん助かっていた。洗濯や掃除や、家事の一切を任せているという以外にも、主に精神的な面で。

「さしでがましいようですが、もしよかったらＥＲＺＹ・ＭＯＤＥの株主優待セール券あるんで、行きます？」

「えっ、いいんですか」

言われて、そういえば彼女は今急成長中のファストファッションブランドのオーナー一族の娘だということを思い出した。最近のE・Mは子供服も充実してきて、庶民代表としては大変助かっている。

明日にでも優待ハガキもってきますね、という川手に、自分でも思いがけずプライベートに切り込んだ話題をふっていた。

「そんな大企業にコネがあるのに、川手さんはなんでウチみたいな女子大に来たの？」

出身大学とはいえ、わざわざ帰国して、やりたかったことの延長でもない大学の助教に収まる意味がわからない。それとも顔に似合わず川手も婚活中だけ居座るつもりなのだろうか。

（しかし、それだったら俺の授業をぶんどらなくても、リボンの世話だけして月給もらってればよかったはずだ）

貴宣の蟠《わだかま》りを知ってか知らずか、川手はゆっくりと返事を急ぐふうもなくコーヒーを飲んだ。なんとなくそれを見て貴宣もカップに口を付ける。

「情けないことに、LAでやってくには自力じゃ無理だったんです」

「は、あ……」

「この歳まで親に仕送りしてもらってまして」

「ふうん、まあ珍しいことじゃないでしょう」

「それでも向こうじゃ四人くらいとルームシェアしてたんですけど。ヘアメイクアーティスト志望の子とか、スタントのアルバイトやってる子とか」

「まあ、そういうもんだろうね」

貴宣にも留学経験はあるので、そこのところはよくわかる。とにかく留学中は働けないので金がないのだ。

「ハリウッドって一口にいってもいろいろで、さすがにいきなり行ってそんなに簡単に仕事に就けるなんて思ってなかったから、何年かは踏ん張ってやろうって思ってました。それなりになんでも飛びついてがむしゃらにやっていたつもりだった。だけど、二年でわかってくるんですよね。同じようにがむしゃらにやってる子の中でも、うまくやれてる人間とそうでない人間がいて、どんどん差が開いてくる。これじゃダメだと思って努力はするんだけど、方向性も確信もないままの努力だから、なかなか結果は出ない」

「川手さんって、修論はなんの研究してたんだっけ。アフリカのなんとかだっけ」

「ああ、それは違います。竹繊維の抗菌性についてです」

なんと、意外に硬派だった。聞けば川手千尋は、リボン教授の下で天然繊維についての研究で修士号を取った後渡米し、語学学校に通いながらCGの勉強をしていたらしい。

「MRSA（メチシリン耐性黄色ブドウ球菌）院内感染菌とかを使って、主に病院のシーツや枕《まくら》カバーなんかに使用した際の繁殖率を調べてました。ふつうのコットン素材だと一〇日で一〇〇倍に増えるんですけど、竹繊維だと逆に全部死滅するんですよね……」

「……その研究、コストダウンまでうまくもっていったら、医療メーカーといっしょにやったりいろいろできたんじゃないの？」

不覚にも人様の、しかも完全に下に見ていた助教の研究をおもしろいと思ってしまった。目の付け所がいい。金のにおいがする。

「元々肌にトラブルがあって、化粧水やらクリームやらを自分で作ってたんです。ちょうど大学が環境学部だったので、趣味の延長でこれにしようと。とくになにか熱意とか興味があったわけじゃなくて」

と、本人はあくまでクールだ。

「なんで環境学部？　流行だったから？」

「エスカレーターだったんで、高校の成績順に行ける学部が決まってたんです。それに、うち美術学科とかないし、ＣＧやろうと思ったら環境学部の情報の授業しかなくて。なのに気が付けば竹繊維の研究してた感じかな」

けれど、あくまで新設してまもない学部。外部への知名度もなければ就職のフォローアップもあまり期待できない。そのままなんとなく大学院に進んだのも、リボン教授の熱心な薦めがあったかららしい。

（まあそりゃわかる。聞くだにおもしろそうだもんな。竹繊維の研究。リボンとしても自分をラストオーサーにした論文をどっかに出しとけば本数も稼げるだろうし）

つまり、川手千尋は本人のやる気のなさに反して、うまく金になりそうな研究対象を見つけてくる発想力や、実験や研究、データ集めに欠かせない仕事の丁寧さなどは研究者向きだったということだ。

「だけど、その研究も結局陽の目を見られなくて」

「なんで？」

「タッチの差で、九州の大学で同じテーマで出した人がいたんです」

「あー」

それで心がぽっきり折れて燃え尽きてしまったのだという。理系ではよくある話だ。

「で、方向性を元に戻して、ＣＧの勉強をしようとＬＡに？」

「はい」

「厳しいけど、それでも行けばなんとかなると思ったとか」

「そうそう、そうなんです」

川手は珍しく笑った。笑うと切れ長のアーモンドアイがつぶれて、ちょうどどら焼きの断面のようになる。

「昔のゴールドラッシュみたいにね。そういう人間ばっかりですよハリウッドって。行けばどうにかなる。自分には何か才能があるはずだ。だれかがその才能を見つけてくれるはずだって思いこんでいるハンパものばっかり。本当に才能があって才能のために努力をする才能まで持ち合わせてるきら星みたいな連中はほんの一握りだけれど、そういう人間はやっぱり見る人が見てる。私みたいに特技もなくフラフラやってきた凡人は、あっという間に追いやられて食べていけなくなるんです。五年もすればほとんどの人間が国に帰る……」

ふうん、と貴宣は相づちをうった。川手千尋はその〝ほとんど〟のうちに入っていたというわけらしい。

「アメリカで働いてたっていっても、語学学校に行ってたときは父の会社の関係のアルバイトだし、卒業してどうにか言葉の不自由がなくなったころにやってたのは、知人に紹介された小道具のクリーニングの仕事で、それも短期のアルバイト。それでも映画に関係あるところだったから、それなりに関われて楽しいって思ってた。なんとか見つけてきたCGの仕事は三人しかいない小さな事務所で、昼間はそこで働いて、夜はクリーニングのアルバイトをして……。さすがに体を壊しますよね」

「ああ、それで日本に戻ってきた？」

「ハハ。むこう、医療費がむちゃくちゃ高いんですよ。私みたいな人間は歯医者にだって行けない。ずっと体をほったらかしにしていたから、どこもかしこもガタがきてて。ある日ひどい生理痛で歩けなくなって病院に行ったら、とうとう卵巣膿腫《らんそうのうしゅ》だって言われました。それで、父が手術するならいい機会だから日本に戻れって」

日本の健康保険のありがたさは外国暮らしを経験すればだれでも実感するだろう。貴宣とて中国にいたころは薬ひとつ手に入れるのにだいぶ苦労した。

「当たり前のことなんですよ。ハリウッドなんてところは、明確な夢とビジョンを持っている人間が行くところだったんです。中途半端《はんぱ》な人間が自分探しにいくところじゃなかった。でも私は中学校からエスカレーター式で特に苦労なく一〇年以上を過ごして、そこから出ていくことばかり考えていたんです。ここから出なきゃ。もっとすごいところに行けば自分は変われるんだって」

台風がきたとき、濡《ぬ》れるってわかってて外に飛び出していきたくなるでしょ、あんな感じですよねと川手は言った。

「まあ、つまり子供だったんですよね。今よりももっとね」

なんとなく相づちを打つのも憚《はばか》られる雰囲気だった。貴宣は返事に困ってコーヒーカップに口をつけ、中身がとっくになくなっていることに気付いた。

「すごい人たちの近くにいたら自分もちょっとはすごくなれるかもしれないっていうのは甘えで、本当は自分でなんとかしなきゃいけないものだけれど、ああすればいいこうすればいいって指示してくれる人って気がつくともういないんですよね。ハリウッドって場所は思った以上にコネクションがものを言うし、外国人が手っ取り早くコネを作るなら、やっぱりハリウッドの制作陣を多く送り出している大学に行くのがいいってこともわかってくるんです。そのためには推薦状が必要で、だからいったん研究していた大学に戻るほうがよかった。どういうことを学ぶにも、人とは違う変わった経験をしていることが有利なんですよね」

そんなときに、たまたまLAを訪れていたリボン教授と食事をする機会があったのだという。

「じゃあ、推薦状が揃《そろ》ったらまたＬＡに？」

　と言ったのは、やはり期待感からだった。ライバルは少ないにこしたことはないし、失ったコマも取り戻せるかも知れない。川手千尋はそもそも研究職になんの魅力も感じていないのだ。

「さあ、どうかな。どうでしょう。……上手いこと話が転がって、瓶子先生にコマをお返しできたらいいんですけど」

「い、いやそういう意味じゃなくて」

　心のうちを見透かされたかのようで、ぐっと言葉がのどに詰まる。

「まあでも一度夢の国から戻ってきちゃいましたからね。後は目が覚めるだけかもしれない。戻れないならもうあとは現実を見て生きていくしかないですね」

「川手さんならもっとコネのあるところで楽にやれるでしょう。助教の契約だって特任なら三年がメドですよね。最悪三年たったら俺みたいな不安定な非常勤講師か、ほかのクチを探すしかないし……」

「瓶子先生が、父のコネでＥ・Ｍ関係にクチきいてもらえっておっしゃるのもわかりますよ。コネって大事ですからね。昔はどうかと思ってたけど、実際ハリウッドで通用したのは父の会社の名前だけでしたから」

温室育ちの世間知らずだったころとは違い、夢もなくなり体まで壊して、それなりに辛酸も舐《な》めて戻ってきた。もともと研究に興味はない。なのにここにきてまだ川手千尋はＯＬになる気はないらしい。

（ポスドクの男の場合、つきあってる彼女に食わせてもらってるやつはアカヒモって言うけど、女性の場合何て言うんだろ）

「私、変なんですよね」

思いもかけないことを、川手は呟《つぶや》いた。

「……は？」

「瓶子先生もそうじゃないです？」

さらに思いがけなく返されて、喉《のど》に飴《あめ》を詰まらせたようになる。

「な、なにが……」

「〝外〟に出られなくないです？」

「外って」

「民間」

そんなことはない、とすぐに言い返すつもりだった。けれど自分でも意外なほどそれができなかった。目を見開いて顔をしかめ、ショックを受けていることが読み取られないようにする。

「外に出て民間の会社に就職しても、〝変〟な人って、結局村八分にされるでしょ」

「村八分って……ゴールドラッシュといい、いちいち古いな」

「かな？　じゃあいじめって言えばいいですか。疎外《そがい》とか、迫害とか。まあ簡単に言うとすぐに目を付けられて、いい感じに職場のサンドバッグにされますよね。あっという間に鬱《うつ》になって退職するしかなくなる……。外の人たちって、どんなにこっちが普通を取り繕っても、ちょっとしたしゃべり方や趣味や反応なんかで、すぐに『こいつは変なやつだ』ってレッテル張りたがるから、嫌な思いしたくなかったら外に出ないに限るんですよ」

「…………」

感情だけはどこからともなくあふれ出てくるのに、それをひとつも言葉にできずじまいだったのはなぜか、貴宣にはわかっていた。

図星だったからだ。

「〝変〟な人ね」

ようやく口にしてみると、思ったよりずっしりと心に反響した。口から出て行ったはずなのに少しも心が軽くならないのは妙だ。

「嫌な言葉だよな」

「ですね」

でも、そう表現するしかない理由もわかる。

似たような言葉に、オタクとかマニアがある。でも貴宣はアニメや漫画を愛好する人々や、鉄道や宇宙に夢中になるマニアックさとは、自分の研究は一線を画しているという思いがあった。研究心とマニアックは違う。でもきっと、もっと、自分たちはタチが悪い。

なぜなら理由がわからないのに、ただ〝変〟なのだ。

「漫画描いてるんだったら、今の日本でオタクっていわれてもわかるんですよ。時刻表が好きなわけでもない。ああいう特殊な才能も収集癖もないのに、私たちはやっぱり〝変〟なんです。どこか異質だから社会に交われない。そこが怖い。

私がそれを自覚したのは遅くて、大学の就活が始まったころでした。バイトもしていたから、だいたい社会に出たらこんなふうに働くんだっていうシミュレーションもそれなりにしてました。なのに、とりあえず院で過ごした二年も終わって自分が学生でなくなり、あの自分を確実に疎外するだろう集団の中へ入って行かなくてはならないとわかって逃げ出したくなったんです。それでとにかく自分が変だって思われないところに行こうとしたのかな……、だから、ハリウッドだったのかも」

木は森の中に隠せ、と昔の偉い人は言ったらしいが、この場合、木のほうが森へ逃げ込んだのだ。

「で、俺も、そうだって？」

「瓶子先生だけじゃないですよ。大学に残ってる人間なんてみんなそうでしょ。企業に就職するのが怖い。なまじっかいままで学校の成績だけはよくて評価されてきたから、社会に出てボロがでて、実は使えない人間だって言われるのが嫌なだけなんですよ。学校社会で二〇年優等生で生きてきたらもう、内臓どっこも悪くなくても、プライド折られただけで死んじゃいますから」

辛辣《しんらつ》な台詞《せりふ》だったが、不思議と腹も立たなかった。それどころか、そうだそのとおりだと川手の言うことに賛同している自分がいた。

大学の四回生になって、周囲の友人達が就職活動に忙しくしているころ、どうして一度も履歴書を書こうと思わなかったのか思い出していた。

負ける、と直感で悟っていた。今は勝っていても、外に出れば自分は負ける。負ける一方だ。そんな人生には耐えられない、と。

(俺と同じ歳でまだろくなポストもなく大学に残ってるやつは、みんなそうなのかも

しれないな）

特に研究が好きでなくとも大学にしがみつく。そこでなければプライドが保てない。実際学会で発表される研究のうち、どれだけが社会に還元されて喜んでもらえるものだろう。

俺たちは役立たずだ。

いなくてもまったく困らない類《たぐい》の人間だ。

それを指摘され、広く知られて嘲笑《ちょうしょう》されるのが怖い。学問とは、研究とは役に立つ立たないという物差しではかるべきではないことぐらい、研究者ならだれでもわかっている。でも世間はそうは見ない。だから大学に残る。わざわざ一般企業に就職して、あの人変わってるよね、と女子社員達に陰で笑われながら神経をすり減らし、上からの評価と下の尻《しり》ぬぐいに圧迫されて、ただ漫然と生きていくよりかは、大学にいたほうがよっぽど世間体がいい。たとえ非常勤でも。

〝変〟であることも、大学にいれば「あの人は大学の先生だから」と、世間は勝手に納得してくれる。世慣れていなくても、普通の人間が興味をもつことに無関心でも、あるいは逆に誰も関心がないことに執着しても「大学の研究者」であれば許されるのだ。研究者であることが免罪符なのだ。

貴宣は盗み見るように川手に視線を向けた。彼女が特に強い理由もなくハリウッドを目指したわけも、こうして大学に戻ってきたわけも貴宣には納得できるものだった。彼女に共感していた。自分がどんなに今の待遇に不満があっても、民間に出ていけないと自分自身でシャッターを閉めてしまう理由と同じだ。

無能だと言われるのと同じくらい、変なやつだと言われるのが心にこたえるのだ。しずるは大学に残って好きなことをして楽に生きていると罵《ののし》ったが、彼女は自分の弟が大学という閉鎖された空間でしかまともなふりをしてやっていけないのだということを知らない。

(研究者ってのは、まるで環境が変わったらあっさり絶滅する生物みたいだな)

話がとぎれたのをいいことに、なんとなく空気を変えて仕事に戻った。パソコンを立ち上げてソフトに必要な数値だけを拾い上げながら、貴宣は素直に川手千尋を、おもしろいと思った。こんなおもしろいことを言い出す奴《やつ》だとは思ってもみなかった。

どのみち、自分がコミュニケーション不全の劣等社会人だと自覚してもしなくても、この歳になれば今いる水槽で生きていくしかない。自分の今いる場所が川で、この先にはすばらしい海が待っていると信じられる歳はもうとっくに過ぎた。どんなに海が広くても、居心地のいい場所へつながっていても、そこへ大変な苦労をしてたどり着こうとすることはない。人は歳をとれば今いる場所で満足するほうが確実に幸せだと自分を納得させるほうを選ぶものだ。貴宣も例外でなく。

ある懸案事項が勃発《ぼっぱつ》したので、大和教授が研究室に戻ってきたころを見計らって相談をもちかけに行った。

巡間先生が使っていたノートパソコンがどうにもこうにも立ち上がらず、使い物にならなくなったのだ。データ自体は皆で共有しているから問題はないが、時間ギリギリで動いているためたとえ数時間分でも書きかけのレポートがだめになると辛《つら》い。そこで取り急ぎ研究センター共有のノートパソコンを借りてしのぐことにした。

追い込みとなるといろいろな不備が発覚するもので、『さくらホーム』でのデータはだいぶ揃いつつあったが、外気温二〇度以上の季節のデータが足りないことがいまになって判明した。N社と約束した提出期限は一二月七日、どうしてもクリスマスの成果報告会で発表しなければならない。本来ならそれまでに何度も報告のミーティングをもち、都度書き直しをするものだが、今回は事情が事情のためギリギリまで待ってもらうことになっていた。

「N社への報告は形だけだと思えばいいから。大まかなところが揃っていれば、あとは成果報告会さえ間に合えばいいのよ」

それでも取っていないデータ数を水増しするわけにはいかないので、チームでいろいろと話し合い、沖縄の老人ホームに協力してもらうことになった。この時期でも場所を選べば、国内にも気温が摂氏二〇度ある暖かい場所があるのである。

「けっこう奥の手ですよね」

「まあ、こうなれば仕方がない。こういう年間通してデータを取る研究ではみんなやってることよ」

今までにもこういうことは何度もあったらしい。道理で大和教授の結論が早いと思った。

（来週から三泊四日で沖縄か。せっかく行くなら誉も連れていってやりたかったな）

残念ながら行っても貴宣はほとんどホーム内で被験者たちの相手だし、誉には学校がある。貴宣としても半日くらい観光でもしたいところだが、そうもいかない。

研究室から出ていくと、もう廊下は真っ暗だった。時間はすでに六時をまわっていて、構内に残っているのは教職をとっているか部活動に精を出している学生のみだ。

「珍しいですね。この時間にもうお帰りとは」

立ち寄ったトイレで手を洗おうとしていると薬膳が入ってきた。ゼロハリバートンのビジネスアタッシェが目にまぶしい。きっちりコートも着てマフラーまで巻いているから、これから帰るところなのだろう。

ふん、とそっぽを向いた。そんなに子供っぽい態度を取るつもりはなかったのに、体は正直だ。

「帰るわけじゃありません。これからまだ居残りです」

「ほう。……例のあれか。もうすぐ報告会ってね。忙しい忙しい」

ハンカチをくわえて湯で手を洗う。さっさとトイレを出ようとしたところでまた呼び止められた。

「そんなに必死になって体壊したら馬鹿《ばか》みたいですよ」

「あんたには関係ない」

「勢いよくエサに食いついて、それが疑似餌《ぎじえ》だったらどうするんですか。勢いよかったぶんだけ逃げられなくなるってもんです」

「何が言いたいんだ」

「まあ、そういう手口だってことですよ。うまく人を使えなきゃ象牙《ぞうげ》の塔には君臨できない」

相変わらず意味深に含みを持たせるばかりではっきり言わない。

（なんだっていうんだ、薬膳のやつ）

貴宣は返事をするのもばからしいとばかりに早足でトイレから立ち去った。

「へえ、貴宣さんたら仕事で沖縄に行くんだ。いいなあ沖縄！」

家に帰り出張で家をあけることを告げると、誉はフライパンの中の焼きうどんにソースを混ぜながら言った。残り少なくなったソースはいくらがんばってひっくり返しても綺麗《きれい》に使い切ることはできない。よってベストは水を加えて思いっきりふって溶かし全部出す。どうせ火にかければ煮詰まるので問題はない。

名付けて、瓶子家特製貧乏焼きうどん。具はお勧め品のもやしかキャベツのみである。残念ながらこの貧乏焼きうどんに肉が入ったことはまだない。

「どうせ向こうでもホテルでレポート書いてるだろうから、沖縄だろうがどこだろうが関係ない」

「でも、暖かいんでしょ。海だって綺麗だし」

「この時期じゃ泳げるほど暖かくはないなあ」

「いいじゃない。貴宣さん、このごろずっと硬い顔してたし、ちょっとくらい息抜きしても」

親切で言ってくれていることはわかったが、どうしても先にため息が出てしまった。

「決戦はクリスマスなんだ。二五日さえ終われば俺の平穏が戻ってくる。それまでひたすら耐えるしかない。うう、キーボードの打ちすぎで手がおかしくなりそうだ」

「でもその発表が終わったら冬休みだし、貴宣さんもゆっくりできるよね。来年度はゴッド大和が専任講師に推薦してくれるんでしょ。そしたらますますゆっくりできるじゃない。こう、去年みたいに来年のコマ数どうなってるかな、なんて心配しなくてもいい」

二人して、行儀が悪いとは思いながらもソバをすするようにズルズルと焼きうどんを吸い上げた。貧乏焼きうどんは金欠月末の定番だが、二割引キャベツと一八円のうどんでもここにマヨネーズとソースで味付けすれば男子の好む味になる。一食五〇円以下というこの満足感がなによりの調味料なのだ。

「専任講師か」

いい響きである。貴宣のようなポスドクにとってはなんどでも噛《か》みしめたい言葉である。

「そうだよ。ようやくなれるんだよ。おめでとう、貴宣さん」

「本当になれんのかな……」

「なれるよ、だってそういう約束なんでしょ」

うん、と曖昧《あいまい》に頷《うなず》いてうどんを嚙みきった。念書をもらったわけではない、はっきりとした約束があるわけでもないが、そういうことは確かに匂《にお》わされた。

「専任になったら、月給ももらえるし収入も増えるから、生活もずっと楽になる」

「どれくらい増えるの」

「そーだな。俺の実績で判断されるから一概には言えないが、最低でも五〇〇万はもらえると思う」

専任講師と非常勤講師との間には雲泥《うんでい》の差がある。今まで年収一二〇万だったのが、いきなり三倍以上になるのだ。民間でも三〇歳で五〇〇万はまあまあ良い方だから、今までと比べても金銭的にも精神的にも余裕が出来る。

ずっとその立ち位置を目指してきたのだ。それにもうすぐ手が届く。いまはその達成感を得るためだけに、気力で毎日を乗り切っているようなものだ。

「……なあ誉。専任になったら、引っ越すか」

ぼんやりと部屋を眺めて貴宣は言った。

「えっ、どうして？」

「だってここ、狭いだろう。お前だってだいぶでかくなったし」

しみじみと誉を見た。

三年前、初めて会った時はまだ九歳だった。その歳にしては大きかったほうかもしれないが、それでも小学生になじみのなかった貴宣にとっては誉は十分子供で、背丈もまだ貴宣の胸までしかなく、ひょろっとして尻も背中も薄っぺらかった。

今はもう、貴宣の肩を越した。彼の父親がどうだったのかは知らない。でもしずるもそんなに低いほうではないから、きっとこのまま大きくなるだろうと思った。貴宣の身長は一七四センチ。低くもないが別段高くもないから、誉が高校生くらいになれば並ばれるか抜かれるかもしれない。

六畳間で食事をとり、座卓を片づけて二枚布団《ふとん》を敷く生活にも慣れた。けれど贅沢を言えば部屋がほしい。せめて寝室とダイニングは別にしたいものだ。

「お前だってこれからは自分の部屋が欲しいだろ。体育座りするしかない、狭い風呂《ふろ》桶《おけ》じゃなくて、せめてもう少し広い風呂もさ」

「僕は、べつに今のままでも不満はないけど」

「そうかぁ？　だってもうここじゃこれ以上荷物も入らないしだな」

「いいじゃない。このままでも。だって、ヤマさんの中華美味しいし。スーパーも近いし。それにヤマさんから成功報酬にマンション貰《もら》うんでしょ？」

痛いところを突かれて、むぐぐとうどんを飲み下す。いまは正直ヤマさんのマンションのことなど忘れていたい。実際忘れていた。

「それこそ、どうかな……」

「マンションのほうどうなってるの。まさかやってないとか、断ったとか」

期待に満ちたまなざしを向けられて、思わず箸《はし》でガードした。

「あのな。あんなのどだい無理な注文だったんだよ。だって考えてもみろ。この京阪神間で駅に近くて閑静な住宅地でマンションが建てられるまとまった土地なんてあったら、とっくにデベロッパーが買ってるだろ。それに土地持ってる地主も、真っ先に長年付き合ってきた不動産屋に相談する。日本のことをよく知らない外国人に売ろうなんて考えるはずがない」

「じゃあ、やらないの？」

至極残念そうに誉が言うので、やや解説を加えてみる。

「ヤマさんが親戚《しんせき》連中に話したような予算では無理だってこと。いま知り合いのゼネコンに頼んで、こっちでまとめた条件でざっと予算出してもらってる。向こうがぽんとゲンナマで出すつもりかどうか知らないが、基本外国人にローンは組めないだろうから円で用意できるか返事しだいだな」

「なんだ、ちゃんと仕事してるんじゃない」

「アンケートの細かい分類はしてないよ。流し読みして妥当な線で中庸《ちゅうよう》を取ったってところかな」

　超高級住宅地の芦屋《あしや》で高層マンションは無理だから、手頃な東灘《ひがしなだ》の南か西宮の宝塚線あたりで四〇〇〜五〇〇平方メートルの土地に片廊下タイプの七階建て。二〇〜二五戸、駐車場一〇台分。その後手放す可能性を考えれば、あまり中国人のいいようにだけ自由に設計することは得策ではない、と貴宣は考え、ヤマさんの同意を得ていた。

「この忙しいのに、どこにそんなヒマがあったの？」

「ヒマなんかない」

「だろうね。でも実現するといいよね。メゾン・ド・ヤマ」

　貧乏焼きうどんはあっという間に互いの胃袋に収まった。汚れた皿を流しに下げて、誉はその足で風呂に湯を入れに行く。水音が始まって戻ってきた。

「誉」

　うん、なあに？　と誉が言った。

「クリスマスプレゼント、なにがいい？」

　洗い物を始めようとして、かしゃんと食器がぶつかる音がした。

「あっごめん、お皿ちょっと欠けちゃったかも」

「どうせ一〇〇均のだろ」

言うと、そうだねと背中で言って皿洗いを始める。

「貴宣さん、まだ専任講師になれたわけじゃないんだから無理しないでいいよ」

「だけど、誕生日とかもいっつもなああだろ。ちっちゃいコンビニのショートケーキとかだったし」

「去年、ダウンコート買ってもらったよ」

「あんなの！　量販店の安物だろ。それにもうお前袖が短いだろ、丈も。ほうぼうから糸だって出てたじゃないか」

テフロンの剝《は》げたフライパンをごしごしこすりながら、まだ着れるよ、もったいない、と誉は肩越しに振り返った。

「今じゃなくていいよ。貴宣さんがお金持ちになったらで」

「うーん、じゃあ考えといてくれ。クリスマスまでバタバタしてるから、報告会が終わったらいっしょに買いに行こう」

「うん……」

そう言えばうちは、子供もいるしクリスマスだって近いのに、クリスマスツリーとーというものがないのだった。

(もう誉も六年だからサンタクロースを信じてるなんてことはないだろうが、ツリーくらいはあってもいいかもな)

今時の一〇〇円均一は優秀でオーナメントは安く買えるし、ツリー自体も量販店で数百円で買える。高いプレゼントが気が引けるというのなら、今年はクリスマスツリーでもいいかもしれない。なにせ来年も再来年も使えるのだ。

「去年のクリスマスは、チョコレートケーキを食べたよねえ。ホールケーキを二人でカレースプーンでほじって。一度やってみたかったから楽しかったなあ」

「またやろうか。今度は生クリームのやつふんぱつして」

「いいねえ、楽しそう」

貴宣はおやと顔を上げて、フライパンをすすいでいる誉を見た。てっきり喜んで、やろうやろうと乗ってくるものだと思っていたのに。

(まあ、さすがにあれやると胃にくるからな)

去年もカレースプーンを用意してざくざく食べた。出だしはよかったが、ホールの半分も食べきらないうちに予想通り気持ちが悪くなった。なのに、またやってみたいと思うから不思議だ。

「お風呂溜《た》まったみたいだから、貴宣さん先入ってよ」

いつもの声がかかったので、遠慮無く一番風呂にあずからせてもらうことにした。誉のアイデアで光熱費節約中の我が家では、風呂をたくのは週末だけである。

「あー、やっぱ風呂はいいよな。専任講師になったらまず毎日風呂にはいりたいよ」

ドアの向こうで笑い声がした。

誉はいつもより丁寧にフライパンを洗っているようだった。

週末をまたいで火曜から、予定通り貴宣は沖縄に出張することになった。これから三日間泊まり込みで作業し、大和教授から紹介された老人ホームで外気温二〇度のデータを取る。

「じゃあ、行ってくるから」

学会で出かけるときくらいしか使わないボストンバッグに三日分の着替えを入れて、誉よりも早く家を出た。

「なにかあったらヤマさんに電話借りて携帯にかけろよ。冷蔵庫に五〇〇〇円入った封筒はっつけといたから食費はそれで。火事に気を付けて。戸締まりはちゃんとして」

「いいから。貴宣さん、飛行機遅れるよ。バス、阪神西宮からでしょ」

いってらっしゃいという声に送られてドアを閉めた。いつも通勤に使っている自転車のカゴにボストンを置きかけて、そういえば自転車を預けておく場所がないことを思い出す。

歩いていくしかない。この荷物の重い時にとため息をつくと、頭上から声が降ってきた。

「ああっ、タカちゃん。どっか行くの？」

この声は美愛だ。派手な蛍光ピンクのジャージを着ている。このヨレ具合からしてパジャマ兼用なのは間違いない。

「お前、顔も洗ってないのに外出てくるなよ。いちおう女だろ」

「タカちゃんに女がどうのとかってジェンダー論ほざかれたくない。何年も彼女いないくせに」

朝からものすごい切れ味で反論できない。美愛のくせにジェンダー論なんて言葉が出てくるのも意外すぎて、さらに言葉がない。

「どうせタカちゃん社会人童貞でしょ」

「どういう根拠でそうなる」

「学歴だけで女が寄ってきたころは適当に食ってても、就職先で男を選ぶようになった社会人の女にはモテなくて、卒業以来童貞。童貞膜再生してんじゃないの」

「………」

これはいわゆるセクハラ攻撃を受けているのだろうか。今日は寝起きでいつもより機嫌が悪いらしい。

「急いでるんだ、じゃあな。誉をよろしく」

「ちょっと待ってって。その荷物、まさか旅行とか家出とかじゃないよね」

降りてきた美愛にボストンバッグを摑《つか》まれて、思わず転《こ》けそうになる。

「いつ帰ってくるの」

「はあ?」

「ねえ。これは言おうか言うまいか迷ったんだけどさ、誉ちゃん、このごろ変じゃない?」

言われてようやく振り返った。

「変って?」

「なんていうか、……ちょっと変わったよ」

美愛の言うことにはいちおう心当たりがあった。しずるが来てから、たしかに誉はどこかずっと緊張しているふしがある。

「まあ、いろいろあったんだ」

「じゃあタカちゃんは原因知ってるの？」

「知ってる」

身内の恥はさらしたくないので言わないが、あんなふうに自分を捨てた母親に不意討ちを食らわされたら、誉じゃなくともビクビクしてしまうだろう。実際誉はしずるに、介護の資格試験に受かったらいっしょに横浜にいくと約束してしまったのだから。

（まあ、あれはあのときの方便で、あのしずるにかぎって試験と名の付くものに合格するわけがないけど）

「そっか、タカちゃんはちゃんと知ってるんだね。それならまあいいか」

ほっと肩に入っていた力を緩めて美愛は笑った。きっとこの間しずると怒鳴り合いをしたときに声が漏れていたに違いない。それでわざわざ心配してくれたのだろう。

意外といいやつだ。今着ているピンクジャージの総柄がアスキーアートでさえなければ。

「ちょっと心配だったんだよね。最近帰ってくる時間まちまちだし、この間もいきなり裁縫セット貸してくれとかミシンの使い方教えてくれとか言って来て。毎回の学校行事のしおりを山ほど作ってると思ったら、今度は卒業文集の準備とかもやってるしさ」

「学級委員だからな、誉は」

なにかとクラスメイトにも頼られがちなのだろうと思った。あの年頃の子はとかく勉強ができる人間に頼りたがる。貴宣といっしょに暮らしはじめてから、誉はずっとなにかしらクラスの役員をやっているし。

「バスの時間あるから、またな」

思わぬところで時間を取られてしまった。バスの発車まであと一五分を切った。走るしかない。


これほどまで全速力で走ったのは高校の体育祭以来というアカデミック生活がたたって、沖縄に着いた翌日は筋肉痛に悩まされた。

すでに宅配便で到着していた脳波測定器のチェックをし、ホームの職員と被験者になっていただく人々に説明して、さっそくデータ取りにかかった。機械のほうは先に専門の業者に運んでもらっていたので、現場で問題なく動くことを確認してほっとした。ここで使えなければ手間と予算をかけた意味がない。

このホームは以前大和教授が別の研究のためにデータを取った場所だったので、大して質問も抵抗もなく受け入れてもらえてほっとする。やはり前例があるのはいいことだ。みな、うまみを知っている顔だ。大和教授はそこもぬかりはない。

（きっとたっぷりお礼をしたんだろうな。協力費という名のもとに。企業から金が下りる研究はそこがいいところなんだよなあ）

さすがにここではプロの業者が来て半日で壁紙を張り、実験のための部屋が四室揃った。あとは『さくらホーム』と同様に粛々とデータを取ればいいだけだ。

四日間の出張は、南国気分を味わうひまもなく終了した。

（そうだ。帰り道にホームセンターに寄って、クリスマスツリーを買って帰ろう）

ホームの中庭に綺麗に飾り付けされているもみの木を見て、ふいにそんなことを思いついた。

もう鯉《こい》のぼりなんて歳でもないだろうが、せめて季節感を味わったり子供らしいイベントを誉に楽しませてやりたい。今までは自分に精神的にも金銭的にも余裕がなくて気が回らなかったけれど、これからはそういうことをどんどんやっていけたらいい。

（ああ、もう来年は誉は学生服なんだな）

自分が学ランだったころを思い出して、貴宣は奇妙な気持ちになった。そう先ではない未来に声変わりもするんだろうし、受験だ進路相談だと保護者の仕事も多くなるのだろう。中学の勉強はともかく大学受験対策はもう自信はないから、やっぱりそのうち塾にいかせることになるんだろうか……。だとしたらやっぱりすぐに専任講師にならないと家計が回らなくなる。

まあ、そんな先のことは報告会のあとでじっくり悩めばいいのだ。目下のところの問題はクリスマスツリーだ。


――沖縄でのデータ取りは滞《とどこお》りなく終了し、金曜の夕方には貴宣は関西に戻ってきた。家に向かう前に大学へ直行し、データが無事揃ったことを大和教授に報告して、川手と打ち合わせをした。

「このデータ、こっちですぐってまとめておきましょうか」

「ほんとですか、じゃあお言葉に甘えて」

貴宣の顔色を見かねた川手が申し出てくれたので、クラウド上にある研究室のファイルに最新のデータをくわえ、指定のパラメータで切ったものを彼女に渡して帰ることにした。ほぼチームでたてた予測通りの数字が揃ったので、とくに問題なくあとは文章に起こすのみである。

（ここ半年ほど、ろくに寝てないからなあ）

たしかにトイレで鏡を覗《のぞ》き込んで見ると顔色がよくない。

正直なところ早くお布団様に抱きしめられて眠りたかったので、今日早めに家に戻れるのはありがたかった。もう一〇年は使っている家のぺっしゃんこ羊毛布団がこれほど恋しいのも、誉がまめに干してくれているからだ。清潔なシーツにくるまれ空気をすって軽くなった掛け布団は、あっという間に睡魔を呼び寄せるものらしい。

（あともうすぐだ。クリスマスさえ乗り越えれば、ぜんぶいまよりもっとよくなる）

重い足をひきずって、大学近くのホームセンターでクリスマスツリーを物色する。贅沢《ぜいたく》を言わなければ一〇〇〇円も出せば買えることはチラシで知った。新聞はいつも図書館で三日分まとめて読むが、チラシを見られるのはヤマさんの食堂だ。きっと自分の出張中も、誉は山一食堂でスーパーの特売を念入りにチェックしていただろう。

（誉に携帯を持たせようか。それくらいしてもいいよな。もう中学生なんだし）

クリスマスプレゼントはそれがいいんじゃないか、と、ホームセンターの携帯売り場でぼんやりたたずんで考えていた。出張中、誉に連絡を入れられたのは二度だけで、しかも家に電話はないため山一食堂にかけた。何度もあそこを家電がわりにするわけにはいかないし、中学になれば誉の行動範囲だってずっと広くなる。なにかあったときにすぐに連絡がとれるようにしておきたい。

(通話とメールだけならそんなに高くないはずだ。今月の給料で足りるだろう)

色やらなんやらは本人が決めたいだろうし、だとしたら来週の週末あたり携帯ショップに行くか。そう決心してしまうと頭の中がスッキリした。

結局、安売りしていた小振りのスタンド型ツリーとオーナメントのセットを購入して家へ向かった。歩道で人とすれ違うたびにツリーが紙袋の中で揺れる。

昨日はなんだかんだとバタバタして連絡を入れられなかったが、一昨日《おととい》は元気そうにしていた。たぶん今頃は学校から帰宅して貴宣のぶんの夕食を作ってくれているはずだ。

ステップをあがる。自分の部屋のドアノブを回すと鍵《かぎ》がかかっていた。用心しろと言い置いたから中からかけているのかもしれない。

「誉、俺だ」

滅多に鳴らさないチャイムを押しても反応がない。風呂に湯を入れているのかもしれない。

ポケットから鍵を出して回し、ドアを開けた。中は予想外に薄暗く電気がついていない。

テレビも消してある。台所は綺麗に片づいて、蛇口のところにふきんがかけられていた。食器受けの中は一人分の食器しかない。誉が使ったものだろう。ふきんも食器も乾いている。

なにより妙なのは、空気が止まっていた。部屋に誰かがいる様子が感じられないので、貴宣は慌《あわ》てて靴をぬぐ。

「誉、寝てるのか？」

六畳の和室は片づいていて、布団もたたまれていた。ユニットバスにも明かりはない。誉はこの部屋にはいないらしい。

「まだ図書館から戻ってないのか……」

てっきりみそ汁や焼けた魚の匂いに迎えられるだろうと思っていたのに、そうならなくて気が抜けた。貴宣は座卓の前に膝《ひざ》をついた。やれやれ誉はうちの主婦じゃないのに、勝手なことを言っている。

とりあえず荷物を全部肩から下ろした。洗濯物をよりわけるより先に、買ってきたばかりのクリスマスツリーの飾り付けをすることにした。誉が戻ってきたとき、驚いた顔をするのが見たかった。

合計二九八〇円のツリーは、それでもいままでに1Kの瓶子家には縁のなかったイベント感を醸《かも》し出した。コンセントにつなぐと、枝の先が七色につぎつぎと光っては点滅する。

ずいぶん長い間、こういうものを楽しむ心を忘れていたような気がする。それを思えば、誉が来てからのこの三年は、貴宣にとって人間らしい時間を取り戻せた日々だった。

(あれ、あの封筒たしか、誉に渡したはずじゃ……)

冷蔵庫にマグネットで見覚えのある封筒がはっつけたままになっている。あそこに五〇〇〇円入れて、この金で金曜まで一人でやりくりしてくれと誉に伝えた覚えがある。

封筒をむしりとって中身を見た。なぜか五〇〇〇円札が入ったままになっている。

「なんで……」

札の他に便せんが入っていることに貴宣は気付いた。広げてみると、短い文章が書かれていた。

〝お母さんのところに行きます。いままでありがとう。　誉〟

信じられない思いで、何度も何度も読み返した。けれど、ここからわかることはたったひとつ。

どんなに待っても、もう誉はここには帰ってこないのだ。

「……は……」

冷蔵庫を背にして、ずるずるとその場に座り込む。

座卓の上で、イミテーションのもみの木が七色の明かりを瞬《またた》かせては、消えた。

＊＊＊

朝、起きたら湯気の匂いが鼻腔《びこう》を満たし、今日はみそ汁なのかカップスープなのかそれともコーヒーかを予測するのが日課になっていた。たしか昨日の晩は天かす入りの具だくさんみそ汁だったから、美味《おい》しくてお代わりしてしまった。ゆえに今朝の分はないはず。

（だから、今朝はコーヒーだ）

ふとんの中でぼんやりとまどろみながら、コーヒーの匂いが六畳間の自分の寝ている場所まで漂ってくるのを待っていた。自分のカンでは匂いがしてきて一〇秒以内に誉の声がかかる。――「早く起きないと遅刻しちゃうよ、貴宣さん」

けれど、その声はいつまでたってもかからない。

朝起きて、なんの音も匂いもしない部屋に一人であることを痛感する。

(……そうか、誰もいないんだっけ)

天かす入りのみそ汁なんて、もう随分長い間飲んでいない。

師走《しわす》も半ばに向かいマフラーと手袋なしでは自転車が辛くなってきた。貴宣が通勤で走る四三号線は阪神高速の真下で、海風と車道からの風が排気ガスと混ざって攻撃的に思えるほどだ。

学会シーズンというほどでもないが、ここ香櫨園女子大学でも秋の入りから大小さまざまな学科のシンポジウムや研究会が行われてきた。若手の研究者や院生は単なる労働力として駆り出され、ものによってはいい小遣い稼ぎになるが、カリキュラムを持っている非常勤講師はそんな悠長なことは言ってられない。年明け間髪入れずに、後期試験の日程が始まるからだ。

(正直、単位なぞいくらでも学生どもにくれてやる。一日を四八時間にできるなら全

員優にしてもいい。全員だ）

いつもの学生に媚《こ》びないシビアな自分など、去年の流行語大賞と同レベルに記憶の彼方《かなた》だった。N社に提出する主要データおよび報告書はなんとか月初に揃《そろ》えて提出したが、まだ成果報告会で発表するための準備が整わない。

「――先生、瓶子先生、起きてますか」

四月からほぼ毎日、アシスタントに来てくれている川手千尋の呆《あき》れたような声が聞こえた。

授業のある日もない時間も研究室に引きこもり、まだ纏《まと》め切れていない数字と格闘してはそれらしい文章と企業が望むだろう論旨をひねりだし、目覚まし時計のアラームに現実に引き戻されあたふたと授業に出かけていくという日々。睡眠時間をギリギリまで削ってレポートを書いているため、気が付くといまのように机の上に突っ伏して爆睡し、倒したコーヒーが床にぶちまけられ、それが乾くまで起きないというなさけないスキームを繰り返している。

「ちゃんとしたもの食べてます？　カップ麺《めん》ばっかりじゃ体に悪いですよ、さすがに」

応接セットのローテーブルに並んだカップ麺やカップのみそ汁の残骸《ざんがい》を横目に、川手が言った。

「購買でなにか買ってきましょうか」

「……うん」

「昨日夏の計測分までのグラフをパワポに纏めておきました。できればはったりを利《き》かせるために動画を挟み込んでPV風に仕上げたいと思っています。公開限定でYouTubeにあげておいたので、お時間あるときに見てみてください」

「……うん」

「使用する動画に映り込んでいるホームの利用者さんには説明と確認をしていただいてます。二次利用はないという点で許可をとりました。いま大和先生に、発表用のPVが企業側に渡す資料に含まれないことを、先方に確認とってもらってます」

「……うん」

「それから秋のデータですが、気温差が激しかった九月にだけ突出して違う結果が出ている日があります。この数字は残しますか?」

「……うん」

「瓶子先生、全然聞いてませんね」

川手が呆れたように言うのも、どこか遠い海に浮かぶ船の汽笛のように聞こえた。

実際、ここ数日なにをしていたのか記憶にない。来期初めに学科で呼ぶ有名企業のゲスト講師についてや、平日新設される社会人向け講座のための会議中もほとんど寝ていた。さすがに前のめりになって寝始めたときは隣に座っていた堀内向洋講師が肘《ひじ》でつついて起こしてくれたが、何度となくくりかえすうちにそれもなくなった。大和先生が助け船を出してくれたのだと、後日食堂で会った彼に聞かされた。

なにしろ、そこまでやっても成果報告会にはギリギリのスケジュールだ。プロシーディング（発表の内容をまとめたもので、論文というほどのものではない）の期限まであと一〇日もないのである。

書いて書いて、ひたすら書いて、ノートパソコンのキーボードが悲鳴をあげるくらい叩《たた》き続け、コーヒーとチョコとそのへんにあった賞味期限の切れた大学のせんべいをかじりながらまた書いた。三日ほど風呂に入っていなかったら、すれ違いざまに薬膳に顔をしかめられ、よく通っているというサウナの回数券を渡されて、ようやく自分がどんな姿なのか再認識した。

（誉がいなかったら、俺もこんな体たらくか）

今までは、どんなに忙しくても家に帰れば温かい食事と洗濯されたシャツが待っていた。風呂だって、結局夏には校庭で泥だらけになるまで遊んでくる小学生のために、家計が厳しくてもシャワーは使った。ホームセンターで買った足の折り畳めるちゃぶ台に毎日並んだのは、誉がおつとめ品のワゴンから仕入れてきたものばかりだったけれど、元々コンビニとインスタントに慣れた胃には十分すぎるごちそうだった。時には二人で夜七時になるとスーパーにダッシュして、半額シールつきの総菜をかごにかっこんで買って帰った。いつもはないヘレカツにシールが貼ってあったときは、食べる前に満足感で腹いっぱいになった、そんな夢のような贅沢な生活を、いつの間に当たり前に感じていたのか。

あのちゃぶ台は誉が出て行ってから一度も使っていない。部屋の隅に追いやられたままだ。それから買った日から放り出してあるクリスマスツリーも。

「本当にちゃんと家で寝てますか。顔色悪いですよ」

「ああ、うん。なんか適当には」

「風邪ですか?　誉くんが学校からもらってきたとか」

さすがにどう返答していいか考えあぐねていると、なにかを察したのか川手が話題を変えた。

「校内でインフルが流行《はや》ってるみたいなんで、マスクしたほうがいいと思います」

「そう、する……」

川手は、帰りに購買でおにぎり買って来ますねと言い置いて、四限の授業に出かけて行った。

目の前に付けっぱなしになっていたパソコン画面は省エネモードになっている。ということは、一五分以上寝ていたということだ。

（くそ、時間もないのに）

いったん電源が落ちると立ちあがるのに時間がかかるのは、この借り物のボロパソコンも貴宣の脳みそも同じだ。コーヒーでも飲もうとたちあがりかけて、胃が拒否していることに気付く。最近ろくなものを食べていなかったから荒れているのだ。

（どんなに忙しくても誉がいたころは、こんなことはなかったのに）

沖縄から戻ったあの日から、なにかにつけ思うのは誉のことばかりだ。

（なんで、こんなことになってる）

帰宅した翌週の月曜すぐに小学校に連絡をとってみたが、担任によるとまだ転校の手続きはされていないという話だった。ただ、教室には誉の私物は一切残っていなかったため、担任はこれは前々から準備していたことなのではないか、と言った。

『上履きも体育館シューズもありませんし、普段置いて帰ってもいいとされている文房具などもありません。机の中はからっぽでした。大変言いにくいことですが、誉君はお母さんに連れ去られたのではなく、前から一緒に行くことを決めていたのだと思います。今朝、誉君と仲良くしていたというお友達から、手紙が届いたと聞きました』

(手紙……)

覚悟の上出て行ったことは、あの置き手紙からもわかる。しずるに急《せ》かされて殴り書きをしたわけではない、きちんと落ち着いて書いた誉の字だった。

なによりもショックだったのは、ただ誉が出て行ったことばかりではなかった。あれだけ彼のために尽くした自分をさしおいて、しずるが選ばれたということが頭にきていた。しずると、自分と、どう比べても、誉にとっていい環境を提供できたのがしずるの方だとは思えない。それともしずるは、それだけのものを準備できたから迎えに来たのだろうか。たとえば裕福な男と結婚する、とか。正社員になって固定給がもらえ続ける根拠ができたとか。誉も、こんなボロアパートで切りつめる生活に疲れたから、実母の誘いにのったのだろうか。

そしてそう思った瞬間に、脳みそだけ冷凍庫の中に放り込まれたようにすうっと頭が冷えた。なんてことを考えているんだ自分は。何より辛《つら》いのは、いつもいつも大人に振り回されてきた誉のほうなのに。

（誉が選んだんだ。もう自分の考えをしっかりもっていて、判断能力もある歳《とし》だ。俺がどうこういう権利はない）

誉のためを思えば、実の母親であるしずるが立ち直ってくれるのが一番いいのだ。もう二度と会えないわけじゃない。いつか落ち着いて生活リズムができはじめたら連絡をくれるはずだ。

それでも、誰もいないアパートの部屋を思うと足が重くなるのはどうしようもなかった。

クラウドに保存しているデータを引っ張り出して、直前までしていた作業を再開する。扱うデータが重いのと、川手が制作している発表用ＣＧで使う容量が多くなってきたため、ファイルの中も次第にごった煮のようになってきた。大学院が借りているクラウド上のファイルは外部からアクセスできないため、家で作業できない。よって自然と大学に残る時間が長くなる。

（要は大学での研究結果なんて、企業がこれくらいのコストで作りたいと思っている範囲内で、これだけ快適な住環境を整えられますよ、と裏付けるための体のいい箔付《はくづ》けでしかない。まあなんでもいい。発表さえ終われば）

とにかく数字だ。報告用のプロシーディングは数字さえ並べれば説得力が出る。企業が欲しがっているのは大学といっしょに研究をしたという体裁なのだから、自分の日本語が多少やっつけ気味であっても関係者は目もくれないはずだ。しんどいのも今だけだ。こんなチャンス二度とはない。だったら苦しみも耐えられる。

温かいものが食べたくて、久しぶりに学食に降りてうどんをすすっていたら、目の前にきらめくゼロハリバートンが現れた。薬膳だと思ったが、正直もうどうでもよくて視線を動かすことすらしなかった。

「おや、瓶子先生。見事なまでに憔悴《しょうすい》しきってますね。どうですか、報告会の準備、進んでます?」

昼間からガーリックのきいた焼き肉定食肉大盛りを目の前に展開されて、思わずうっぷと顔を背ける。

「だいぶ苦戦しているって聞きましたがね」

昼時でまわりの目もあったので完全に無視するのもどうかと思い、適当に返事をする。

「……そうですね」

「そんなにボロボロじゃ、発表までもたないんじゃないです?」

「……そうですね」

「僕のお薦めのサウナ行きました？」

「……そうですね」

「僕のこと好きです？」

そうですね、と言いかけてガタッとなった。

「なに言ってんだテメエ」

「あっ、残念。今ならなに言っても『そうですね』しか返事しないって堀内先生が言ってたからチャンスだと思ったのに」

堀内先生も何をこいつに吹き込んでくださっているのだ。

「てっきり人手が足りなくて、学生を総動員してるのかと思ってましたよ。予算はたっぷりもらってるんでしょ。大和先生に」

それは貴宣も考えたが、こんな研究の終盤になっては一から説明しているだけで時間を食う。使い物になるかわからない学生の手伝いに割いている時間はないのだ。

「僕に頼みたいことは？」

「ない！」

「おや、本当に？」

「川手先生が有能ですから」

「へえ、じゃあ川手先生以外は研究には関わってない？　コピーのお手伝いとか、ファイルのバックアップとか、データとりも？」

「ないですね。学生もいますし」

なんでそんなことを薬膳から尋問まがいに問いただされねばならないのだと憤然としたが、それを顔に出すには致命的に体力が残っていなかった。

「それは重畳《ちょうじょう》」

薬膳はなにをどう満足したのか、ゼロハリの中からとてもとても高価なドリンク剤を二本取り出すと、差し入れだと言って置き、水をとりに席を立った。敵に塩を送られるのは気にくわないが、一本数千円のエネルギードリンクは喉《のど》から手が出るほど欲しかったので、これはヤツに塩を送られたわけではないと自分に言い訳してもらってやった。

どこからどう見てもつやつやしている薬膳が、何故《なぜ》こんなものを持ち歩いているのかは考えないことにした。

最近遅くまで居残りすぎているせいで守衛に目を付けられ、教務から「早く帰ってください」と嫌みを言われた。仕方がないのでその日は比較的早く(とは言っても午後九時を回っていたが)アパートへ戻った。

ここ数日の追い込みのおかげで成果報告会の原稿はほぼ見通しがついてきたし、川手からあがってくる動画の出来もとてもよかった。パワーポイントで作るものと違って動きがなめらかで、実際にホーム利用者たちが使っている部屋の様子が動画で差し込んである。グラフや表だけを羅列するのではなく、発表を聞いている側が目で理解できるように作られていた。

初めて聞く研究の内容を、耳で聞いてすぐ理解するのは慣れているはずの研究者でも容易なことではないのだ。その点、川手の動画はまるでドキュメンタリーでも見るように研究結果を視聴できる。むろんこんなことは、ハリウッド帰りのCGデザイナーである彼女だからできるのだ。外部に出したらいくらかかるかと思うとぞっとする。

(つくづく、あの妖怪リボンが手放さないはずだ)

俄《にわか》に付けられた助手が有能であることを感謝しつつ、自転車置き場に酷使の跡が見えるマイチャリを止める。ヤマさんの中華料理店に客が出入りしている時間に戻ってこられたのも久しぶりだ。ゴミ捨て場に一升瓶やビール缶が捨てられていることに気付き、明日は不燃ごみの日だったと思い出した。

（あのクリスマスツリー、捨てようか。いまならクリスマス前だし誰か持って帰ってくれるかも）

部屋の隅に追いやられているツリーを見るたび誉がいなくなった日のことを思い出して、正直辛かった。

ずっしりと重いトートバッグを肩に掛けて二階の自分の部屋へ向かおうと階段に足をかけたところで、店から誰かが出てきた。

「タカちゃん、ちょっと待って」

美愛だ。フリルの付いたカチューシャに、フリルだらけのジャージの上下というあいかわらず表現しようもない服を着ている。

「なんだその服、ベルエポックジャージか。それともロココジャージか」

「アントワネットジャージだけど、そんなことはどうでもいい」

マリー・アントワネットとジャージという、あまりにも混ぜるな危険の双方を混ぜてしまうのが美愛という人間である。パワーワードすぎて脳が理解できない。

「ねえ、誉ちゃんどうしたの。最近いないけど、まさかあのクズ親に連れ去られたの？」

妙に険しい顔をしていると思ったらその話か、と内心ため息をついた。

「連れ去られたんじゃない。誉が自分の意思で戻ったんだ」

「本当にそうなの⁉　ちょっと、タカちゃんそれでいいの⁉　ちゃんと事の大きさわかって言ってる⁉」

「わかってるよ。でも誉が選んだんだから仕方ないだろ。それにたしかにしず……、うちの姉はクズだけど、クズ親でも一応親なんだよ。誉にとっては。俺がどうこう言える立場じゃない」

「三年も面倒見てきたのはタカちゃんじゃん⁉」

逃げようとする貴宣を遮るように、美愛は先に階段をあがって前に立ちはだかった。

「どけよ」

「だめ」

「疲れてるんだ。こっちは毎日働いてるんだよ、どこかの気楽な専門学校生と違ってな」

「あたしのことを無闇《むやみ》につつかずにいられないくらい、いまは自分のことを話したくないんだね」

思いも掛けず冷静な答えが返ってきてぎょっとした。と、同時にやつあたりめいた言葉をぶつけてしまった自分を恥じた。子供相手に何を言ってるんだ。そこまで今の自分は余裕がないのか。

「あたし、前にタカちゃんに聞いたよね。ちゃんとわかってるかって。でもやっぱりわかってなかったんだ」

「わかってないってなにをだよ。わかってたよ。けどそんなの他人のお前に言うことじゃないだろ。誉を捨ててった親が今度は引き取りたがってて、しかもあんな軽い女だってこんなところで話せって？　あの女はいい加減な性格でいい加減な生活して、いつまた誉を捨てるかわからない。誉だって重々わかってたはずなんだ。だけどわかってて、自分からついていった。書き置きまで残して！　もう来年誉は中学生だ。自分の意思で選んだんなら俺がどうこういうことじゃない……」

「違うよ」

美愛がきっぱりと否定した。

「誉ちゃんが出て行ったのは、実の親が迎えに来たからじゃないよ。——誉ちゃん、学校でいじめられてた」

押しのけてでも部屋に戻ろうとしていた足が凍り付いた。貴宣は自分より高い位置にある美愛の顔を瞬《まばた》きもせずに見上げた。

「なん……、いじめ……？」

「いじめだよ。言ったよね、うちの部屋に服を繕いに来てたって。羽根が出てしまったダウンコートをどうしたらなおせるか途方にくれた顔で持ってきたよ。遊んでてフェンスにひっかかったって誤魔化してたけど、あきらかにカッターで切られた跡だった」

何を言われているかわからなくて、貴宣は一度視線を美愛から外した。ダウンコート……、切られた？ 誉のコートをカッターで切ったやつがいたってことか……？

貴宣の顔を見て、美愛は確信したように、

「やっぱり知らなかったんだね。タカちゃんわかってるって言ってたから、てっきりタカちゃんにも相談してるのかと思ってた。タカちゃんも納得済みで、転校させたんだろうってお父さんもお母さんも言ってたのに」

「……ヤマさんも？」

理不尽なほどの怒りがこみ上げて、貴宣は一瞬外の寒さを忘れかけた。ヤマさん一家が知っていて、どうして自分が知らないんだ。どうして誉は自分に相談してくれなかったんだ！

（なんで！）

「タカちゃんには言えなかったんだよ」

「だけど」

「だから誉ちゃん、必死でコートをカッターで切られたこと隠してたみたいだった。タカちゃんに買ってもらったコートだから着てないと不自然に思われる。すぐに直すにはどうしたらいいかって。結局、そのまま縫っても繕った跡はすぐに分かるから、ダウンの正方形のミシン跡にあわせて同じ色の薄いあて布をして分からないようにしたんだよ。さすがに誉ちゃんにはできないから、あたしが一晩預かった」

言われて貴宣ははっとした。いつだったか、たしかに誉がダウンコートを着ていない日があったのだ。その時は学童に寄ったら忘れてきたと言っていたから素直にそれを信じた。

まったく疑いもしなかった。まさかあの誉がいじめられているなんて思いもよらなかった。クラス委員で勉強もスポーツもよくできて人気者で友人も多いと聞いていたのに。

（じゃあ、誉が家を出て行ったのはいじめが原因だったのか。学校にいるのが耐えられなくなって、しずるについて行けば転校できるから……、それで、仕方なく……？）

「わざわざありがとな、美愛」

いちおう美愛に礼をいって部屋までの階段を駆け上がった。一刻も早く部屋に戻って、事情をよく知っているだろう担任に電話で真相を問いただしたい。それから、できるなら誉が仲良くしていた夙川のお嬢様、実加ちゃんとか言ったか、彼女ならなにか知っているかも——

「ねえ、あんなクソ親の元に返したらだめだよ。あの親ろくでもない女でしょ。誉ちゃんをここに捨てていった女なんでしょ。誉ちゃんを取り返さなきゃ！　誉ちゃんはタカちゃんが一番好きなんだから！」

背中にかけられる言葉を振り切って部屋に飛び込んだ。蓄積した疲労と長い時間外にいたせいで体が冷え切って寒気がする。おっと、これはよくないぞと頭がアラームを発している。

いつもなら戻ってきてすぐにうがいと手洗いをするのに、ここのところそのことも忘れていた。

誉がいないから。

（どうせこの時間、担任には連絡がつかない。ああ、でも実加ちゃんに電話すればもしかしたら……！）

以前、誉が実加ちゃんの誕生日会に呼ばれたときに、「家の場所がわからなかったら連絡してね」と塾用だという携帯の番号を誉に教えてくれた。貴宣の携帯にそれがまだ残っていた。本来なら親御さんを通さなければいけないところだろうが、誉と実加ちゃんが同じクラスだった二年前の連絡網は処分してしまっていて手元にはない。

幸いなことに、時間をおいて何度かかけていると彼女のほうから着信があった。いま塾帰りで父親の迎えを待っているので、少しの間なら話せるという。

「誉くん、たしかにちょっと変でした。いつも図書館でほかの学級委員の仕事をしてるんです。たくさんプリントを折ったり、ホチキスしたり。運動会のプログラムが終わったと思ったら、修学旅行のしおりとか卒業文集の準備とか、いろいろたくさん……。うちのクラスじゃ学級委員が手分けしてするようなこともぜんぶ誉くんがやってた」

どうしてと実加ちゃんが聞いても、誉は特に気にしていない風で、

『山口は忙しいから。僕はヒマだし』

山口冬弥というのは誉のクラスメイトで学級委員長らしい。貴宣はよくは知らないが、実加ちゃん曰《いわ》く、体も大きくクラスのリーダー的存在で、女子にも人気があるのだそうだ。

「山口くんはとても厳しいと言われている進学塾に通っていて、私学受験をするんだ

って。K中が本命だって同じ塾の友達が言ってた。誉くんとは去年からクラスが同じで、昔はよく一緒にドッジボールとか鉄棒とかしてたと思う。でも、誉くんはゲーム機を持ってないから、そういう時は一人だったみたい」

実加ちゃんの答えはシンプルで、子供にとっては残酷な事実だった。

「修学旅行のときも、班の連絡網が携帯メールで回ってきたんだけど、誉くんはもってないから、それでグループの自由行動のときひとりぼっちだったっぽいって、友達が言ってた」

(ひとりぼっち)

そんなこと聞いたこともなかった。修学旅行から戻ってきた誉に聞いても、楽しかったとしか言わなかった。貴宣もそれ以上は聞かなかった。そのことが二人の関係に影響を与えるとは露ほども思っていなかったから。

「それは、山口くんに……、誉が仲間はずれにされていたってこと?」

震える声をできる限り覚《さと》られないよう、めいっぱい落ち着きをコーティングして聞いてみた。いま、会ったこともないその山口という少年を殴りたかった。

「たぶんそうだと思う。誉くんが携帯もってないことぐらい、山口くんは知ってたと思うもん」

「誉は……、どうしてそんなことされても山口くんと仲良くしていたんだろう」

「さあ……、理由は知らないけど山口くんがいろいろ頼んでたみたい。誉くんが図書館で山口くんの塾の宿題とかしてることもあった。誉くんは、有名塾の問題を解けるからいいんだって言って。でもそれがどんどんエスカレートしてきて、いつのまにか山口くんの仕事とかしおりづくりとか、ぜんぶ誉くんがやるようになってた。二組の友達が言ってたの。山口くんが掃除するところも誉くんがやってたり、朝早く登校しなきゃいけない日とか、夏休みの朝顔の水やりの日とか、池の掃除とか、山口くん全然やってないって……」

言われて貴宣ははっとした。思い当たることがあった。

(誉がいつも持ち帰っていたプリントの山!)

いつだったたか、部屋の隅に山と積まれていたコピー紙の束のことを思い出した。なにかのイベント係として冊子を作らなきゃいけないと言っていた。

『僕、委員になっちゃったから』

貴宣はそれを、誉は優等生だから仕方がないのだと思った。むしろ当然のように誇らしく感じていた。誉はなんでもできる子だから、自分が頼るようにクラス中から愛されて頼りにされているのだろうと。

けれど、優等生だからといって四〇人分のイベントのしおりをたった一人で作るのはおかしい。

実加ちゃんは、誉が黙って家を出て行ったのだと聞かされ随分と驚いていた。てっきり貴宣と話し合いのすえ、母親の元へ戻ることにしたのだろうと思っていたという。彼女の父親が迎えに来たというので、もし誉から連絡が入ったら必ず教えてほしいと念押しした。

携帯を耳から離したとたん、どっと疲労感が重力のようにのしかかってきた。空気さえ重く感じる。

（全然気付かなかった）

しばらく電気もつけていない部屋で壁に凭《もた》れて冷蔵庫を見ていた。そこには誉が出て行ったときのまま、封筒がマグネットで止められてある。

誉と過ごすうち、子供をひとり育てるということがどういうことか、いつのまにか貴宣はすっかりわかった気になっていた。鬼のような安月給の上、意味のない委員会、会議、断れば来期の契約に差し障《さわ》ることを恐れて断れない雑用。それらの非常勤講師としての仕事をこなしながら、誉の学校行事に参加し、生活を切りつめて、それでも子供を〝育てている〟気になっていた。

けれど実際はどうだ。自分は誉がいじめられていることすら気付かないでいた。アパートの住人や隣のクラスの子供でさえ知っていることすら、貴宣は見落としていた。

（いや、誉は俺の前では特に気を遣っていたんだ。我を通すより諦《あきら》めることに慣れている子だし、大人を前に芝居をすることなどなんでもない。ずっとそうしてきたんだから）

どうせ芝居をするなら、貴宣の前でいい子でいるより母親の側《そば》のほうが楽だと思ったのだろうか。貴宣の前でいじめられていることが隠せなくなったから……？　それともいじめがそれほど深刻化していたのか。年を越せばあとは卒業式だというこの時期に、強引に転校するしかないほどに。

どうして一言でもいい、言ってくれなかったんだ。サインさえくれればきっと気付いた。どんなに忙しくても誉のためなら、モンスターペアレンツと戦うことだって厭《いと》わなかったのに。――いや、それは嘘《うそ》だ。いまの仕事量を抱えて誉のいじめ問題になど時間を割けたはずがない。誉もそれが分かっていたからこそ、ギリギリまで隠し通していたのだ。

（俺は、バカだな。本当にバカだ、どうしようもない）

その夜は布団《ふとん》に入ってもなかなか寝付けず、せっかく早く戻った時間を無駄にしてしまった。次の日は自転車をこぐ元気もなく、久しぶりにバスで通勤したら、出勤してきた川手にひどい顔色だと言われた。

「先生、マスクしたほうがいいですよ」

そういえば昨日から咳《せき》と鼻水がとまらない。授業の合間に薬局へ行ってとりあえず風邪薬を買い、薬膳に恵まれた栄養ドリンクで流し込んだ。いま風邪で倒れれば確実に発表原稿が間に合わない。

「川手先生、申し訳ないが今日は四時に抜けます」

てっきり病院に行くのだと思ったらしい川手は、貴宣が小学校へ出向くと聞いてひどく驚いていた。

「なにかあったんだろうとは思ってましたけど、そんなことがあったんですね」

「……俺が、ほんとバカで」

「いまその話をしても、先生がしんどいだけですよ。先に病院でちゃんとした薬貰《もら》ったほうがいいですよ。発表は来週だし」

「ですね。そうします」

相当ひどい顔色をしていたらしく、学校を出るときに運悪くエレベーターで一緒になった薬膳がさらに高そうなドリンクを、まるでストリッパーに渡すおひねりのように綿パンのポケットにねじ込んできたが無視した。

　時間が惜しかったので、贅沢《ぜいたく》を承知でタクシーで小学校に向かった。誉の担任にいじめの件を問いつめると、彼女は心外だという顔をして首を振った。

「瓶子くんと山口くんはとても仲がよかったんですよ。いじめなんてとんでもないです」

「しかし、誉は修学旅行でも一人で行動していたと、ほかのお友達から聞いたんですよ。仲間はずれにされていたとしか思えないんですが」

　咳をこらえて迫ったが、帰ってきた答えは実に簡潔だった。

「それは、瓶子くんが携帯を持っていなかったからです。小学校高学年ともなると、このごろはみんな持っていますからね。もっとも、瓶子君も最近は持ち歩いていたようですが」

「えっ」

「携帯ですよ。修学旅行のことがあったから買ってもらったんだと言っていました。学校で操作するのは厳禁ですが、塾へ行く子や学童で遅くまで残る子は大目に見られていますから」

（そんな）

もちろん貴宣は携帯なんて買ってやった覚えはない。ということは、答えはひとつだ。

しずるが与えたのだ。誉と密《ひそ》かに連絡をとるために。

「いまの子はなんでも携帯でやりとりしますからね。修学旅行の自由行動のルートのことも、全員回したと思っていたと山口くんから聞きました。そのことについては本人も瓶子くんに謝っていましたよ」

さらにしおりの問題は、山口くんが塾の宿題でとても手が回らなかったのを見かねて誉のほうから担任に申し出たのだということや、修学旅行の班も山口くんたちと同じだったこと、夏休み中の水やり当番は、山口くんが家族と避暑地にいて登校できないため、誉が引き受けたのもしかたがなかったことなどを驚くほどよどみなく説明した。

（もしかしたら、誉は担任に相談していたのかもしれない。なら、俺が担任でも、転校をすすめたかも）

そうでなければ保護者に対するアンサーがここまですらすらと出てくるだろうか。いま知らされた感はまるでなく、まるであらかじめ用意されていた答えのようだったではないか。

もし貴宣に時間的余裕があったのなら、その山口という少年を直接問い質《ただ》すぐらいはしただろう。彼がどういう人間か細かなことは知らないが、あれから実加ちゃんにメールでいろいろ質問をして、だいたいの概要はつかんだつもりだ。山口はこのままでは志望校に手が届かないといわれ、模試の点数も伸びずだいぶストレスが溜《た》まっていたらしい。ここ数ヶ月で激太りし、彼に好意を持っていた女子の間では噂《うわさ》になっていたようだ。誉はストレスをぶつける格好の対象だったろう。誉の方もはじめは好意でいろいろ手伝っていたのが、次第に強制になり、少しでも断ったりすると辛く当たられるようになっていった。

あと三ヶ月で卒業とはいえ、もしその山口が受験に失敗すれば同じ中学に行くことになる。誉としてはそれは耐え難いことだったに違いない。

このことを誉はしずるに話したのだろうか。修学旅行で携帯をもっていなかったばかりに仲間外れにされたことを母親に訴えたのだろうか。それでしずるが携帯を与え、二人でやりとりするようになったのか。だとしたら、自然と一緒に暮らそうという話になったとしても不思議ではない。

ずっと親子二人で逃亡の計画を練っていたのだとすれば、それは貴宣にとってかなりショックな事実だった。沖縄出張中にいなくなるなど、誉のほうからしずるに情報を流していたとしか考えられない。

（俺の知らないところで、二人で……）

気が付けばふらふらと歩いてアパートに戻ってきていた。川手に病院に行ったほうがいいと言われたことを思い出したが、もう一度出るのがおっくうでそのまま部屋に戻った。

しずるに携帯を買って誉に渡せるほどの稼ぎがあるのなら、それは悪いことではないと思いたかった。誉だってバカではない。母親が昔とは違うという確信をもっていたからこそ付いていったのだろう。きっと落ち着いたら連絡があるはずだ。自分たちは他人ではない。血の繋《つな》がった叔父と甥《おい》なのだから。

あんなにも嫌悪《けんお》していた姉を介した血縁なのに、今はそれしかすがるものはないというのが滑稽《こっけい》だった。そうだ。しずるはいいかげんな女だ。いまはよくてもまた男を作って誉を残していくことがあるかもしれない。また、ひょっこりとアパートの前に立っているかもしれない。――あのときはごめんね貴宣さん、でもお母さん、またいなくなっちゃったんだ、なんていかにもありそうだ。そのときに自分がしっかりしていなければ、あいつを受け止めてやれない。

いまはいない誉のことより、目の前の難題を片づけることのほうが先だ。

それにしても、ああなんて重いのだろう。心も、体もだ。

二五日の発表を三日後に控え、原稿の第一稿のめどがようやくついて貴宣は一安心した。あとは発表の手順を再確認して、校正をすれば格好がつく。

大和先生になんとか間に合いそうだという連絡をいれると、夜は鍋《なべ》でも食べにいこうというねぎらいの言葉をいただいた。正直ほっとしたのと体調がよくなかったので家で眠りたかったが、せっかくのお誘いを断る理由はなかった。

「……校正は、川手先生にしてもらったほうが確実かな」

ようやっと、教務にせっつかれていた教科報告書にとりかかれそうだった。後期の授業に対する自身の評価と学生からの受講評価をレポート様式で三時間かけてしあげた。すでに提出期限を過ぎているため、大急ぎで教務へ向かう。

戻る途中で学食に立ち寄りペットボトルを購入していると、またもや薬膳と出くわした。なんとこんなに寒いというのにメロンソーダを飲んでいる。

「真冬にメロンソーダって、いいようもない背徳感がありますよね」

薬膳はうっとりとストローでアイスをつつきながら、

「真っ白なアイスが人工的で毒々しい緑に侵され溶かされていく……。一緒にしてはいけない二つを一緒にしてしまった罪というか」

「………」

こいつの美意識だけは一生掛かっても理解できそうにない。

「瓶子先生、僕に頼みたいことあります？」

「ないね」

「……本当に？」

「川手先生がいますから」

薬膳は長い指を無意味にストローにからませ、ふうっと悩ましげな息を長く吐いて、

「おやおや、彼女を目の敵にしてたくせにそんなこと言っちゃうんだ。妬《や》けるなあ」

ぞわあっっと鳥肌が立ったが、それを風邪のせいだとは思わず、ひたすらに薬膳が気色悪いせいだということにした。

師走も二〇日を過ぎれば大学に通ってくる学生達はほぼ教職や資格関係の履修のみとなり、普段授業が行われる教室の方は閑散として、学生達は主に図書館を利用している。レポートや卒論の仕上げをする学生もいれば、就職活動のために学生課に出入りし、幸福な者は内定の通知を提出したり試験の合格を申告する。さらに面接に備えるもの、学校推薦を受けるものもいる。クリスマスムードで浮かれている空気は大学

の中には皆無だ。

三月までに内定をもらえなかったらどうしよう。そんな四回生達の悲愴《ひそうかん》感を貴宣は我がことのように理解できる。そして思うのだ。大学院なんかへ逃げるな。新卒という箔がついているうちに民間へ行け、でないと自分のような中年ポスドク・ワーキングプアになるぞ、と。

気が付くともうあたりはすっかり暗くなり、緑の多いキャンパスは濃い闇の中に沈んでいた。そこから漏れる明かりがぽつ、ぽつと消えていく。最近は大学からの指導もあって、よほどのことがないかぎり八時以降建物の中にいることは禁止されているのだ。

（警備員を残業させるのにも金がかかるからな）

いまは少子化もあってどこの大学も血眼で経費を切りつめている。備品でも文房具はほとんど申請できなくなり、コピーひとつとるにも申請書が必要になる。光熱費の削減は真っ先に要求され、大学でも来年度から校舎ビルの屋上に太陽光パネルを設置するという。

設置業者の足場が組み上がったすぐ横を通り、学科の研究室に戻ってきた。川手から伝言メモが置いてあった。

『念のために携帯にもメールしますが、今日の飲み会の場所は××です。七時から川手で予約をとっています。学生と一緒に先に向かいます』

学科の飲み会がよく行われる駅前のチゲ鍋料理の店だった。時計を見るともう七時を過ぎている。

トイレに行っておこうとドアストッパーをかませて部屋を出た。まだ半分ぐらいの研究室に明かりがついている。皆こなしきれない仕事に追われているのだろう。学会シーズンの年末、多忙の合間を縫って教科報告書を提出しなければならないのは大変な試練だ。

トイレに入ろうとしたとき、後ろでドアが開いた音がした。

「あ、瓶子先生。どうも」

堀内先生だった。

「こんな時間まで、お互い教科報告書ですか」

彼は学科内で情報処理の授業を多くもっている。

「ですです。もう三日ぶっちぎってるんで教務怒らせるんじゃないかと怖くて」

「ですよねえ」

腹の調子がおかしいので、少し考えて個室の方へ向かった。堀内先生は用を足して部屋へ戻ったようだった。

研究室へ戻ると携帯のほうに川手からの着信が残っていた。もう大和先生ほか、大和門下の講師や教授方々がそろっているという。この規模からして既に忘年会のようなものだろう。

パソコンを消してマフラーを巻いてエレベーターに向かった。今日くらいは少し酒を入れてもいいかなと思った。なにしろここはきっとゴッド大和の奢《おご》りだ。

成果報告会の準備にめどが立ち、教科報告書が仕上がった喜びで奢り酒をかっくらって、随分と久しぶりにいい気分でアパートの部屋へ戻った。それからはいつ風呂《ふろ》に入ったか忘れるほど泥のように眠った。風邪薬を呑《の》んでいる身で調子にのってビールなど飲んだからだろうか。朝起きたら頭が痛かった。二日酔いか、風邪をこじらせたかとひやりとする。

(やばい、いくらプロシーディングができても肝心なのは明後日《あさって》の発表なのに)

マスクをして大学へ向かった。今日の予定は研究室で川手と発表の打ち合わせをして、進行表を作り、彼女から校正を受け取ってプリントアウトし、大和教授に提出する。すでに川手作の動画は仕上がっていて、ただの研究発表というよりまるで誘致プレゼンテーションのように無駄に豪華だった。昨日の飲み会でタブレット端末でそれらを見せられたゴッド大和もたいそうご満悦で、

「巡間先生のことがあってドタバタしたけれど、みなさん本当にご苦労様でした。いい年末になりそうね」

とプロジェクトに関わったすべてのメンバーをねぎらってくれた。特に尻《しり》ぬぐいに徹した貴宣にはわざわざ隣にやってきて、意味深な台詞《せりふ》を残していった。

「発表が終わったら、企業さんのほうからの要請で、何度かN社で会議があるの。N社がこのフォーマットをもとに老人ホーム経営のノウハウをアジア圏で売り出したいのよ。瓶子先生、それにも出てくれないかしら」

元々この研究は、有料老人ホームのメジャーモデルケースを狙《ねら》っているN社がゴッド大和に依頼したものなので、今度は企業側が他国の政府や商売相手に提出するための書類作りに協力することになる。当然数字や研究に関する質問もあるだろう。

「そうそう、年末にN社さんとの懇親会があるけれど、瓶子先生もぜひいらっしゃいな」

ごくり、と急いでビールを飲み込んだばかりに噎《む》せそうになった。日本を代表する大手建材メーカーとの懇親会……、つまり接待だ。

（この俺が、一流企業に接待されるのか）

マスクをしているため、息をするたびに眼鏡がくもる。体に蓄積された疲労はとっくに限界を超えていたが、それでも重圧から解放された喜びで心が軽かった。体の重さは疲労によるものとプレッシャーやストレスによるものの合算なのだと悟った。

（このままエコな建材研究に宗旨替えしてみるのもありかもしれないな）

ポスドクという悲壮感漂うポジションからやっと解放されるんだという思いが、貴宣の思い切りをよくさせていた。

（企業から研究費も出やすいし、今回のN社との研究をもとに論文を出せれば、きっと注目される。これからの時代、体にやさしく光熱費のかからない建材の研究はもてはやされるにきまっている。金になる研究を、いままでだれもやったことのない切り口でやるには、とにかく最新の機械が必要だ。だったら金のにおいのする大樹に寄っていくしかない）

いつまでも風俗学にかじり付いてしみったれた研究を続けていても、専任講師への道は開けそうにない。しかしこの研究所には大和教授がいるのだ。幸いにも彼女に恩を売ることができた今、思い切って方向性を変えてみてもいいのではないか。

これはチャンスだ。自分の好みだけで研究内容にこだわっていては、一生大企業からの接待なんて受けられない。なに食わぬ顔をして方向転換して、ゴッド大和の手下に成り下がりながら下請け企業としてやっていくのだ。そうすれば生活も安定するし、社会的地位も確保できる。ボーナスだって出る。席さえ確保すればいつか自分のやりたい研究をやれる時が巡ってくるだろう。論文はその時に書けばいい。

川手千尋のいうとおり、大学は民間に出られないコミュ障で変わり者の吹きだまりなのだ。三五歳になった貴宣は、もうここで生きていくしかない。

そしてここで長く当たり障りなく仕事を続けるためには、権力者の下僕になるのがいちばん手っ取り早いのだった。

（専任講師になるんだ。そのためにはなんでもやってやる！）

信号待ちの間に胸ポケットの携帯が震えながら着信を告げていた。ふと見ると川手千尋からだった。メールではなくわざわざ電話をかけてきたことに違和感を覚えながら、出ようとして信号が青になった。もう五分も走れば大学だ。

その日はひどく寒い朝で、登校する学生たちも皆白い息を吐いていた。けれど寒いといいながら彼女たちはストッキングにパンプスを履いている。ブーツの学生もミニスカートだったりと防寒に甘さが目立つ。そんな女子大生たちの間を縫うように歩き、研究室のあるフロアへ向かうエレベーターに乗り込んだ。

「おはようございます」

研究室に着くと、挨拶《あいさつ》を返すよりも早く、川手千尋が椅子《いす》から立ちあがった。

「瓶子先生、昨日校正を頼むとおっしゃっていた原稿なんですが」

「はい」

「クラウドにありません」

「え」

椅子を引こうとかけた手が止まる。

「クラウドのどこを探しても見あたらないんです。それで、もしかして昨日、教科報告書をこのパソコンで作りましたか？」

冷静を装《よそお》ってはいるが、明らかに川手は動揺していた。目の動きが妙だ。焦点があったりあわなかったりして、いつも憎らしいほどクールな彼女らしくない。

「教科報告書？」

言われている意味がよくわからなくて、急いでパソコンを開いた。ログインパスワードを打ち込み、いつもと同じようにクラウドに保存してある論文のフォルダからファイルをクリックした。

しかし、画面が論文のファイルに切り替わることはなかった。代わりに目の前に映っているのは昨日提出したばかりの教科報告書だ。

（まさか……）

どんなにカーソルを下げても、そのファイルにはわずかA4用紙五枚のレポートしかない。昨日まで書いていた研究論文の内容はかけらも見いだすことができない。

「う、嘘だろ!!」

ファイル名ごと検索をかけても、クラウドの中は川手の制作した動画やデータをグラフ化したパワーポイントのファイルばかりで、最新の日付の発表用原稿がピックアップされることはなかった。

「いちおうハードディスクのほうも検索しましたが、見あたりません」

「こ、これ、俺がまさか、間違って論文の上に報告書を上書きしたってこと、か……？」

言いにくそうにして、川手が「多分」と頷《うなず》く。

（マジかよ!!）

悲鳴を上げそうになった。いや、うめきぐらいなら上げていたかもしれない。実際吐き気がする。

「瓶子先生？」

頭の芯《しん》が強い電流を受けたあとのように小刻みに震えて考えられない。視覚も、聴覚さえも急激に遠ざかり、貴宣は自分が分厚いガラス張りの透明な箱の中にいるような気がしていた。川手がなにかを言っているのはわかる。けれど、妙に聞こえにくし聞こうとも思わない。ただただ、ショックでなにも考えられない。どうしてこんなことになった？　なんで論文が消えてるんだ。昨日俺はいったいなにをした？　論文が仕上がったと浮かれて、目の前の難題をクリアしたとたんに教科報告書のことを思い出して、慌《あわ》てて書き殴った。パソコンは勿論《もちろん》、この研究室のをそのまま使った。急いでいたから。そして保存をして——

（いや、保存をしたか？）

必死で記憶を掘り起こし昨日の自分の行動をなぞる。保存はしたか？　すぐにプリントアウトしたんじゃないのか。それで教務に提出してきて戻ってトイレに行って、パソコンの電源を落として飲み会会場へ向かった。

（パソコンの電源を落とす前に、ブラウザを閉じただろうか。ソフトは……、ああ、だめだ記憶にない。だけどもしあそこで論文のファイルの上に間違って教科報告書を上書きしてしまったとしたら——）

ぽたっ、とキーボードの上になにか水滴が落ちた。おどろいたことにそれは自分の顎《あご》からしたたり落ちた冷や汗だった。指でぬぐって呆然《ぼうぜん》とする貴宣に川手が言う。

「瓶子先生、聞こえてますか」

「あ、うん。……俺、間違ってファイルを……」

「上書きしましたか」

「……う、ん……」

それがどういうことを意味するのか、脳が理解することを拒否していた。ただただ頭蓋骨《ずがいこつ》がワンサイズ小さくなったかのようにひどい頭痛がする。

「バックアップ……、っていうわけにはいかないのか、この場合……。どうしたら……。そうだ、専門のそういう業者とかに頼んで……」

「落ち着いてください。データをサルベージするには、おっしゃるようにこのパソコンを業者に出さないといけません。それは可能ですが、うまくサルベージできるかどうかはわかりません。ハードディスクではなくクラウドのサルベージが可能なのかは、私も専門職じゃないのでわからない」

「バックアップを……、どこかにしてるはずだ。そうだ、バックアップファイル、どこか、ハードディスクのどこかに‼」

「ちょっと待って、冷静になってください。途中までのファイルなら私が持ってます。

大丈夫です。少なくとも一昨日《おととい》の分までは私のパソコンにある」

貴宣は汗だくの顔をのろのろと川手のほうへ向けた。

「ある……？　消えてない？」

「あります。大丈夫です。ですからこれからクラウドをサルベージしてくれる業者をあたってデータが復旧するか賭《か》けましょう。でもそれは運が良ければというレベルなので、消えた二日分のデータをいまからもう一度やるんです」

ぽかんとした顔で川手を見上げた。

「だ、だけど……、発表は明後日で……」

「できます。ああいう発表って結論ありきでとくに細かい報告は必要ないじゃないですか。たしかに今回は企業との共同研究なので、発表に気を遣うのも分かりますが、要は明後日発表することが大事なんです。消えたのは発表に差し障る部分じゃありません」

「でも……」

「先生だって今まで発表用の原稿が出来ないまま、ぶっつけ本番で発表したことぐらいあるでしょう」

言われて、それもそうだと納得した。学会用のレポートは研究発表、口頭発表と受け止められ、学術誌に載るような論文よりは重要度が落ちる。だからいちいち学会で発表しない研究者も多いのだ。加えていえば、学術誌でもあまり評価の対象にならない紀要（多くの投稿者のなかから選別されたものではなく、大学が出している学術雑誌なので、当然競争率や内容のレベルは落ちる）を避けて、もっと評価されやすい場での論文作成に力を注いだりする。なので学会用ではいちいち一から十まできっちり書き起こす必要がないため安心してしまい、いざ発表前にケツに火がついた状態でスライド資料やレジュメ作成に追われることも珍しくはない。

「発表さえ終わらせたらいいんです。データはあります。肝心な研究内容はN社に提出済みじゃないですか。なんとかなります」

不思議なことに川手にあくまでクールな表情のまま大丈夫だと念押しされ続けていると、本当になんとかなりそうな気がしてきた。

「よ、よし、じゃあ復旧させる」

「私のパソコンを使ってください。キーボードが少し使いづらいかもしれませんが同じソフトが入っています。先生のパソコンはいまからすぐに持ち込めるところを探します」

「あ、このことを報告――」

「大和先生には私から報告しておきます。瓶子先生の手を止めるわけにはいかないので」

なによりもその一言が貴宣をこれ以上なく安堵《あんど》させたことはいうまでもない。

（俺のほうがボスなのに、真っ先にパニクって情けない……）

けれど、川手がサクサクと次の段取りを決めてくれたおかげで、必要以上に落ち込んだり混乱したりすることはなかった。今はとにかく、昨日書いたことを一行でも多く思い出しながらデータを復旧させることだ。

幸いなことに今年はもう授業はなかったため、貴宣はまさに文字通り机にかじり付いてキーボードを叩《たた》き続けた。途中で川手が何度か出入りしていたようだが、それも気付かないくらいに集中する。あっという間に時間は過ぎてゆき、パソコン画面からの光が目に痛くなってきたころやっと日が暮れていることに気付いた。机の上にコンビニの袋とともに何枚もメモが張ってあった。

〝大和先生に報告しました。先生から大学に許可を取っていただき、非常事態ということで今日一日は大学に泊まってもいいそうです。守衛にも話をしておくということでした。あまりご無理なさらず〟

〝パソコンのデータですが、復旧はできるが時間がかかる、明日までには無理だという話でした。とりあえず前金を払い作業をしてもらっています〟

〝私は泊まれないので家に帰りますが、なにかあったらすぐに電話をください。朝一番で出勤します〟

〝なにか買ってきてほしいものがあれば遠慮無くおっしゃってください〟

コンビニの袋の中には湯を入れるだけのレトルトみそ汁とおにぎり、水が入っていた。貴宣にとってありがたいことに、液体の風邪薬とマスクもある。

(クソ、鼻水が止まらない。なんだか寒気がしてきたな)

誉が出て行ってからずっと治りきらない風邪が、ここにきて徐々に悪化してきた感があった。こんな追い込みの時に冗談ではない。発表さえ終わればいくら寝込んでもいいから、なんとか明後日の午後までは持ちこたえたい。そのためならどんな危ない薬を飲んでもいいとさえ思った。

午後九時になり、一番最後まで明かりがついていた学生課さえ部屋の電気が消され、いよいよ大学は真《ま》っ暗闇《くらやみ》に閉ざされた。こうなるとひたすら寂しく心細いもので、家に帰るべきだったかとも思うが、行き来にかかる時間と体力を考えると、めどがつくまではここにいたほうがよさそうだった。

(だいじょうぶだ。まだ脳みそが書いたことを覚えている。この調子なら明日の昼過

ぎには終わる）

全館空調が止まり館内に冷気が漂ってきて体が震えた。あまりの寒さになにかひっかぶるものはないかと探してみたが、研究室からはもう一つぴったりしたものが出てこない。申し訳ないと思いながら川手のデスクから膝掛《ひざか》けを借り、マフラーをぐるぐるまきにして、コートまできっちり着込んでパソコンを睨《にら》み続けた。足下の電気ストーブはちっとも暖かくならず、考えた末に机の上にもってきて上半身にあたるようにすると少しは寒さがましになった。手袋をするとキーが打てなくなるので、セーターをギリギリまで伸ばして、いつも使っている手袋は足に履いた。どうせ一〇〇円だから破れたっていい。

薬のせいか眠気が襲ってきてどうにもならず、来客用のソファに寝そべって寝た。しっかり目覚ましをかけたのにまったく起きられず、目が覚めるといつのまにか川手が出勤していた。

「あ、おはようございます。昨日先生が書き上げられたところまでチェック終わってます」

起きてすぐ、喉《のど》の痛みを自覚した。

（まずい、マスクして寝ればよかった）

「すみません、寝ちゃって」

貴宣の声を聞いて、川手がほんの少し顔をしかめた。

「喉、大丈夫ですか」

「いや、あんまり大丈夫じゃない、かな」

「じゃあ、声出さなくていいので適当に聞いててください」

川手はメーカーに依頼したデータのサルベージ経過について報告をしてくれた。曰く、やはりパソコンには最新のデータは残っておらず、クラウドに上書きされたからクラウドの修復になるが、利用していたクラウドのサーバが大学のもののため申請だの許可だので時間がかかる。とても今日中になんとかできそうもない、ということだった。

その覚悟はしていたのでショックも少ない。むしろこうなると自分の体調のほうが心配だ。なにしろ声が出なければ発表もできない。

「もしかして熱、あります？」

測ってない、と身振りで伝えると、思いきり顔をしかめられた。熱があるとわかれば一気に体が動かなくなりそうで、考えないようにしていたのだ。

「いまから医者に行ってください。いますぐに」

「でも」

「インフルエンザだったらどうするんですか！」

一喝されて目が覚めた。川手が買ってきてくれたチンするごはんとみそ汁をもそもそ食べている間に、彼女がこの近辺の内科を調べて予約をとってくれた。運良く、校門前のクリニックが三時から午後の診察が始まるというので、念には念を入れて点滴なり注射なりをしてもらうことになった。

風呂も入っていない状態で女性と個室にいることが申し訳なく、せめて顔を洗おうと咳《せ》き込みながらトイレに向かうと薬膳に会った。一目貴宣を見るなり、いやそうに顔を背けた。

「うわ、見事にウイルスを擬人化したような顔ですね、瓶子先生」

「……」

いまならこいつに（ウイルスを移すために）キスしてやってもいいとさえ思った。そうだ風邪はだれかに移せば治ると言うじゃないか。

「そうだ。いまなら僕にしてほしいこと……」

「ない！」

あったとしても断固として断る。ウイルスの引き取り以外は。

部屋に戻り、川手に風邪を移さないようにしっかり換気をしたあとマスクをして、データ復旧作業を再開した。あと「終わりに」を残して診察の時間がきたので病院に行き、なんでもいいので元気になる点滴をと医者を困らせ、一時間ベッドに横になってビタミンだのなんだのを体に直接ぶちこんだ。大変痛い出費だったが、この後のことを思えばいたしかたない。

研究室に戻ってくるころには、もう日がすっかり暮れていた。

（さすがに今日は家に戻らなきゃな）

そこそこの規模の報告会なのでスーツで行くしかないし、そうなるとこのまま研究室に居残るわけにはいかない。

「明日、大学で待ち合わせます？　それとも直接会場に行きましょうか」

「会場で……」

「そうですね。私の方は荷物が多いので、朝のうちに入って動作等確認するつもりです。瓶子先生も今日はゆっくり休んでください。喉、しっかり休めて。温かいタオルを巻いてみてくださいね」

できたところまでを紙にプリントアウトし、コピーをとって用心に用心を重ねた。二度も書いたせいできちんと頭の中には入っている。しかしまたデータがなくなってしまうことが怖くて今度はバックアップ魔になってしまった。

熱でぼんやりとする体を引きずってなんとかタクシーに乗り込んだ。ヤマさんちのアパートが遠目に見えてくる。自分の部屋はいつも暗いのに、一階の山一食堂のせいで家に明かりがついているような気分になった。領収書をとって忘れ物がないかどうか確かめ車を降りた。直後にぷんと匂《にお》うごま油の強烈さに、忘れかけていた吐き気がこみ上げてくる。

「うえっ、キッ……」

フラフラと階段をあがっていると、奥の部屋から美愛らしき住人が出てきた。あのピンクのレース付きジャージ、エリザベスだったかアントワネットだったか、とにかくあれが視界に入っただけでろくに見ていない。

「タカちゃん⁉」

自分を見てぎょっとしたような声をあげた。

「ちょ、なんなの。二日酔い？　あ、風邪？」

もはや肯定するだけの体力も気力も残っていなかった。

「大丈夫なの。なんか……、お父さんにいっておかゆとか貰ってこようか？」

「い、い……」

中華がゆのだしの匂いをかいだだけでも吐きそうなのだ。

「どいて、くれ……。大丈夫だ、から……」

喉が焼けるように痛い。明日発表の間もつだろうか。喋《しゃべ》っている時間は二〇分程度だからなんとかそこまでもってくれればいい。それで無理して喉がつぶれたって一生喋れなくなるわけじゃないのだから。

玄関の鍵《かぎ》を開ける時間が妙に長い。美愛はなおも病院行ったの、だの、誉ちゃんがいなくて大丈夫なの、だの話しかけてきたが無視した。倒れ込むように中へあがった。

「タカちゃん、なんかあったら壁たたくんだよ壁！」

その言葉になんと返したのかは記憶にない。

一日半ぶりに帰ってくる我が家にはなんの感慨もわかず、これから風呂に入って明日の用意をしなければならないことに軽く絶望した。

（家、汚いな）

誉が出て行ってまだいくらもたっていないというのに、もう床が見えなくなっている。布団は敷きっぱなし、洗い物は流しに溜《た》まりっぱなし。ゴミは一度も出していない。

いつもの一〇倍スローな動作でバスタブに湯を入れ、ホットカーペット代わりにつかっている電気毛布のスイッチを入れた。温かくなるまでのほんの少しの時間がもどかしかった。

毛布を床に敷いて、その上に電気毛布を重ね、カーペットのように使うことは誉が考え出した。――だって電気カーペットってすごく高いじゃない。でも電気毛布はなぜかホームセンターで九八〇円で買えるんだよ。そのくせ電気代はこっちのほうがずっとお得なんだ。こうして畳の上に二枚敷いておけば、温かくなった毛布にくるまって眠れるでしょう。

あの子はいつ、どこでこんなことを教わったのだろう。あの子のためにホームセンターで電気毛布を買ったのはしずるだろうか。それともしずるの彼氏……？　やっかいになっていたという吹田の公営団地の住人……？

思えばこの家は、誉によってずいぶん便利にカスタマイズされたのだ。狭い六畳の和室に効率よく布団を敷く方法。タンスもクローゼットなんて洒落《しゃれ》たものもない部屋で、押入の中にステンレスのバーを付けてクローゼットがわりのスペースを作ったこと。ヤマさんに許可を貰って水屋の天井まで板を張り、炊飯器や電子レンジを置けるカウンターと食器棚を作ったこと。腰から下は九八〇円の三段ストッカー。ここには誉や貴宣の下着やバスタオルが入った。

工具用品を一〇〇均で買ってきて、慣れない手つきでああだこうだ言いながら改造して、年々物が増え、なにより成長する誉のため広い家が欲しくなった。結婚してもいないのに実感した。ああサラリーマンがマイホームとか言い出すのって、こういうわけなのかと。

押入の簡易クローゼットには何ヶ月も袖《そで》を通していないスーツが、四五リットルのゴミ袋をカバー代わりにしてつるしてあった。ほっとするよりも先にじわじわと寂しさがこみあげてきた。誉のおかげでいまから朦朧《もうろう》とした頭でアイロンをかけなくてもいい。誉に感謝し、そして何十度目かの後悔をした。

このまま、永久に会えないのは嫌だ。

そのためには、明日を乗り切らなければならない。

（たった二〇分の研究報告なんだ。熱があっても意地でも立っててやる）

咳き込みながら風呂に入った。髪の毛を乾かし薬を飲んで、効きますように、明日には喉の痛みがよくなっていますようにと祈りながら、冷たい布団の中で震えた。点滴の効果が薄れてきたのか、熱が上がってきたように思う。寒気が増してくる。電気毛布の温度を上げると、今度はとたんに暑くてたまらなくなった。汗が噴き出てくる。喉が痛い。喉が渇く。咳がとまらない。かんでもかんでも鼻水で息苦しくなり、頭がぼうっとする。あっという間に枕元《まくらもと》がティッシュだらけになる。持って帰ってきたスポーツドリンクなど一瞬で飲み干し、しかたがないから水道水を飲んだ。

（寒い）

こんなに風邪が辛《つら》かっただろうか、歳《とし》をとったのかと咳き込みながら考えて、ああここに誉がいないからだと思い当たった。だれもいないからだ。自分のことは自分でなんとかしなければならない。

いない、いない。家族も、心配してくれる友人も恋人もない。

（俺にはなにもない。なんにも持ってない。こんな歳にもなって）

一〇年前の学生の時のほうがたくさんのものを持っていた気がする。

「ゲホッ、グッ、ゴホッゴホッゴホッ……、……くそ！」

せっかく早く帰宅したというのに眠れない。意識が途切れるように眠っては息苦しさで目覚め、また咳で横になれないということを繰り返した。自分でも体力が急激に削られていっているのがわかったが、もうどうしようもない。薬は飲んだ。熱が高くなってきたので仕方なく座薬も入れた。温かくして水分をとって汗をかいている。けれど咳が止まらない。眠れない。

とうとう、喉の奥から血の味がしてきた。

（どうしたらいい、こんな体たらくじゃとても発表なんてできない）

せっかくなにもかも放り出してがむしゃらにこの研究に力を注いできたのに。誉がいじめられていることにも気づかず一人で去らせ、なのにすぐに追いかけて戻ってこいと伝えられないのも、すべて明日の研究発表があったからだ。学部の権力者である大和教授から認められて、専任講師の地位を手に入れる――

そのもくろみも、捕らぬ狸《たぬき》の皮算用も下心もなにもかも、あまりの苦しさにどうでもよくなった。ただただ苦しい。眠れない。息が出来ない。そしてふつっと意識が切れる。

「タカちゃん！」

「瓶子先生！」

遠くで、幾人もの声が重なって自分を呼んでいるのが聞こえた。なぜか瞼《まぶた》の外側が赤くチカチカしている。

（だれか、俺を呼んでる……）

一人じゃないことにほっとしたら、完全になにもかもがブラックアウトした。

気付いた時には、すでに視界は明るかった。

見慣れない明るさに瞼を刺激され、ゆっくりと目をあけた。視界が白い。不自然なほどに。いつものアパートなら窓はひとつしかないし、カーテンは閉めっぱなしで、しかも裏にもマンションが立っているため、こんなにも強烈な日は差さない。

細長い蛍光灯が見える。ヒモを長く伸ばした自宅のペンダントライトではない。

（どこだ、ここ……）

声を出そうとして、自分の口がなにか透明な硬いもので覆《おお》われていることに気付いた。指で触れてぎょっとした。これはいわゆるドラマとかで瀕死《ひんし》の人間がよく付けている酸素マスクというものではなかろうか。

（なんでこんなもの……）

ピッピッという規則正しい電子音、そして左腕の違和感。肘《ひじ》の内側にテープで固定されたチューブが点滴スタンドへ延びている。そのチューブをたどって視線を動かすと、だれかが立っているのが見えた。見慣れない黒光りする革パンにカーキ色のカットソー。手首にじゃらじゃらと重たげなアクセサリーをしているが、体格からして男だ。

「おはようございます。お目覚めですね」

（薬膳⁉）

私服で眼鏡をかけていないので一瞬だれかわからなかったが、ねちっこく気色悪いしゃべり方ですぐに気付いた。なぜ彼がこんなところにいるのかわからない。

っていうか、ここはどこだ。

「なんでおまえ……グホッ……、ゴホッ……」

問いただそうとして一気に咳《せき》がぶり返す。酸素マスクをむしりとって枕に顔を押しつけ痙攣《けいれん》した。五分ほどなにも言えず、ベッドの上でのたうち回って咳き込んでいるうちに、貴宣はそこが病院のベッドであることを察した。

なぜ病院なんかにいるのだろう。なぜ自分の側《そば》には薬膳がいるのだろう。わからないことだらけだが、いまはそれを薬膳に問いただしている時間はない。

だっていまはもう朝だ。つまり報告会の日だ。

（発表が！）

こうしてはいられない、川手は朝のうちから会場入りして機材を確認すると言っていた。はやくスーツに着替えて出かけなければ、午後一番から発表が始まるのだ。すぐにタクシーに飛び乗ってアパートに戻り、スーツに着替えないと。そう思い手から管を引き抜いてベッドから降りようとしたとき、

「もう終わりましたよ」

なんの躊躇《ためらい》もなく告げられた残酷な現実。

病室の壁の時計を見た。

針は信じられない時刻を指していた。

(三時二三分……)

外が明るいのでもちろん午後だ。

全《すべ》てが終わっていたことを、味わったことのない息苦しさから再び目を覚ました後に知った。

＊＊＊

その年のクリスマスは、おそらくこの先どれほど長く生きても二度と味わうことが

ないだろうほど印象的で、悲惨で惨《みじ》めなものになった。

「いいじゃないですか、この僕がリッツでのデートすっぽかして付き添ってあげたんですから」

「…………」

なぜか枕元に薬膳がいるのもその大きな要因のひとつだろう。

貴宣がなにひとつ喋らないからか、彼はりんご皮むき選手権をセルフ開催し、器用な手つきでくるくるとりんごを回しはじめた。昨日は二メートル三五センチという驚異的な記録を成し遂げていたが、はっきりいってどうでもいい。

「川手先生から悲鳴みたいな電話が掛かってきたときは何事かと思いましたけどね。貴方《あなた》の携帯に僕の電話番号をこっそり登録していたことが、こんなところで役に立つとは」

薬膳が言うとおり、いつのまにか貴宣の携帯には見知らぬ携帯番号が登録されており、しかも本人から電話がかかってくると、画面一杯に満面の笑みの薬膳と、官能的なハバネラが大音量で鳴り響くという最悪の設定になっていた。むろんのこと、速攻で削除した。

「まあ、ゴッド大和派閥の関係者が全員報告会の会場にいるとなっては、僕ぐらいしか動ける人間がいなかったのも事実ですが、それにしても決戦の日に肺炎で担《かつ》ぎ込まれるなんてよくよく運のない人ですよね」

はい、と目の前にきれいに剝《む》かれたりんごが置かれたが、男が剝いたりんごなど食べる気にもならない。

「いらん」

「まあまあ、そんなにいつまでもぶすくれてないで、そろそろ前を向いたらどうですか。いまさら貴方が報告会で発表し直せるはずもないし、嘆いたからって肺炎が早く治るわけでもない」

「…………」

薬膳の指摘は至極もっともだ。だからといって積極的に肯定する気にもならない。

報告会での発表を明くる朝に控えた夜、貴宣は風邪をこじらせてとうとう肺炎を併発し、知らない間に意識不明になっていた。あの古く狭苦しいアパートで呼吸困難で死にかけていたところを、体調が悪そうだと気に掛けてくれていた美愛と、モーニングコール代わりに電話をかけてみたものの出ないことを心配した川手によって発見されたのだ。

たまたま救急車が出払っていて、タクシーも来ない。ヤマさんちの軽トラの荷台に布団《ふとん》をかぶせて運ぶか、それとも狭い助手席に縛り付けるかヤマ家が枕元でぎゃあぎゃあ検討し始めたので、焦《じ》れた川手は貴宣の携帯を使って薬膳に電話をかけた。車を持っていてすぐに病院へ運んでくれそうな相手が他に見つからなかったと彼女は言った。

「で、僕がすっとんでくると同時に救急車もやってきた」

ちょうど貴宣を薬膳のマセラティに運んでいる途中だったので、そのまま救急車に移したそうだ。

『お姫様だっこでね！』

一部始終を目撃した美愛に言われた。もちろん薬膳本人にもそこを強調された。何度も。

(死んでしまいたい!!)

貴宣がさっきから恩人であるはずの薬膳のいるほうに頑《かたく》なに背を向けているのは、そういう理由もある。

「昨日のCTの結果が出てなんともなかったら午後いちで退院でしょう。たいしたことにならなくてよかったじゃないですか」

実際彼の言うとおり、五日間も抗生物質とステロイドを点滴されまくった体は完全に肺炎球菌を駆逐したらしく、めでたく大晦日《おおみそか》の午後に退院と相成った。

家まで送るという薬膳の申し出を固辞して、さっさと荷物をボストンバッグに纏《まと》めて病室を出た。一刻も早くここを出たかったのには理由があった。これ以上入院日数を増やせば正月料金がかかるのだ。薬代もばかにならないというのに、いまの懐《ふところ》では三割負担でも痛手である。

（もう正月なのか）

県立西宮病院から歩いて我が家へ向かった。途中阪神西宮の駅なかでは、すっかりクリスマス色が払拭《ふっしょく》されて、お正月を迎えるべく金と赤とのありがたい感じのディスプレイに一変していた。

（去年は、たしか一〇〇均で注連飾《しめかざり》を買ったんだった。それからお雑煮に入れるもちとカレンダーも）

今時はなんでも一〇〇均で揃《そろ》う。一〇〇均はワーキングプアの救い主だねなんて誉としみじみ言い合った。だけどお正月くらい少し贅沢《ぜいたく》をしたかったので、阪神百貨店で二時間も悩み抜いて結局明太子《めんたいこ》を買ったのだ。本物の明太子を使っためんたいパスタなんてすごい贅沢だと、お腹《なか》一杯になってこたつで年越しした。起きたらもう昼で慌てて近所の神社に初詣《はつもうで》に出かけた。

それが一年前。

（今年は、クリスマスは意識不明のまま終わって、正月は一人か。しかも来年から無職を覚悟しながらハローワークのサイトでも見てるのか）

ようやく起き上がれるようになったころ、貴宣は病室のベッドの上で、自分の代わりに川手が発表したとの報告をメールで受けた。

『報告会が午後からで幸運でした』

貴宣の携帯には、こまめに川手からメールが入っていた。その中で一件だけ、全てを了解したので今は休むようにと大和教授からの連絡もあった。

『大和先生も事情はわかってくださって、いまはまず病気を治すようにとおっしゃっておられました。N社の方も驚いてはおられましたが、発表自体はすんなり終わりましたし、研究報告はすでに提出されていたので、特に問題はないとのことです。ご安心ください』

突然の発表代役に川手自身も相当混乱しただろうに、そのことについてはなにも言わず、終わった足で花を持って見舞いに来てくれた。

報告会直前で原稿が消える、風邪をこじらせる等のアクシデントが重なったにしては、被害が最小限に止《とど》まったことはありがたかった。発表自体が何事もなく終わったことに——そして大和教授が怒ってはいないことに——なにより貴宣は安堵はした。しかし、正直なところ心中は複雑だった。

というのも、大和教授からは当日にメールがあったきり、見舞いも電話もなかったからである。代わりの果物は届いたし、川手も「先生は怒ってはいない、むしろ心配しているようだ」と重ねて知らせてくれている。それは嘘《うそ》ではないのだろう。

けれど、発表者であったにもかかわらず、貴宣が当日に壇上にあがれなかったことは事実なのだ。ましてや三日前に発表用原稿のデータに上書きしてしまうというヘマもやらかしていた。当然貴宣に対する心証は悪くなったはずだ。

（いや、もともとこのプロジェクト自体、大和先生に貸しを作るものだったじゃないか。トラブルが起こっても仕方がないような状況だった。俺がどうのこうの言われることじゃない）

（でも大事なデータの管理でミスをした。発表会を控えていたのに健康管理できなかったのは事実だ）

（ミスだってたいしたことにはならなかった。肺炎にさえならなかったら、当日ちゃんと俺が発表できていたはずだ）

（できなかったくせに）

肯定論と否定論が終わらないキャッチボールのように頭の中を行ったり来たりする。考えても意味のないことなのにそのことばかり気になって、気が付いたらこたつの中で年が明けていた。

たったひとりのわびしい新年。年越し蕎麦《そば》の代わりに抗生物質と胃薬。部屋は散らかりっぱなし、ゴミは出せないまま四五リットルのゴミ袋が外の廊下に三つ積み上げられている。研究発表会に出かける前に用意した荷物さえそのままだ。

「タカちゃん、帰ってるのー？」

何をする気もなくこたつでぼうっとネットをしていると、ふいに玄関ドアが開いて、にゅ、と頭に千羽鶴《せんばづる》のようなものをわっさわさ付けた美愛が顔を出した。どう見てもフェイクファーの真っ白なショールはいいとして、ベロアピンク地に大粒の銀のドット柄という表現しがたい振り袖を着込んでいる。

「明けましておめでとうございます。って言ってもまだここは去年のまま時間が止まってるみたいだけど。調子どう？」

彼女は一階の山一食堂からヤマさん特製の中華がゆを持ってきてくれた。携帯を片手に完全にこたつと一体化している貴宣を見て呆《あき》れたように言った。

「ねえ玄関に鍵くらいかけなよ、不用心だよ」

「俺の部屋に泥棒が入ったって落胆するだけだ」

「嫌がらせに放火するかもしれないじゃん。そしたら、タカちゃんただでさえビンボーなのに、本当に無一文になっちゃう。年末はそういう事件多いでしょ」

さりげなく現実的なことを言われてびくっと背筋が伸びたが、それも長くは続かない。なけなしの積極性とか、やる気とか、勤勉さはあの日家出したまま行方不明だ。

「お父さんたちも心配してたから、動けるようになったら店に顔だしなね。あたしいまから彼氏とデートだから。すっごーく久しぶりなんだ」

「だからそんな美川憲一がきゃりーぱみゅぱみゅ目指して失敗したような振り袖着てるのか」

「失礼な。彼氏はかわいいっていってくれるもん。彼おっきな会社のエリート社員で、いまマンションの現場監督だからほとんど休みとれなかったんだけど、正月だけは現場も休みなんだ」

「そうかそうか、どうでもいい」

「だから今夜帰らないけど、お父さんが部屋に来たら適当にごまかしといてね。そいじゃあね。ちゃんとあったかくして寝ときなよ」

川手から事情を聞いているのか、美愛にしては腫《は》れ物に触るような扱いだった。そういえば救急車が来たときに騒動になってしまったことを、まだヤマさん夫妻に詫《わ》びていない。

とりあえず食べるものがなにもなかったので、ありがたく中華がゆをいただいたあとコンビニに買いものに行った。それから窓を開けて掃除機をかけ、去年の埃《ほこり》を追い出して何日かぶりに洗濯機を回した。そのさい病院から持ち帰ったボストンバッグの中に見慣れないパジャマと下着を発見してぎょっとなった。川手が買ったものだろうか。休み明けになにかお礼を包んでいかなくてはならないと思った。

三が日を過ぎるころには体調も随分よくなり、生活に余裕も見えてきた。けれど一向に余裕がないのは心の方である。

(来年度、大学にまだ俺の籍はあるのか?)

二月近くなって大学の試験が終わっても貴宣の気鬱《きうつ》はいっこうに晴れなかった。大学が始まって真っ先に大和教授のところへ挨拶《あいさつ》とわびを入れにいった。教授は貴宣の努力をねぎらい不運だったと言ってはくれたが、どうにもそれが通り一遍のものに感じられてならなかった。年末に呼んでくれるといっていたN社との懇親会も結局行けなかった。自分は入院していたのだからしかたがないことなのに、代わりに川手が顔を出して大いにもりあがったのかと思うと余計に心に雲がかかった。

（特に、なにも、することがない……）

年明けから三月までは予備学期で、後期テストのほかは主に資格取得のためのカリキュラムや有名人の講演、学生による研究会などが行われる。よって授業はほとんどない。発表会まで寝る間もないほどの忙しさだったのが嘘のようだった。

原稿作成に使用させてもらっていた巡間教授の研究室を明け渡すため、持ち込んでいた私物を片づけていると、川手千尋がやってきた。

「いまさらですけど、あけましておめでとうございます」

「あ、どうもです……」

妙な空気が流れた。

当然のことだが、プロジェクトが終わってしまうと川手千尋と顔を合わすことも少なくなった。不思議なもので、大学でよりもヤマさんの店で会うことのほうが多かったほどだ。一時はあんなにも四六時中一緒にいたことを思うと寂しさもあったが、これでよかったんだと安堵するほうが大きかった。

なぜなら、いまや彼女はあのゴッド大和のお気に入りだ。

「研究室の備品とか、このままにしておいてもいいんでしょうか」

「ああ、それはたぶん……、次に来る講師の人がそのまま使うんじゃないでしょうかね」

自分で言って、自分でぎくりとする。

（次の講師、か。もしかしたらそれは、彼女かもしれない。俺じゃなくて）

土壇場《どたんば》のアクシデントを力業で乗り切った川手のことを、大和先生は大いに気に入ったらしい。当日会場に手伝いに行っていた学生によると、川手はピンチヒッターであることをみじんも感じさせない堂々とした態度で二〇分発表を行った。ところどころに挟まれる彼女自作の動画や一目で数値がわかるグラフ、そのつど加えられる解説は的確でシンプルかつ説得力があり、N社の人々もこれなら外国のお役人向けに修正を加えなくても十分だといたくご満悦だったという。

大和教授は彼女の使い勝手に目をつけただろう。あのリボンの助手をやらせておくよりも自分の手元に置いておきたいと思うのも仕方がないことかもしれなかった。ゴッド大和は自分の研究に役に立つ人間が大好きなのだ。

（そして、俺は体よく用済みになったってことだ。うまくいけば彼女の第一のお気に入りになれたかもしれなかったのに）

「パソコンはこのまま俺が使ってもいいっていうことなんで、ありがたくいただいておきます」

「いろいろあったパソコンですけど、よかったですね」

そう、データ上書き事件やらなんやらいろいろあった縁起の良くないパソコンだが、それでももう一〇年近く使い続けている自分の旧型よりははるかに性能がよかった。

（結局、駄賃はこの中古パソコンだけってことなのか）

巡間先生が亡《な》くなったので、いま学科は教員が一名欠けている状態にある。巡間先生が持っていた授業はそう多くはなかったため、さまざまな学科の教員でカバーしたが、来年度は欠員を埋めるためのなんらかの採用がされるはずだ。なのに公募はいまのところ行われていない。

つまり、非常勤で埋める可能性が高いのだ。ここは公立ではなく私立の大学だから、内部昇格も十分ありえる。だからこそ貴宣も、大和教授の「内々に推薦する」という言葉を信じた。まさにゴッド大和の胸三寸なのだ。

「あ、そうだ。川手先生」

川手といると沈黙がヒリヒリと浸《し》みてくるようで、慌《あわ》てて話題を変えた。

「なんでしょう」

「あの、僕が入院していたときのパジャマとかなんですけど……、おいくらでしたか」

「ああ、あれは薬膳先生が買ってこられたんです」

一瞬で金を返す気がなくなった。

二月に入ると、まだ内定をもらえていない四回生はいよいよ就職活動の大詰めを迎え、準備の悪い学生は卒業論文提出日を前にばたばたと走り回っていた。貴宣は、卒論指導を受け持っていた四回生の高遠青葉から、地元のそこそこ名前が知られている商社に就職を決めたという報告を受けた。

「よかったな。これでなんとか大学から出ていけるじゃないか」

「ウン。適当な会社に就職したり、公務員浪人のふりするの、みっともないからイヤだったんだよね。売れ残り感満載すぎて逆にみじめ」

センセーみたいに、と付け加えられたので、大人げないことを承知で反論した。

「おいおい、俺は就職できなかったわけじゃないぞ。そもそもお前とは学歴が違うからな」

「だけどいまだにただのワープアポスドクでしょ。きっと来年私のほうがお給料多いよ」

「…………」

確実に現実になるだろう事実を突きつけられて二の句が継げない。

「本当はもっと早く内定出てたところもあったんだけど、迷ってたんだ」

「給料か？」

「ううん、友達がね。整形して痩《や》せて足キレイに磨いてから受けたほうがいいところ受かるって言うから、夏に目をちょっと大きくしたんだよね。そしたらたしかに面接受けよかったみたいだから、がんばって五キロ落としたの」

一瞬なにを言われているのかわからなくて顔をしかめていると、青葉はなんということはないという顔をして、

「この顔と足でどこまでいけるかギリギリまで試したかったの。決めた商社は追加募集だったんだけど、三人の枠に入ったよ。やっぱこういう中途半端《はんぱ》な学部卒は行けるところ限られてるから、内定とりたかったら整形して痩せるのがいちばんだなって思った」

「……本気で？」

「ほんとだよ。私カオ変わったでしょ？　痩せたでしょ？」

言われてもまったくわからなかったので首を振ると、青葉はものすごく不機嫌な顔を作った。

「センセーって、ホント私の顔見てなかったんだね」

「あ、いや」

「まあいいけどさ。でも私のまわりでもみんな内定とるために大学入ったらすぐにプチ整形くらいしてるよ。そんで大学にいるうちにコンカツする。三〇過ぎの若い子好きな大企業組か、将来勝ちそうな医学部の子と合コンして、永久就職先も内定とるわけ」

「永久就職先が決まってるのに、なんで就活するんだ？　しなくてもいいんじゃないのか？」

「ばっかだねえ先生」

青葉は貴宣に内定通知書のコピーを押しつけて、やや哀れみの表情を向けた。

「私がエリートの男だったとしたら、自分をアテにしてぜったい結婚してくれるからって怠けて就活しないような女、速攻別れるわ」

真理だと思った。

（結局、環境に適応できないやつから滅びていくのが、生物学的に正しい淘汰《とうた》ってことになるのか）

一杯一八〇円の学食のうどんをすすりながら、うすっぺらいかまぼこととともに現実を嚙《か》みしめた。

高遠青葉の言葉に驚いたのは確かだが、別段妙なこととは思わなかった。研究者の世界でも自分のやりたい研究をそのまま続行できるものはまれだ。企業が即戦力を求める以上、大学は企業が欲しい人材の育成の場になり、その育成のためにいま流行の研究、つぶしのきく資格取得の指導ができる教師役が集められる。

結果、貴宣のようなポスドクは大学で生き残るために研究内容を大幅に変えなければならなくなる。環境に適応するためにはやむを得ない選択だといえた。

（そういえば、堀内先生も元々環境系の人じゃなかったよな）

視界に、一つ向こうのテーブルで今日の日替わりランチを黙々と食べている講師が映り込んだ。理系の研究内容はよくわからないし、彼がいまどんな研究を手がけているのか興味もなかったが、この大学の院卒ではない以上、数少ない専任講師の籍を得るために流れ着いてきたのは確かだろう。

この世界で、好きなだけ研究が出来る人間なんて、はたしてどれだけいるのか。

「——で、ゴッドに命を捧げたご褒美《ほうび》はもらったんです？」

ふいに視界が人間の体によって遮られた。それをだれか視認するより早く脳が拒絶反応を起こしている。

そうだ、薬膳。こいつがいた。

(こいつこそ、社会に必要とされていない民俗学とか風俗論とかそんなものをいまだに好きなだけぶちかましている、絶対少数の代表じゃないか)

なのに、彼は悪びれもせずこの世界で堂々と生きている。彼の生命力の強さはどこからくるのだろう。

(やはり、実家力か、すべての自信は金からくるのか)

「大和先生からすげなくされても、一連のお手伝いのボーナスくらい支払われてるんでしょ」

「……そんなのもらってません」

「おやおや、さすがにそろそろ振り込まれてるんじゃないですか。そしたら来年一年くらい非常勤のままでも食べていけるじゃないですか」

「………」

「まあ、巡間先生の急なご不幸で大和先生もかなり焦《あせ》ったでしょうからね。できるかぎりご褒美をちらつかせて貴方に押しつけたかったんでしょう。僕にできることあります？　なんなら契約不履行で訴えるのにいい弁護士紹介しますよ」

「ないです！」

うどんだしを最後の一滴まですすっていると、薬膳がチキンカツ定食を前にぱちんと割り箸《ばし》をまっぷたつに割った。

「またそんな……。意地張ったって一円にもならない世の中なんですから」

「張ってない」

「どんな人間でも、ただ生きるのにご褒美って必要なんですよ。子供のころに誰かにご褒美を与えられてきた子供なら、大人になってからはそれを自分で設定できるけれど、そうでなかった人間は不器用なままだから損をする。努力が報われないと次の努力に向かえなくなるんです。ここで大和先生からふんだくらなかったら負けですよ」

言ったきり、薬膳が黙ってみそ汁を飲んでいるのを貴宣は凝視《ぎょうし》してしまった。こいつの言っていることに感銘など受けたくなかったが、どう聞いてもそれは大事なことのように思えた。

そうだ。やっぱりはっきりさせるべきだ。このままもやもやと不満を抱えていてもしかたがない。

（大和先生のところに乗り込もう）

あの肺炎事件以来、珍しく気力が湧《わ》いた。

（俺は十分に報いたはずだ。約束を忘れたとは言わせない。専任講師の件を問いただしてやる！）

勢い込んで研究センターに向かい、通いなれた教授室までやってきた。あいにくとゴッド大和は部屋にはおらず、一大決心をして乗り込んだぶん肩すかし感はハンパ無かった。

薬膳の言うように、自分の口座に約束のプロジェクト協力費でも振り込まれてはいないかと携帯を取り出すと、メールを受信したランプがついていた。思いも掛けない相手から。実加ちゃんだ。

『誉くんから電話がかかってきました。バレンタインデーに会うことになったので、なにか伝えることはありますか？』

急いで返事を打ったが、直接聞いたほうが早いと思い、実加ちゃんに電話をかけた。てっきり家にいるかと思いきや、塾へ向かう途中だという。そういえば彼女は中学受験をするのだ。

「あの、誉に会うって？」

「そうなんです。受験が終わってから会おうって約束していたんですけど。彼の方から貴宣さんは元気かなって聞いてきたので」

歩いている途中なのか、雑踏の音と少し息のあがった実加ちゃんの声が聞こえてきた。

「わたし、瓶子さんに謝らなければいけないことがあるんです」

「謝る？」

「たぶん、誉くんがお母さんのところに行ったのって、わたしのせいなんです」

実加ちゃんの告白は想定外のことで、慌てて人目につかない場所を探した。歩きながら建物を出て広場のベンチを目指す。

「わたし、誉くんとふたりで西宮駅の書店に行ったことがあるんです。志望校の参考書を選びたくて。それでついてきてもらったんですけど、そのときに女の人といっしょにいる瓶子さんを見かけて」

えっ、と声に出してしまった。

「髪の長い、細くて背の高い人だったと思います」

川手千尋だ。たしか随分前だけれど、通っていた『さくらホーム』の入居者のために和菓子を買おうと、二人で百貨店に立ち寄ったことがあった。

「だけど、あの人は大学の先生仲間で……」

「はい、誉くんもそう言ってました。だけどわたしが余計なことを言ったんです。でもお似合いだね、つきあってるんじゃないって」

「……」

「つきあってないって、誉くんは言ってました。そこでやめとけばよかったのに、おもしろがってわたし、言っちゃったんです。『でも一緒に働いてるんでしょ。同じ職場の人同士だと苦労が同じだからくっつきやすいってお母さんが言ってたよ』って」

誉がなにも言わなくなったので、実加ちゃんはたいして深い意味もなく、話のついでに貴宣と川手がいかにお似合いか、今年のクリスマスあたりにくっついていそうだなどと話したらしかった。まあ女の子はそういう話題が好きだろうし、実加ちゃんとしてもクラスメイトの叔父さんのデート場面を目撃して、勝手に盛り上がってしまったのだろう。

けれどそのなにげない会話も、誉にとっては全く意味が違ったのだ。

実加ちゃんが電車に乗ると言ったのでそこで会話は終了した。誤解だったと誉に伝えておくということ、それから誉がバレンタインデーに、実加ちゃんに会うためにこの辺りへ立ち寄るという情報だけを聞いて急いで電話を切った。

横浜にいるはずの誉がなぜそんな気軽に会いにこられるのか、その理由も彼女から聞いた。

『誉くん、いま大阪に住んでいるって言ってました』

「そうなんだ」

実加ちゃんの手前冷静に返事をしたが、本当は携帯を地面に叩《たた》きつけたいほど憤《いきどお》っていた。

（しずるの野郎、結局横浜で就職したっていうのはデタラメかよ！）

介護の仕事を得て、会社の寮で安定した暮らしができると啖呵《たんか》をきったのも嘘だったのだ。それを信じて母親についていった誉のことを思うとやりきれなかった。

すぐに誉に会おうと思った。

しずるが定職に就いたと聞いたから黙って行かせたのだ。また無職に戻ってフラフラしているとしたら、誉にとってどちらがいい環境か聞きただす必要がある。

（大和先生から約束の協力費さえもらえれば、非常勤のままでも誉を引き取って中学にくらい行かせてやれる。そのためにも絶対にうやむやにはさせない）

口頭試問の準備を担当教官と打ち合わせしたあと、何度か大和教授の研究室へ足を運んだ。ちょうど昼過ぎの三限目にあたる時間、彼女は部屋にいた。貴宣の訪問を知ると思った以上に快く迎え入れてくれた。

「今回は災難だったわね、先生」

発表会に出られなかったことへのお詫びを改めて、さらにお見舞いのお礼とを重ねると、ゴッド大和は気にしないでいいと繰り返した。

「当日の発表は川手先生になったけれど、無事何事もなく終わったし、川手先生も質問にはさらっとこたえてらしたから問題はなかったわ」

「そうですか、それはよかったです」

「巡間先生の問題もいろいろあったことだし、今度はこういう大きなプロジェクトを引き受けるときは、やっぱりそれなりに信頼できる人を選ばないといけないって身に染《し》みたわ。どうしても人手が足りないと、身近なところで集めてしまうでしょ」

それは巡間先生のことを言っているのか、それとも貴宣のことを数集めにすぎないと揶揄《やゆ》しているのか判断はつかなかった。協力費のことをいつ切りだそう、いつ言おうと緊張しているせいか、彼女の言うことがすべて皮肉に聞こえてしまう。

「あの、大和先生。お話があって……」

「そうそう、お金のことなのだけれど」

ようやくこちらから切り出したところで、さりげなさを装《よそお》って向こうから話を振られた。心を読まれたようでぎくりとして思わず顔が強《こわ》ばる。

「心づけもかねて、約束していた金額を振り込んでおいたから確認してちょうだい。どうもご苦労様」

確認したら、領収書にサインをちょうだいねと念を押された。

「ありがとうございます」

「それ以上のことは、まだ委員会も始まってないし、わからないの。なにか進捗《しんちょく》があり次第こちらから連絡をします」

「は……い……」

「今回はいろいろあったわね。でも瓶子先生にお願いできてよかったわ。データ取りもあの短い時間で出来る限り数を揃えてくれたしね。N社さん側も喜んでらしたわ」

「そうですか……」

「まだまだ寒い日が続くから、肺炎がぶり返さないように気を付けてね」

「ありがとうございます」

それから、会話が途切れて間があいた。こちらの体調を気遣う優しい言葉だったが、なんのことはない、話は終わりだと暗に告げられているのが空気からわかった。

「ごめんなさいね。これから来客があるの」

「あ、はい……」

「いえ、失礼します」

結局、それ以上なにも言えないまま部屋を出た。ドアを閉めた音が廊下に響くのと同時に、深いため息をつく。

(専任講師のことは、なんもなしか)

携帯で銀行口座を確認した。思わずぎょっとした。預金残高の桁《けた》数があり得ないことになっていた。一〇〇万、昨日の日付で振り込まれてある。

(たしか協力費は心づけっていう話だった。色をつけてくれたのか。さすがゴッド大和)

しかし、この上乗せされた金額はどういう意味を持つのか。これからもよろしくね、なのか。よくがんばったで賞なのか、巡間先生のことへの口止め料か。それとも専任講師の件はなかったことにするための慰謝料なのか。

(……わからない)

あの一見親しげな態度をどう受け取るべきか判断がつかない。考えれば考えるほど体の良いやっかい払いのような気がしてくる。

(だけど一〇〇万だ)

思わぬところから転がってきた話で、今年の年収分近くは稼いだのだ。正直言って死ぬほど辛《つら》い日々だったが、やはりぶら下がった相手が大物であれば見返りもハンパない。このままこの大学で大和配下にいれば、たとえ来年がまた非常勤であったとしても（そして研究内容にこれっぽっちも興味がわかなくとも）、十分な日銭を稼ぐことができる。なにしろ、彼女の支配下にある研究センターには最新の設備がある。これを自由に使えるだけでもありがたい話なのだ。

エレベーターを待っているとき、川手千尋とばったりでくわした。何も言わずに会《え》釈《しゃく》だけ返した。

（そうか、あの金は、代わりに川手をとりたてても文句は言うなということなのかもしれない）

なんの根拠もなくそう思った。

川手はこれからどこへいくのだろう。彼女は来年度どういう立場になるのだろうか。もしかしたら大和教授に呼ばれてこのフロアへあがってきたのかもしれない。大和教授の言った〝来客〟が彼女だとしたら、なんのために呼んだのか。

（彼女を自分の派閥へ取り込むために決まってる。それでなくても大和教授はかわいがっていたポスドクに逃げられて、便利な秘書的助手を探していた。川手千尋ならうってつけだ）

そう思うと、無性に自分自身に対して腹が立った。確かに一〇〇万のお駄賃はおいしい。けれど専任講師の年収はその五倍以上なのだ。

専任講師でさえあったら、堂々と誉にここにいろと言えたのに。しずるとの生活の実態を暴《あば》くためにも探偵を雇って誉の行き先を探す……。入院中も、そのことを考えない日はなかったのに。

なにもかも、あの時データに上書きしてしまった自分のミスのせいだ。期限内に原稿はできていたのに、あのミスのせいで無理をして体調を崩した。

ああ、なぜあんなことをしてしまったのだろう。何度考えてもまったく記憶にない。

バレンタインデーの当日は、朝からソワソワと落ち着かなかった。

授業後、おこぼれのように五百蔵ゼミ生全員からチョコを貰《もら》った。センセー絶対モテないでしょ、と高遠青葉からは別口でいかにも義理っぽいアソートを押しつけられたが、別段チョコレートが好きなわけでもなかったから、しばらく冷蔵庫の肥やしになりそうだった。

三時過ぎ、実加ちゃんから『いまから誉くんと会います』というメールが来た。場所は二人が学校の帰りによく遊んでいたという近所の公園らしい。すぐに行って二人の会話を邪魔するのもいやだったので、実加ちゃんから連絡が入るのを待った。どうせ大学から自転車で十分もかからない距離だ。誉に会ったらなにを話そうか、あれこれ考えているうちにあっという間に時間が経《た》った。

公園へ向かっている途中、尻《しり》のポケットに突っ込んでいた携帯がぶるぶる震えた。

（来た）

実加ちゃんからの合図だ。

ちょうど香櫨園駅の北側、夙川沿いに公園が続いている。ここからは実加ちゃんの家も近い。春になったら夙川は山の方から海側まで一気に満開の桜並木に包まれる。毎年お花見客でごったがえす地元でも人気の公園には、まだ気温が低いせいか子供を遊ばせる親の姿もない。

自転車を止めてゆっくりと歩いていくと、外灯の下のベンチに小学生らしき男女が座っていた。川上の方を向いているので顔は見えないが、それが誉と実加ちゃんであることは間違いなかった。

（誉……！）

見覚えのある黒のダウンコート。一昨年《おととし》クリスマスプレゼントに貴宣が買ったそれは、もう袖《そで》がこぶし一つ分くらい短かった。まだよく着ているのかうっすら汚れている。

「あっ……」

実加ちゃんが貴宣に気付いて立ちあがった。続いて誉もこちらを見た。その顔から表情がかき消える。

「貴宣さん……」

「誉、いまからならこっちの中学の手続きも間に合うぞ」

決定的な一言を避けた。誉は一瞬何を言われているのかわからないという顔をする。

その表情がみるみる崩れた。

「ごめんなさい」

「誉……」

「黙って出て行ってごめんなさい。それからお母さんと連絡を取り合ってたことも、貴宣さんに言わなくて、ごめんなさい……」

二ヶ月ぶりに会った誉は、そんなはずはないのに前よりずっと背が高くなったように感じた。もともと背は高いほうだったが、小柄な実加ちゃんと並んでいるとずっと年上のように見える。

「もういいよ、それは」

済んだことよりこれから先の話をしたかった。

「それより、お前、いま大阪にいるんだろ」

「えっ」

「お前、いまどんな生活してるんだ。三学期だけでも学校に行ってるのか。大阪の中学校の手続きは……」

戸惑う誉に、実加ちゃんが横から、私が大阪にいることを話したの、と誉に言った。

「しずるの言ってた、横浜で介護の仕事をしてるっていうのは嘘だったんだろ」

「働いてなかったわけじゃないよ。お母さんが横浜で介護の仕事をしていたのは本当。僕と一緒に住むために、いろいろお金とか貯《た》めていたのも……本当だよ」

誉はうつむき加減になっていた。

「じゃあなんで今大阪にいるんだ。会社クビになったのか」

「……そうだよ」

「どういう理由で？」

「…………」

「言いたくないのはわかるし、お前の母親を侮辱するつもりはない。だけど、俺はあいつの弟なんだ。知る権利がある。権利ってわかるか？」

「わかるよ。〝できる〟ってことでしょ。なにかあったときにお母さんの身元保証人になれるの、貴宣さんだけだもんね……」

あくまで貴宣の視線を避けたまま、誉はここ二月の間にあったことをぽつりぽつり語り出した。

「お正月はお母さんと寮で久しぶりに過ごしたんだ。ちゃんと介護の仕事もしてて、会社が借り上げたアパートに一人で住んでた。男の人とかいないっていうのも本当そうだった。いたらお母さん、すぐに指輪を買ってもらってずっとつけてるからわかりやすいんだ。向こうの公立の小学校に電話して転入の手続きを進めてくれたり、区のリサイクルセンターに制服のことを頼みにいったりしてた」

しずるにしてはまっとうに母親業をこなしていたらしい。幼いころから母親のだらしなさを見慣れていて、信用しきってはいない誉の目からみても、だいじょうぶだと思える程度の安定感はあったのだろう。

「貴宣さんには黙ってたんだけど、一月の終わり頃に一度お母さんのアパートには行ったんだ。一度見に来て決めたらいいって言うから。日帰りだったから貴宣さんは気付いてなかったでしょ。思ったよりちゃんと生活してて、介護の試験勉強とかもやってて、すごく真剣にお願いされた。『もうお母さんには誉しかいない。これからは誉と二人で生きるためにちゃんとやってく。生まれ変わる』そのために、僕が必要なんだって」

「なのに仕事を辞めたのか⁉」

こんな公共の場所で大声など出したくなかったが、自然と怒りで高ぶってしまうのを堪《こら》えられなかった。

「違うよ」

「じゃあ」

「だからクビになったんだって」

「なんで⁉」

「よくわからないけど……」

そう言った誉は、知らないのではなく、起きた出来事の内容は把握していても理解できないのだという顔をしていた。

「ちゃんと話せ。知ってることだけでいいから」

「お母さんの……、その雇い主っていうか、老人ホームを経営している人の奥さんにバレたんだ、と思う」

具体的な内容を伏せても貴宣には容易に想像がついた。おそらくしずるは――、その介護施設の経営者とやらとデキていたのだ。

（それで急に資格を取るとか言い出したのか。あのしずるが！）

幼いころからずっといっしょに暮らしていた貴宣には、姉がどういう順序で今の状況に至ったのか手に取るようにわかってしまった。しずるはいつも男のいる環境に自分もハマろうとする。相手の趣味や嗜好《しこう》を自分も理解できるように、すすんでその世界に身を投じる。そうすることで相手からより自分を愛してもらえると信じているのだ。

以前ボクサーの卵とかいう奴《やつ》と付き合っていたときは、彼を支えようと熱心に料理を勉強していたし（とはいえ、それは料理本を見て作る程度のことだったが）、小料理屋をやっている男と暮らしていたときは着物を着るんだと着付けを習っていたりもした。

けれどそれも身に付く前に飽きる。男と離れれば興味は失《う》せる。本当に自分がやりたいことではないからだ。ただ愛されたくてしているだけだからだ。

だから今の男が介護施設の経営者なら、ヘルパーの試験を受けるとか言い出しても不思議ではない。問題は相手が既婚者だったということ、不倫がばれると同時に職と家を失ったということだった。

大阪のスナックでその日暮らしをしていたしずるが、客の一人に横浜に来ないかと誘われて、ほいほいついていったことが容易に想像できた。男はしずるとの関係をいつでも切ることができるし、体面上自分の会社で働かせることもあるだろう。誉は妻にばれたからだと言っているが、本当にそうなのかは眉唾《まゆつば》だ。男がしずるに飽きて追い出した可能性もあるからだ。

(寮を追い出されたらしずるの行き場なんてない。だったら誉はいまどこにいるんだ?)

追及しようとして、実加ちゃんの視線に気付いた。誉はおそらく好きな子の前でこれ以上自分の今の状況を話したくないだろう。

けれど、このまま黙って行かせるわけにはいかない。

「戻ってきたならまた元の木阿弥《もくあみ》だ。しずるはどうしてる?」

「仕事を探しに行ってる」

「お前、学校はどうした」

「また転校するから、……結局向こうの小学校には行ってないし、もしかしたらこっちでも行かないままかも」

卒業証書ももらえないまま、うやむやにするというのだ。そんなこととんでもない。

「なあ、誉。家に戻ろう。前みたいにやっていったらいいじゃないか」

一瞬だけ、誉の頭が動いた。顔をあげようとして、まるで自分には顔をあげる権利がないとだれかに言われたようにまた伏せる。

「もともとここの中学に進学するつもりだっただろ。俺だってその準備はしてた」

「でも……」

「それにいまは金だってある。協力費をもらったんだ。例の研究の」

自然と声が大きくなった。そうだ。専任講師の話がどうなろうと、今は前よりはずっといい状況なのだ。

「言っただろ。大和先生が払ってくれた。ふつうの会社の冬のボーナスくらいはある。だから今はゆとりがあるんだ。お前の進学なんかどうってことないんだよ」

「じゃあ、貴宣さん、大学の専任講師になるの？」

「そ、それはまだわからないけど……」

一瞬、誉は石のようだった頬をぎこちなく緩ませた。

「でも、うまくいったんだね。ちょっと心配してたんだ。出て行く前の貴宣さん、すごく疲れてて顔色悪かったから」

どきりとした。ああ、なさけなくも肺炎を起こして研究発表当日に救急車で運ばれたことを誉は知らないのだ。

「貴宣さん、がんばってたもんね。それが聞けただけでもよかったよ。元気そうだし。偉い先生にも認められて、すぐに好きな研究ができるようになるよ」

いつものように誉は貴宣を励まそうとしていた。うれしそうに。自分のことでもないのに。

自分自身はこんなに追い込まれているのに、誉は目の前にいる相手に大丈夫だからという。けれど、それは本当は彼自身がかけてほしい言葉なのだ。

もうだめだ、と思った。このまま誉をしずるの元には絶対に帰せない。

「な、わかっただろ。だからいいんだよ。俺はいいんだ」

「よくないよ」

誉はまた少し笑った。

「僕なんかといるとめんどくさいよ。彼女もできないし」

「彼女って……、川手先生のことならそういうんじゃないんだ。誤解だよ！　ただの仕事の仲間だ」

「うん、実加ちゃんに聞いた。あの人、よくヤマさんちまで来てるから、てっきりそうなんだと思ってたのに」

「違う。それは美愛と……」

「美愛ちゃんに会いにくるついでに、貴宣さんに会えるからなのかなって思ってた」

「え」

「だからわざわざ遠回りしてまでヤマさん家《ち》でゴハン食べていくのかなって」

ばかばかしい、と首をふる。

「そんなの、毎日研究室で会ってたんだぞ。ありえない。だいたい川手先生がどうだって、お前が気をつかうことなんてないんだ。俺には関係ない！」

「でも、いつそうなるかわからないでしょ？」

「……っ」

「川手先生じゃなくても、いつか貴宣さんだって恋人ができるじゃない。結婚だってするかも。ポスドクじゃなくなって、専任講師になったらいつでもできるもんね」

ここでそんなことあるわけがない、とすぐに言い返せていたらよかったのかもしれない。けれど貴宣はそうしなかったたし、その返答に詰まった数秒が誉を傷つけたのは確かなようだった。

「そうなったときに、貴宣さんにめんどうくさいと思われるのはいやだよ」

「誉……」

誉は、めんどうくさいと母親に言われ続けたのだろうか。お前がいなかったら、と何度も聞かされたのだろうか。母親がすぐに恋人を見つけていなくなることに慣れたような顔をして、毎回ひどく傷ついていたのだろうか。だから、そうなっていく貴宣を見るのがいやだったのだろうか。

だけど、だけどそんなのは仮定だ。今は影も形もない、根拠のない〝もし〟なのだ。そんな漠然としたわけのわからないただの可能性に対してさえ誉は遠慮して、怯《おび》えて暮らすのか。

俺だったら耐えられない。

「会えてよかった。実加ちゃんにもチョコレートを貰ったし、すごくうれしいよ、ありがとう」

「誉」

「心配しなくても僕ももう前みたいに子供じゃないし、お母さんをちゃんと見張ってるよ。いざとなったら児童相談所に駆け込んだりとか、携帯電話があるから一人で警察に電話もできるし。僕が今いるところ、そういう家庭が多いから頻繁に民生委員って人たちの見回りがあるんだ。だから大丈夫」

そういう問題じゃないだろ、とは口にできなかった。それより、まだ十分子供の誉が、もう子供じゃないしなどと言うのが耐えられない。

なんでめちゃくちゃなんだ。なんでこんなまっとうな子供一人救ってやれないんだ。日本の行政は、政治家は、いったい何をやってるんだ！

「それじゃあ、また連絡するから」

ゆら、と誉の体が後ろに傾《かし》ぐ。

「今日は、本当にありがとう」

言うが早いか、誉は体を反転させて公園から走って出て行く。

「待てよ！」

とっさにあとを追っていた。こっちは駅の方角だ。だったらきっとホームで捕まえられる。

「誉！」

引きずってでも家に連れ帰ってやると思った。しずるがなにを喚《わめ》こうとかまわない。大方の事情を知っているであろう実加ちゃんの前でも言えないような暮らしに、誉を戻すことなんてできるものか！

（くそっ、病み上がりで……、あいつ、足はええ！）

子供の足だと侮《あなど》っていたのになかなか距離は縮まらず、どんどん離される一方だった。それでも夙川のちょうど真上にある香櫨園の駅に来たときは、まだ捕まえられると信じていた。改札をくぐったばかりの誉に飛びかかって止めたかったが、あいにくと自転車通勤でカードも切符もない。

「あああっ、くそっ」

適当に硬貨を入れようとするも、こんなときに限って五円玉や一円玉しか指で摘《つま》めない。口で右の手袋をひっぱり、もどかしい手つきで一〇〇円玉を二枚投入した。

（神様。どうか電車が来ませんように！）

切符が出てくるのをもぎ取って改札を通過した。大丈夫だ。電車の音は聞こえない。この分ならプラットホームで捕まえられる。

二段とばしで大阪方面のホームへあがった。

「誉！」

通常の時間帯は各駅停車しか止まらない狭いホームには、帰宅ラッシュの時間からずれていたからか、まったく人気はなかった。がらんとした空間に、ただ風だけが線路の上を通り抜けていく。

「誉、どこだ！」

息があがったまま、ホームの端から端まで全力疾走した。改札をくぐったはずの誉の姿がどこにも見えない。

自分が切符を買っている隙《すき》に電車に飛び乗ったのか？　だが電車の音はしなかった。どこへ行った⁉

（まさか）

顔を上げた先に、ホームに立つ誉の姿が目にはいった。

「なんで……」

まったく思いもかけないことに、誉は神戸方面へ向かうホームに立っていた。神戸側から来たのだろうか？　いや、賢い子だから、とっさに大阪方面のホームで待っていればすぐに見つかってしまうと思ったのかもしれない。

「なんでだよ‼」

膝《ひざ》に手をあてて、前のめりで叫んでいた。

「なんで行くんだよ。なんで俺と一緒にいてくれないんだよ。お前がいてくれたらそれでいいんだ。俺たちずっと、うまくやってたじゃないか！」

上りと下り、二本の線路を挟んで向こう側に誉が立っている。どうしようか迷った。いますぐ階段を下りて向こうに行こうか。

けれど、最悪のタイミングでホームにアナウンスが入った。しまった、電車が来る！

（今から向こうにまわっていたら間に合わないかもしれない！）

「誉！」

「自分でもわかんないよ！」

線路越しに誉が叫んだ。顔をくしゃくしゃにしていまにも泣きそうな声で、

「ずっとわかんないよ、どうしていいのかわからないよ。だってどうせなにも出来ないんだもの、お母さんから離れるのも、お母さんをちゃんとさせるのも。普通に暮すのも。僕はなにも選べないんだもの。何も出来ないんだったら、しないのといっしよじゃないか！」

誉が叫ぶのを初めて聞いた。いや、むしろ大声で感情を爆発させるところを、初めて見た。

「選べよ。ここにいるって言え！」

「言えないよ！」

「どうして！」

「僕が帰らなかったら、お母さんが来るよ。貴宣さんの仕事とかめちゃくちゃにしに来る」

耳を疑った。

「なんでしずるがそんなことをするんだ！」

「お母さんは、本当は貴宣さんが好きなんだよ。ずっと羨《うらや》ましかったんだ。ずっとコンプレックスを持ってたんだ。だから……、僕が学校で勉強ができるから、僕といっしょにいたいんだ。貴宣さんに勝ちたいんだよ」

「な……」

叫んでいるせいで微妙に言葉が途切れて聞こえない。そうこうしているうちにも、電車がホームに近づいてくる。見える。

「自分じゃ勝てないから、僕にいてほしいんだ。負けたくないんだよ。ずっと負けてると思ってて、自分でもどうしようもないとわかってるけど、でも負けたくないんだよ。きょうだいだからだよ。負けたくない」

「わか……」

「わからないでしょ。わからないよね。貴宣さんは自分のこと負け犬だって思ってるもの。自分が最低ランクだって信じてるもの。でももっと下にいて、かすかなチャンスさえ一度ももらえない、そんな可能性なんてゼロな人間だっていっぱいいる……！」

誉の顔を見てぎょっとした。一瞬しずるの顔に見えた。そうだ、あいつはほかでもない、しずるの腹から出てきたのだ。親子なのだ。

「だから僕まで裏切ったらだめなんだ」

誉の言うことを、自分の頭の中で瞬時に理解することは不可能だった。だから、単語をひとつひとつ組み直して理解しようと頭の中でもがいているうちに、目の前から誉の姿が消えた。電車がプラットホームに入ってきたのだ。

「待て、誉！」

呆然《ぼうぜん》としている時間がもったいなかった。けれどこうなるともうなす術《すべ》はない。電車のドアが開くと誉は中に乗り込んだ。こちらを見ようともしない。席はほとんど空いているが、座る気配もない。ただ一度だけ、電車の窓越しに貴宣を見た。

——僕まで裏切ったらだめなんだ。

プシャッと蒸気が逃げるような音が響き、水色の車体が神戸方面に向かってゆっくりとホームを滑っていく。

「なんでだよ……」

ばらばらと歩いていく降車客を力無く見送った。

（なんでしずるのコンプレックスを、誉が解消しなきゃなんないんだよ！）

ショックのあとすぐに、津波のような激情がやってきた。けれどその怒りが長く続かなかったのは、誉が言った事がおそらく事実で、なのにそのことに自分はまったく思いも寄らなかったからだ。

しずるの気持ちなど考えたこともなかった。正直あいつは人間のクズだと思っていた。その評価をいまさら変えるつもりはないし変えようもない。母親の葬式で香典を盗んで逃げた彼女の背中を追うのを止《や》めたときから、貴宣の中でしずるは姉ではなく、一切の情が湧《わ》かない対象になった。

だけど、そんな相手にすら突き放した態度をとってはいけないのだろうか。誉が悲しむから？　しずるがよくわからない逆恨みをして、アパートに乗り込んでくるから？

どうして俺が悪い？　がまんするのは俺ばかりで、どうして全《すべ》ての元凶のしずるの勝手な思いこみにまで、こちらが気を遣わないといけないのだろう。わからない……。

『わからないでしょ。わからないよね』

誉に言われた台詞《せりふ》を反芻《はんすう》して、ハッとなった。

（だけど、わからないものはわからない。わかりたくもない。どうでもいいだろ、あんなやつなんか。俺は迷惑しかかけられてないんだぞ!!）

改札を出ようとして自動改札にひっかかった。駅員に事情を説明して外に出してもらうと、さっきまでホームにいたにもかかわらずずっと寒く感じた。

足が自然と自転車を置いたままだった公園へ向かっていた。入り口まで来るともう実加ちゃんの姿はなかった。携帯に、塾に遅れそうだからもう行くと連絡が入っていた。お礼の返信をして、すぐに自転車に乗って家へ戻った。

アパートの階段を上ろうとして厨房《ちゅうぼう》裏の換気扇から揚げ物のいい匂《にお》いがしてきた。不思議なもので、人間は落ち込んでいても腹が減る。ふとヤマさんの店に顔を出すことを思いついた。なんだかんだと、例のメゾン・ド・ヤマの件を棚上げにしたままなのだ。

「――こんばんは」

こんばんはにはまだ少し早い時間だったが、ついでなので早めの夕食を食べるつもりだった。

「お、タカちゃん」

「すいません。腹へったんでなんか食べていきます」

「いいところに来たねえ。お客さんだよ」

言われて、セルフサービスの水を入れている手が止まった。

「客？」

ヤマさんが厨房の中から指さした方に顔を向けると、

「!?」

「やあ、どうもです」

積み上がった包子《パオズ》を両手で摑《つか》み食いしている薬膳と目があった。

「なんっ、なにしてるんだ、こんなところで！」

「何って、食事をしに来ただけです」

「わざわざ俺の家の下にか！」

「ここの餃子がおいしいと川手先生に聞いて、ずっと来てみたかったんですよ。前に来たときには別のことで忙しかったですし。ねえ？」

「っっ」

いまものすごく余計なことを言ってしまった気がして絶句した。あの時のことは二度と蒸し返されたくない。

「まあお察しのごとくちょっと用もありまして。大学ではない場所のほうがよかったので」

お座りなさいよ、と言われてしぶしぶ腰を下ろした。湯気のあがっている美味《うま》そう

な包子をすすめられたので遠慮無く手を伸ばすと、

「それはDカップですね」

吹きそうになった。

「よく二つ並べて〝おっぱい〟なんてギャグがありますが、これっていつの時代からあったと思います？　古代の中国人だってぜったいやってたと思うんですよ。おっぱーいって」

「……こんなところにおしかけて、言いたいことはそれだけか」

「相変わらずカリカリしてるなあ。まるで女の子にフラレたみたいだ」

包子を食べおわった薬膳は男にしては丁寧な箸《はし》使いで餃子を分けた。

「当たらずとも遠からずですか。あの同居してた甥《おい》っ子くんは母親の元に戻ったらしいですからね」

「なんでそれ……」

「だって、貴方《あなた》がネグレクトされた姉の子供を引き取って暮らしてるなんて、学部内でよく知られた美談ですから。なのに、この前肺炎で倒れたときに部屋にいなかった。だいたいの想像はつきます」

「………」

「それで、将来有望な子供が貧相な想像力と貧苦な教育と貧困に近い栄養状態に囚《とら》われるのを見過ごすんですか」

頭ごなしに非難するように言われてカッとなった。

「あんたになにが……」

「もちろんそうなんですけどね。でも乗りかかった船っていう言葉が日本にはあるでしょ。僕だって多分におせっかいだってわかっていますが」

チラ、と厨房の中のヤマさんに視線をくれた。大丈夫だ、大音量で炒《いた》め物をしている。こちらの声など聞こえていない。

「……どうしようもないんだよ！　誉が自分から母親のところに行くって言ったんだから。追いかけたけど拒絶されたよ。三年もいっしょにいて上手《うま》くやってこられたと思ったのにこのざまだ。やっぱり母親には勝てない。子供っていうのは根っこのところで母親が大事なんだよ」

いろいろと頭に来て勢いで立ちあがった。そのまま厨房へと向かい、勝手知ったる冷蔵庫から勝手にビール瓶を取り出した。おいタカちゃん、とヤマさんに見咎《みとが》められたが、ツケといての一言であきらめたように火のほうへ戻って行った。

「しかし、それは間違った道だ。気付いている周囲のだれかが止めなくては」

「俺にはどうしようもないの！」

栓を抜き、片手でコップにビールをついだ。薬膳には車のキーがテーブルの上に見えたので勧めなかった。

「そうかな。言えばいい。〝助けてください〟って」

信じられない思いで薬膳を凝視した。彼は黙々と包子を口に運んでいる。

「どうして言えないんですか。無能のくせに。自分が無力なら他人に助けを求めるべきでは？」

「……」

「それをしないのはプライドのせい？　こんな歳《とし》になって助けてくださいなんて言うのは恥ずかしい？」

「そんなんじゃない！」

空になったコップをテーブルに叩《たた》きつけた。

「理由なんてない。言えないんだ。言えるわけないだろ！」

「まあそうですよね。そんなもんだ。甥っ子くんもそうでしょう」

さらりと返されて却《かえ》ってぎょっとした。

「なに？」

「理由なんてない。ただ言えないんですよ。貴方に、〝助けてください〟って」

「…………」

「本当は辛い。助けてほしい。言えないのは大人だけだと思っていますか? 案外言えないものですよ子供だって。ましてや貴方には十分迷惑をかけていると思いこんでいる」

(〝助けてください〟なんて)

そう言えば、ここ何年も口にしたことはない。

冗談で言うことはある。俺を助けると思って、とか、そういうニュアンスで。最近でも手伝って、という軽い意味で使うことはあった。

でも本当にどうしようもなく身動きがとれないような出来事を前にして、心の底から光を求めて人に縋《すが》ったことはない。みっともないからではない。迷惑をかけたくないと躊躇《ためら》ってしまうというのでもない。

ただ、言えないのだ。

口に出来ない。誰もが知っている日本語であるはずなのに言葉にできない。

薬膳の顔を見た。そう言えばこいつは、会うたびに『して欲しいことは?』と聞いてきたような気がする。

（押しつけがましいお節介だと思っていたが、まさか、助け船だったとは）

「――親権停止請求」

貴宣の手の中で握りつぶされそうになっていた包子がすんでの所で命拾いをした。

「なに？」

「親権停止の申し立てですよ。家庭裁判所に対して行うんです。一度ネグレクトした事実があるなら十分だ」

民法第八三四条の二第一項、と薬膳はまるで法科の研究者のように言った。

「〝父又は母による親権の行使が困難又は不適当であることにより子の利益を害するとき〟その請求ができます。甥っ子くんは十分当てはまると思いますが？」

「親権、停止……」

「〝父又は母による虐待《ぎゃくたい》又は悪意の遺棄があるとき〟に該当すると判断されれば、親権喪失の可能性もあります。母親がどんなに望んでも関係がないのですよ」

考えたこともなかった。誉が来たころは何度か児童相談所に預けることも検討したが、もうすでにきちんと分別がついていたこと、家事を進んでやってくれ、自分にとっても十分メリットがあったこともあって、誉はなしくずし的にうちに居着いた。取り立てて権利を申し立てることは頭になかった。主に気になるのは金銭面のことばかりだった。

「甥っ子くんを取り返すことができるんです。裁判所がそう判断すればそれは絶対です」

「でも、誉が……」

「親権停止は、親と子に強制的に距離を置かせるシステムです。子供が望んでも、裁判所がこの親は子供にとって有害であると判断すれば勝ち目はある。だいたい裁判所が、押しつけられた甥っ子を三年育てていた貴方を差し置いて、ネグレクトする母親を支持すると思いますか？」

思ってもいない方向に話が転がって戸惑いを隠せない。

「それはそう、だけど……。でも審判になったら……」

金がかかる、とっさにそんなことを思った。審判に弁護士は必要なのだろうか。たしかにいま懐《ふところ》は普段よりは暖かいけれど。

（そりゃ、大和先生が約束通りにこの春から俺を専任にしてくれるんだったら、多少無理をしてでも請求をするかもしれない。でもあの約束は無かったことになった。俺があの時風邪なんかひくから！）

「そんなお金、ないんですよ。プロジェクトの協力費は生活費だし、専任講師になれるアテもなくなった。研究発表の日にミソがついてね。あれ以来、大和先生には避けられてるようだ」

「代わりに気に入られたのが、川手千尋？」

「！」

「まあ、ゴッド大和のやりそうなことだ。あの人はナルシストですからね。自分を支持し、信奉し、忠実で使い勝手よく、自己主張せずに黙ってついてくるやる気のある人間が大好きなんです」

思わず苦笑が漏れた。

「勝手だ……」

「そう、勝手だ。自分の下につく者は人間だと思っていない。つまり下僕ですよ。だから彼女の下についた人間はよく逃げ出す。まともな人間なら息苦しくなってそうするでしょう。川手千尋はどうでしょうね」

「だけど、そのほうが出世するだろ。非正規雇用のポスドクのままでいるより、下僕になったほうがマシかもしれないだろ」

薬膳は、チラと貴宣のほうに意味深な視線を向けた。お前はそうなんだなと納得されたようで気分が悪い。

「明らかにブラック企業だとわかっていても、ポスドクでいるよりはマシだと、あえて大和株式会社に就職しますか」

「たいして苦労もせず専任講師になったやつにはわかんないかもしれないけどね」

「そうなんですよ」

嫌みのつもりで言ったのに、肯定されて拍子抜けした。

「僕はだいぶひどい不感症でして」

「ぶっ」

「人生には刺激が必要なのに、どうにも興奮できない。だからこそ『男根信仰』なんて研究をしているわけですけれど。瓶子先生の環境は刺激に満ちていてうらやましいですよ」

「じゃあいますぐポスドクに戻ってみろよ。俺がその椅子《いす》もらってやるから」

「たとえなったとしてもたいして困らないでしょうし、僕の論文と能力とコネさえあればすぐに状況は元に戻ると思いますが」

「………」

「まあ、僕のことなどどうでもよろしい。つまり今回のことでは、瓶子先生がひたすらまぬけだったというわけだ」

ビールを片手で注いで水のように飲んだ。あっという間に大ビンが空になる。

「なんとでも言えよ」

「僕以外の人間が、それこそどんな過酷な条件でもゴッド大和配下に入りたいと願うだろうことはわかっていて、気付いていない」

「気付いてない？」

「……本当に、自分がだれかの罠《わな》にはまったこと、自覚してないんですか？」

最後のビールを飲み干そうとコップを傾けた手が止まる。

「なに言ってる？」

「運悪く風邪を拗《こじ》らせて肺炎になったとでも？」

「なったもなにも、実際そうじゃないか」

薬膳は軽く頭を振った。

「やはり、あなたはマヌケです」

「何だよ」

「自分の現状に満足できないあまり、自身をことさら悪人だと思いこむ。自分は性格が悪い。ズルく生きなければうまみを得られないからそうしている、と。だから必要以上に上に媚《こ》びる。ああなんて自分は器の小さい人間だろうと、自分を偽悪的に評価する。そうすることで、現状になにか対処しているような気がして安心するのでしょうね。しかしなぜかそうすると、周囲の感情に疎《うと》くなる。まわりの人間は自分ほど悪《あく》辣《らつ》ではないと思いこんでしまう。不思議な現象だが事実そうなっている。僕に言わせれば貴方は自分が思っているほどズルがしこくはないし、他人は貴方が思っているほど貴方を悪辣な人間だとは思っていない。むしろ後ろ暗いところがなくて妬《ねた》ましいとさえ思う者もいるでしょう。だがそれに気付かない」

「…………」

「自分だけがズル賢くて人の幸福を妬んでいると？」

「…………」

「どんな立場にいても人間には欲が出るものだ」

薬膳が手でちぎった包子をぽいぽいっと口の中にほうりこみ、ゆっくりと咀嚼《そしゃく》する。それが大型の肉食動物がやっとしとめた獲物を吟味するかのようで、少し気色が悪い。

「……だれかが、俺をハメたとでもいうのかよ。部屋に風邪のウイルスをばらまいて、おまけに肺炎球菌までしこんで台無しにしたって？」

そんなの漫画かドラマの世界でしかありえない。現に同じ部屋で作業をしていた川手千尋はピンピンしていたじゃないか。

「そうは言ってない」

「じゃあなんだよ、はっきり言え。もったいぶらずに。俺が何に気付いていてなくてマヌケだって⁉」

少しビールの酔いが回りかけた頭と肘《ひじ》をぐいっと寄せて薬膳に詰め寄った。目の前にスマートフォンの画面が突き出される。

「なん……」

動画だ。暗い。青白く光っているのは廊下のタイルだろうか。とにかく夜の、どこか人気のない建物内の様子が映し出されている。

「これがなんだって……」

「いいから見て」

意味不明な廊下の動画と、確信にみちた薬膳の表情、その二つを見比べて怪訝《けげん》な気持ちになる。そうこうしているうちに動画の中に変化が訪れた。だれかがやってきたのだ。

そこに映り込んだ、よく見知った顔。

「！」

（うそだろ）

大瓶一本分の酔いもさすがに一瞬で醒《さ》めた。

俄《にわか》には信じられない。けれどその小さな画面が映し出す過去のワン・シーンを見るかぎり、貴宣は確かにだれかに陥《おとしい》れられ、そしてそのことに気付いていなかったマヌケだった。

（こんなことが……）

「さあ、どうしますか。このまま泣き寝入りをするか。それとも貴方を陥れた犯人に復讐《ふくしゅう》をしますか？　やるなら、どうやって？」

薬膳がチップを前にしたディーラーのような顔でスマホを差し出す。

瓶子貴宣三五歳、一世一代の大勝負に出るときが来たようだった。

＊＊＊

ほんの数秒前まで思ってもみなかったことを言われることがある。実はそんなときにこそ、普段は取り繕っている個人の本性が露《あら》わになるらしい。

「貸せ！」

貴宣は相手の承諾も得ずにスマートフォンをひったくった。薬膳のスマホは当然のごとく先日発売されたばかりの新作だったが、いつもは癪《しゃく》に障《さわ》る彼のリッチぶりも、そのときばかりはどうでもよかった。それよりももっとほかに彼に聞きたいことがある。

「これ、……本当にあの日なのか」

七インチ弱の小さな画面に不法侵入者の姿があった。薄暗い廊下に浮かび上がったその姿は明らかにスーツ姿で、変装でもしていない限り女でないとわかる。驚いたことにその男は早足でやってきて、一度廊下の奥を振り返ると、貴宣が使っていた研究室のドアをあけた。

「昔はこのドアも普通のドアでしたが、一度教員と学生がラブホテル代わりに使っていることが発覚してから、ドアは一部をガラスにして中がのぞけるようになりました。もちろん研究室のドアはオートロック。ですが、ロック解除の際の認証番号の入力が面倒だとか、男女で研究室という密室にいることで妙な疑いをかけられては困るとかで、ドアストッパーで開けたままにする教員もいる。あなたもトイレに行く程度の用で退室する場合はそうしてましたよね」

つまり、あの時はだれでも入れる状態にあったというわけだ。データに上書きした悪夢のような夜、ほんのわずかではあったが部屋に他者が侵入し、小細工をする時間はあったと薬膳は指摘している。

（あの夜はたしか、川手は先に打ち上げに行っていて……）

先にチゲ鍋《なべ》の店に行くと言って、彼女は一時間以上早く研究室を出た。自分は発表用原稿を書き上げ、教科報告書の最終チェックをしていた。教科報告書が片付いたので教務に提出し宴会場へ向かう前にトイレに行っておこうと部屋を出た。

（それが午後七時すぎ……）

急いで自分の携帯を取り出し、川手へ送ったあの日のメールをチェックした。トイレから戻った後もう一度着信があったので、今から研究室を出ますという内容のメールが七時二五分に送信されている。

「俺がトイレに行っている間に、だれかに侵入されたってことか」

「瓶子先生、長かったですもんね。個室のほうでしたか」

「うっっ、うるさいな。昔からストレスや緊張が腹に来るんだ。このときだってこれから大和先生に会わないといけないと思ったら、いきなりきたんだよ」

ともあれあの時、貴宣のトイレが長くかかることを知っているのは、貴宣が個室に入ったのを確認した人間だけだ。

「まさか、堀内先生……」

彼と手洗い場ですれ違ったことを思い出した。彼は貴宣が個室へ入ったところまで見ているはずだ。

そして、その後彼が自分の部屋には戻らず貴宣の使っていた巡間先生の研究室に入ったのだとしたら。彼の部屋は隣だから、一見部屋を間違えたようにも見える。この時間廊下は薄暗いし、ガラスの部分があるとはいえ中はよく見えない。カラオケボックスでトイレから戻ると一瞬部屋がわからなくなる感覚とよく似ている。

しかし、本当に部屋を間違えたのならすぐに出てくるはずだ。なのに彼は出てこない。一分……、二分……、そして入室して三分と少し経《た》ったころにドアが開き、彼が姿を現した。素早く隣の部屋に入っていく。

動画はその八分後、貴宣がトイレから戻ってきたところで終わっていた。

「――というわけです」

スマホを薬膳に返す前に怒鳴りつけていた。

「……あんたなんで……、なんでこれをすぐに見せてくれなかったんだ!!」

薬膳の顔をにらみつけた。彼に対して今更腹を立てることの無意味さはわかっているつもりだった。けれどそうせずにはいられない。

「こんなところからのうのうと動画とってないで、中に飛び込んでくれたら――!」

「堀内氏が開いていたファイルの上に教科報告書を上書きするのを防げたのに、ということですか？」

「そうだよ！」

「しかし、貴方は僕になにかしてくれとは言わなかった」

喉《のど》から出かかっていた罵倒《ばとう》の言葉を飲み下すためには、それを吐き出す時の倍努力が必要だった。

「まあ、この時点では僕としても彼がなにをするつもりなのかはわかっていなかったのです。ただ、彼が貴方に対して非常に警戒心をもっていたということ、彼が大和教授からは嫌われていた、ということから、あなたに対する嫌がらせは十分予測し得る範囲でした」

「堀内先生が、大和先生に嫌われていた？」

「嫌われているというのは言いすぎでしょうか。無関心、……そう、興味を持たれていなかったのです。堀内氏はご存じの通り再生紙の研究をされています。ですが、パソコンにも詳しいため情報処理の授業も受け持っている。なぜか知っていますか？」

黙って首を振った。

「彼は四年前までポスドクだったからです。阪神間の女子大をいくつか掛け持ちしてなんとか人並みに稼げていたようですがね。本来なら専門外の情報処理の授業を受け持っていたのも、コマを持てればなんでもよかったからでしょう。努力のかいあって彼はうちで講師の職を手に入れました。研究所で彼の指導教官だった某先生の推薦が効いたとか。しかしながら某先生は去年研究所を依願退職されました。彼はいわば後ろ盾を失ったも同然でしょう。なにせ堀内氏は任期付きだ」

「任期付き⁉」

「おや、ご存じありませんでしたか？」

任期付き……、つまり三年から五年の契約で講師として雇われることをいう。これは昨今急激に増えてきている採用形態だ。特に研究内容で採用された大学院附置研究所所属の講師職ならありえる話だった。

（そうだ。委員会に専任と同じように出ているから、専任なんだと勝手に思っていた）

任期付きの講師は非常勤講師とはまったく待遇が違う。授業数によって収入が左右される貴宣たちポスドクとは違い、任期付きにはボーナスも出るし年収も普通の専任講師と同等だ。ただ違うのは、採用期限があるということ。

だから任期付きの講師は、ポスドクと同じく任期の間に採用面接を受けまくるし

（模擬授業の場合なんかもある）、なんとかこのまま学科に残れるようにあらゆる手段を尽くす。残念ながら希望の職を得られなかったとしても、いったん講師になった以上、またその日暮らしの非常勤やレベルの低い大学の助手に戻るのはいやだと、しぶしぶ民間に就職する研究者も少なくない。

堀内先生が任期付きとして学科に入ってきたのは、貴宣が香櫨園女子大に来る前のことだ。普段から敢《あ》えて彼を任期付きだと区別するようなことはどの先生もしないし、彼自身からそういう話をされたことがなかったため、まったく気付かなかった。薬膳と同じく、労せず正規の職を得られた幸運な人間だとやっかんですらいたのだ。

彼の専門について詳しく知っているわけではないが、再生紙や自然塗料、とくに印刷用インクの研究をしていると聞いたことがあった。たしか巡間先生が亡《な》くなったあと、色彩学など美術関係の授業の多くは彼が受け持っていたはずだ。

（当然、巡間先生がいなくなって空いたポジションには自分が残れるはずだと堀内先生は思っただろう。専門は似ているし、代替の講師を入れるにしても自分が筆頭候補になると）

なのに、思ってもみなかった伏兵が現れたのだとしたら……？

（俺が！）

「堀内氏にとって貴方はものの数にも入っていなかったはずだ。特にこれといった後ろ盾はないし、新しい論文を発表してなにかめざましい成果を残しているわけでもない。その貴方がいきなりゴッド大和の研究チームに誘われた。研究発表は目前に迫っていて巡間先生の抜けた穴は大きい。それになにやら巡間先生がよからぬことをしていたことは僕だって耳にしましたしね。実際していたのでしょう。研究費のネコババとか。まあ問題はそこじゃない。その助っ人に堀内氏は当然自分が選ばれるはずだと思っていた。なのに選ばれたのは貴方だった」

「だけど、そんなの俺が選んだわけじゃ……」

「まあ選んだ理由は、たまたまあなたの専門と今回の研究内容が合致したことでしょうが、本当のところは大和教授にしかわかりません。当然彼はおもしろくない。そうこうしているうちに貴方は巡間先生の不正の後始末をすることで、大和先生に早々に恩を売ることに成功した。他人の目から見ても、貴方は大和先生のお気に入りになりつつあったんですよ。それは自覚があったでしょう？」

「…………」

頷《うなず》きこそしなかったが、この場面での沈黙は肯定も同然だということは自分でもよくわかっていた。

（お気に入り、当然だろう。俺だってそのつもりで媚びを売っていたんだから！　なのにそれを忌々《いまいま》しく思って見ていたやつがいたんだ。自分のライバルになると警戒していた）

頭部を鈍器で殴られたような衝撃。自分が彼から警戒され、ここまでひどい嫌がらせをうけていたなんて今までまったく考えもしなかった。あのデータの上書きは自分のミスではなかったのだ。明らかに悪意をもった人間による犯罪――、そうこれは犯罪だ。

「あの野郎、絶対許せない……」

声が震えた。さっきまであった酔いはどこかへ行ってしまったようで、心地よさなどどこにもない。今はただ脳みそが茹《ゆ》だったように熱い。

「なんだってあんなことを……。俺がなにをしたっていうんだ！」

「さきほど説明したとおり、堀内氏が貴方をよく思っていないことに気付いていなかったのは貴方だけでしたので、僕が彼の動向に注目していた理由はおわかりいただけたかと。なにかやらかすんじゃないかと思っていたんですよね。でも具体的にどうするのかは見当がつかなかった。よくある嫌がらせの類《たぐい》としては機械をわざと故障させたり、発表用のパネルを当日使い物にならなくするとかそういうのですが、あいにく貴方の側《そば》にはあの川手千尋が狛犬《こまいぬ》のようにがっちりついてそれもできない。まさかデータをとっているところに出向くのも不自然ですしね。だからどうなることかとワクワクしながら見守っていたんですが、あの日、あなた達がトイレで話しているのに気付いて、なんとなく予感めいたものを感じましてね。なにごとも論より証拠ですから、隠れて動画を撮ることにしました」

「予感ってなんだよ」

「彼は、あなたがトイレに出るときはドアストッパーを使いドアをロックしないこともわかっていた。僕が彼なら、あのときいまこそ千載一遇のチャンスだと思ったでしょう。彼はずっと前からこの機会を狙《ねら》っていたんですよ。すなわち貴方の研究データをご破算にするためにはどうすればいいか」

貴宣が聞き入っていることを百も承知で、ここの店の包子の皮は思い切り分厚くてすばらしい、などとどうでもいい感想を挟んでくる。

「彼は情報処理の授業を持っているくらいだ。当然どうすれば貴方の論文の邪魔をできて、しかも自分が疑われないようにできるか、彼はじっくりと検証したんでしょう。その結果、ヘタにウイルスなどを仕込むより、貴方が自分でヘマをやったと思いこませることにしたんでしょうね。貴方がトイレに出たすきに、こっそり入室。あとは実に単純な作業だった。ようは貴方が苦心して書き上げた論文に別のファイルを上書きすればいい」

たしかに彼の行動は異様なほど素早かった。部屋の中に入り、すぐにパソコンを操作しなければあんな短時間で部屋から出てこられたはずはない。

「彼は、あなたが研究所の共有ノートパソコンを使っていることも知っていた。でなければパスワードを知っているはずがありませんから」

至極もっともな意見に耳が痛かった。まさか自分の論文データをどうこうしようなどという人間がいるとは思えず、パスワードを変えないままパソコンを使ってしまっていたのだ。

「さっきの動画、携帯に……、いやパソコンに送ってください。あいつ、絶対思い知らせてやる！」

「息巻くのは結構ですが、それで一体どうしようって言うんです？」

「決まってる、アイツに認めさせてそれで……」

「それで、学校から追い出すと？」

「当然だろ！」

「この動画だけで、はたしてそこまでできますかね」

薬膳は皿の上に残っていた餃子の残りをラー油入りのタレにさっとつけて口へ運んだ。

「なに言って……、はっきり映ってる。誰に見せてもやつだってわかる。十分な証拠になるじゃないか！」

「しかし、間違って入ってしまっただけだと言われたらどうです？」

困惑する貴宣の前で、薬膳はきれいに皿の上のものを胃袋に納め終わった。そして両手をあわせ、ごちそうさまと宣言する。

「間違う？　そんなことがあるもんか。自分の研究室だぞ」

「それでも完全に否定はできないということです。中に入ったのは事実でも、中でなにをしたのかまで実証するのは難しい。それこそ、この動画一つで堀内氏と法廷で争う覚悟があるなら別ですが」

できるはずのないことをしれっと言う薬膳が憎らしかった。ほんの数分前、貴宣は親権問題で争うための費用すら心許《こころもと》ないと言ったばかりだったからだ。

「まあ、とにかくこの動画は貴方に差し上げます。パソコンに送っておきますので、あとは焼くなり煮るなりお好きにどうぞ。今日はそのことを伝えにきたまでです。あと、中華もね」

最新式のスマホを片手で操作して、薬膳は立ちあがった。いつものジュラルミンケースを手にして、ヤマさんがヒマそうにしているカウンター横のレジへ向かう。礼を言う気にもなれなかった。当然見送りも論外だ。

「そうそう、来年度の担当教科を決める委員会は再来週の水曜日です」

「……あっそ」

ハッパを掛けたつもりか。なにか行動を起こすならその日までにしろとけしかけているのか。

（この次の年度から准《じゅん》教授にという内々のお達しが出ているって噂《うわさ》はマジなんだな、薬膳の奴《やつ》。余裕かましやがって）

相変わらず彼の行動原理が理解できない。特に教授連中にも媚びず、ゴッド大和にすり寄ることもなく数年でさっさと次の階段に上がってしまった薬膳という男に、嫉《しっ》妬《と》以上の、どこか化け物じみた恐怖感を覚えずにはいられない。

部屋に戻り、薬膳が送ってきた例の動画を何度も繰り返し再生した。腹立たしいことこの上なかったので、どうにかこれを大和先生の知るところにして目に物見せてくれようと息巻いたが、薬膳の言うとおりそれが難しいことはちょっと頭が冷えさえすれば容易に理解できた。

例えばこれを大和先生に見せたとする。彼女はどう言うだろう。結局彼女を失望させたのは報告書のあがりが遅かったことではない。当日貴宣が発表できなかったことだ。肺炎をおこして救急車で運ばれるまで体を追い込んだのはデータが消えたせい、つまり堀内のせいだったと言えなくもないが、それ以前から貴宣が体調を崩していたことは彼女もよく知っている。

（そんな告げ口めいたことを言い出しても、逆に責任転嫁《てんか》と思われかねない。大和先生はひとのせいにしたり逃げたりする人間が一番嫌いなはずだ）

であるなら、この動画を見せたところで事態が好転することはありえない。いまさらなんだ、と冷ややかな目を向けられて終わりというのが一番考えられるセンだ。

（なんてこった。こんな決定的な証拠を手に入れたのに）

薬膳の言うとおりだった。この動画には使いどころがない。

狭い六畳の畳の上に大の字で転がった。

去年のクリスマスまでは、こんな絶望的な新年が待っているなんて思いもしなかった。発表以降はめでたく大和派閥の一員と認められ、四月からは晴れて専任講師になれるのだと自分を奮い立たせながらパソコンに向かっていた。

それが今はどうだ。思いもしなかった同僚にハメられてまんまと体調を崩し、そのせいで大事な日に発表をすっぽかすはめになり、手柄は全部臨時のアシスタントがもっていった。専任講師の話は自然消滅。それどころか来年度から担当科目が増えるという話すら聞かない。

今となってはあのボーナスの意味をもう少し吟味すべきだっただろう。大和先生は金ですべて決着をつけたのだ。死んだ仲間の研究費の横領を知っている貴宣には口止め料が必要だった。しかし、発表をすっぽかしたせいで彼女は貴宣を専任講師にする気を無くしてしまった。だから思ったよりも高額の協力費をくれた。おそらくは手切れ金として。

（下僕にすらなりそこねたってわけだ）

現在、彼女のお気に入りは川手千尋。貴宣が擦りよれる余地はもうどこにもない。

（もう、がんばらなくていいか）

長いこと内側の輪が切れたままのペンダントライトを見上げながらぼんやり思った。

（これ以上は無理だ。俺は十分やりきった。体を壊すまで下僕のように尽くした。だけど無理だった。あれ以上どうやってなにをがんばったら専任講師になれるっていうんだ）

あんなにがんばって報われないのなら、このまま進んでも結局自分の思うような人生にはたどり着けないのかもしれない。永遠に。

（K大の大学院まで出て、結局このざまか）

学力という印籠《いんろう》がまかり通った大学受験までは、なんて生きやすい人生だったのだろう。けれど今になって思う。学歴や学力は出世の足しにはなるが、所詮《しょせん》スタートラインでしかないのだと。上に座布団《ざぶとん》を積み上げていける能力はまた別にあって、それを人はきっと要領の良さ、とか、持って生まれたもの、とか曖昧《あいまい》な表現をする。貴宣にとってはっきりしているのは、それらのスキルは学校の授業では学べなかったということだけだ。

もう出世のアテもない。誉もいなくなった。これ以上がんばるだけの理由も気力もない。好きな研究題材を脇《わき》に措《お》いて、ウケのよさそうな研究ばかりを進めてきてもこのざまだ。具体的になにをすればいいのか……、なにをすればよかったのか……。

（どんな努力をしたら、もう少しだけマシな人生になったんだろうか）

人生を投げ出すのは簡単だ。このままこうやってなにもせずに大の字になってころがっていればいいだけだ。

どれほどの時間そうしていただろう。特に尿意も覚えなかったので、貴宣はぼんやりとただ天井だけを見つめていた。あるいは少しの間眠ってしまっていたのかもしれない。

起き出すきっかけを与えてくれたのは、ドアのノック音だった。

「タカちゃんいるー？　前に言ってたうちのマンションの件なんだけどぉー」

何時間も寝そべっているしかできなかったのに、美愛に呼ばれて結局自分は起きあがった。なんだよ、と言いながら戸口に向かう。

こんな俺の部屋のドアでも叩く奴はいるんだよな。

（誉が来た日とかもこんな感じだったっけ……）

いつでも外部から干渉されて自分の世界は変わってゆくのだと、それがもしかしたらとても幸せなことかもしれないとふと思った。

「タカちゃん、いま忙しい？」

ドアを開けた途端飛び込んでくる、美愛オリジナル、アントワネットジャージ。

「たったいま忙しくなった、悪いな」

まだ、やれることはある。

誉を救うことだ。

＊＊＊

受験シーズンが終わり、貴宣のようなポスドクにとっては慌《あわ》ただしくもありがたい試験監督官のバイト代が入ってきて、いよいよ冬の終わりを迎えた。薬膳が言っていた来年度の授業日程がほぼ決まって各担当者との話し合い（一方的な通達ともいう）が行われる中、貴宣は学生の姿が少なくなった大学へ相変わらず足を運んでいた。悲しいかな、趣味といえるものも特になく、興味があるものを徹底的に研究することを仕事にしてしまった人間には、余暇を過ごす方法も本を読むことくらいしかない。

（誉がいれば花見の計画ぐらいたてたんだろうけどな）

ようやく迎えた温かい陽気に春がきたかと思えば、また肌寒い日々に逆戻り、風邪か花粉症かと薬の間を右往左往しながらの日々。貴宣はここ数日間あれこれ走り回った成果をコートのポケットにつっこんで、何年かぶりに大阪市営地下鉄に乗っていた。

以前、誉が貴宣の元へ来たばかりのころ、しずるの居場所を聞き出し送り返そうとしたことがある。そのときに吹田市の住所を書き留めておいたことを思い出し、当時使っていたスケジュール帳を押入の奥の奥からやっと探し当てた。

誉の話では、この団地にはしずるが困ったときに決まって転がり込む部屋があるらしい。部屋の住人の女性はまったくの赤の他人だが、以前から赤ん坊だった誉を預かってくれたりと家族同然のつきあいがあり、甘ったれで計画性のないしずるはなにかあるとこの女性を頼っていたという。

『もともとは、お母さんが僕と一緒に入居した市営住宅のお隣さんだったの。その後僕たちは何度か住所が変わったけど、お母さんの友達ってろくな人間がいなくて、まともな人には借金してお金を返さなかったから、だんだん疎遠《そえん》になったっぽい。まあお母さん、最後は僕にお金借りに行ってこいって言い出すくらいだったから』

あまりの人間のクズぶりに目眩《めまい》がしたが、誉にとっては母親の奇行は日常茶飯事だったようだ。そんな人間のクズをも見捨てなかったのが、元お隣さんの木村さんだった。

(横浜でクビになって寮を追い出されたあと、行くところがなくなって木村さん宅に転がり込んだに違いない。人間せっぱ詰まったときに新しい土地に行く気はしないはずだ。とりあえず昔の縁でなんとかしようとする。誉の話じゃ、吹田に住んでいた期間が一番長かったらしいし、十中八九ここだ)

しずるのことだ。帰阪して一ヶ月やそこらで仕事はなかなか決まらない。おそらくまだここにいるだろう。誉が消えたときにここに来ようとしなかったのは、横浜にずっと住んでいると思いこんでいたからで、転居したと知っていれば自分は真っ先にここへ来たはずだ。

くだんの住《す》み処《か》は正確には市営ではなく府営団地のようだった。駅からそこそこ距離があるからか、昨今の家一軒のスペースを二軒三軒でぎゅうぎゅうに分けた新築住宅が冗談に思えるほど、その敷地は広々としていた。

築四〇年の五階建ての外壁は灰色にすすけていくつもクラックが走っている。それを取り囲むグリーンのフェンスは塗装が剝《は》げ落ち、建物そのものがいかにも年代物な雰囲気を醸《かも》し出していた。もちろんエレベーターなぞついていないので、必然的に五階は空き家が目立っている、かつては上層階に住んでいた人間も足腰の理由から一階に移動せざるをえなくなるのだろう。誉の話によると、庭いじりをする趣味がある老人以外は部屋に引きこもりがちで、近くの生協が生活必需品をトラックで運んでくる日になると、わらわらと集まってきては生存確認をする日々を繰り返しているということだった。

木村さんの部屋は南端に建つ建物の二階だった。何度チャイムを押しても出てくる気配がないので、メモを残そうとテープで貼《は》っていると、見回り中の民生委員らしい人が裏庭にいるのではないかと教えてくれた。彼女の話では、やはり数ヶ月ほど前からしずるらしき女とその子供が木村さんの部屋でいっしょに生活をしているらしい。以前見た顔なので覚えていたという。誉ちゃんとそのお母さんにまちがいないよ、と言っていた。

(思ったとおりだ)

なにかあったときのためにと名刺を渡して、こちらの素性を明かす。貴宣が誉をずっと預かっていた叔父だとわかると民生委員の口も少し緩くなった。

「誉ちゃんは本当に良い子でよく出来るから、この団地のみんなが気に掛けているんです。またお母さんの仕事に振り回されて結局戻ってきて、そのせいで卒業証書ももらえないでしょう。あれじゃあんまりにもあの子が可哀想《かわいそう》だって」

でもそういう母子家庭はここでは珍しくないと民生委員は言い切って、同じような独居老人宅らしい隣の部屋に声かけをしていた。

(ここで誉は育ったのか)

なんとなく昔の自分と比べてしまう。もっとも同じ片親でも貴宣には祖父もいたし、母親もちゃんと働いて自分たちを育ててくれたのだったが。

敷地の裏庭は、ちょっとした公園スペースになっていた。昔はここで遊ぶ子供もいたのだろうが、いまはさび付いて塗装の剝げおちたジャングルジムと滑り台が、大昔の文明の名残のようにぽつんと存在していた。側には花とハーブを植えたプランターがいくつも並んでいる。やはり、ここには土いじりの好きな人がいるらしい。庭が綺《き》麗《れい》に整えられていると、建物の築年数は同じはずなのにほかの棟と比べて不思議と荒れていないように見える。

手作りの小さな花壇の前にだれかが蹲《うずくま》っていた。ちゃんちゃんこと呼ばれる今では珍しくなった袖《そで》なし羽織を着た背中が、レジャーシートの上に広げた土をプランターに戻す作業をしていた。一度古くなった土を干してから、肥料を混ぜ合わせて新しい土を作る。昔母が仕事の合間に気が落ち着くからとやっていた小さなベランダ農園を思い出した。

「木村さん」

三回ほど呼んでやっと反応があった。赤茶と白髪が混ざり合ったなんとも言えない頭髪が振り返って自分を見た。特になんの感想もなさそうな顔で。

「そうですけど、あんたどこのどなたさん?」

「瓶子といいます」

名字を名乗っただけで貴宣の素性はすべてわかったらしい。木村さんは目を細め、うさんくさそうに貴宣を見やった。

「ああ、あんたね。しずるの弟さんって、西宮のほうにすんどる」

「はい」

「大学の先生とか言ってたっけ」

「はい、あの……、お尋ねしたいんですけど、いま誉は……」

「うちにおるよ」

木村さんは特に隠しだてする様子もなくあっさり認めた。

「しずるはどうかしらんけど、誉はもうすぐ帰ってくるやろ。いま一緒に牛乳とトイレットペーパー買いにスーパーに行かせたんよ」

「そうですか」

「誉はおつりを誤魔化したりせんからね。しずるは手間賃《てまちん》とかゆうてすぐにタバコ買いよる。だれの家に住まわせてもらってるんだかわかっとるんかねあの子は」

「………はあ」

まったく反論の余地もなかったが、自分が謝るのもおかしな話なので、そうですねと適当に相づちをうっておいた。しずるのことを家族だとは思っていない。自分が彼女の行動でなにか恐縮するようないわれはないのだ。

「ほんで、なんね。結婚するゆうんで誉を追い出したんちゃうんね」

「違います。そんな相手いません。今日来たのは誉に戻ってきてほしくて……、いや、違うな。誉と交渉するために来たんです」

「交渉、ゆうて、なんね、それ大げさに」

「あいつももう中学生なんで、出来る限り一人前に扱いたいんです。最終的にどこに住むか決める権利は半分ある。もう半分は司法が決める」

木村さんはなんね、大げさに、とまた繰り返した。

「頭の良い人の言いそうなことや。私らにはようわからんわ。誉が帰りたいってゆうたら連れて帰ったらええんとちゃうの」

「それでいいんですか？」

「いいもなにも、あの子らはいっつも勝手に出て行って勝手に戻ってきよるだけや。うちはお父ちゃんもとっくに死んで一人やし、もう働いてへんから死ぬまでここにおる。ここにおるのは変わらんのやから、あの子らがいてもいーへんでもどっちでもええの」

てっきり誉やしずるに同情して同居を許していると思いきや、木村さんは思ったよりかなりドライな人だった。これではまるで野良猫《のら》に餌《えさ》をやっているような口ぶりではないか。

（まあ、野良猫と同レベルなのかもしれないな、実際）

「このへん住んでたら、事情のある親子なんかくさるほどおるねんや。べつになんとも驚かん」

「そうですか」

「あんたも偉い大学の先生なんやろ。誉があんたの話しかせん。しずるの前だと機嫌が悪くなるから二人きりのときだけやな」

「誉はここから中学に通うんですか？　もう手続きはしたんですか」

「そんなん知らん。私は誉の親ちゃうし。市のこのへんまわっとる人らが来て、誉がしずるに市役所に行けってゆうとったからしてるかもしれん」

「しずるはいま仕事に行ってるんですか。ちゃんと仕事、探したりしてるんですか」

「知らん知らん。なんも知らん。駅前のカラオケボックスにでも行ってるんちゃうか。仕事を辞めて困ったときは結局あそこにいるみたいや。知り合いが店長やってるとかで」

でも知らん、と木村さんは繰り返す。貴宣の登場に驚いた様子を見せたのも一瞬だけで、すぐに土いじりを再開した。

（誉がいつか言ってた、葬式の出し方を教わったって、この人のことかな）

一見突き放しているように見えるが、下手な同情がないぶん、しずるは付き合いやすいのだろう。貴宣はそう思った。口ではなんと言っても木村さんは今まで何度もしずるが転がり込んでくるのを黙って受け入れ、許してきたのだ。

そして、この人がいてくれたからこそ、いままでしずるからの〝被害〟が最小限で済んだのだと実感した。木村さんがされてきたことは、まさにこれからの将来、自分に振りかかるかもしれない。そしてかしこい誉はそのことを理解している。

（理解しているから、俺の元から去ったんだ）

どんなに賢い子供でも、どんなにそれが慣れた痛みでも、痛みは痛みだ。逃げたくなっても不思議ではない。

いったい何が自分にとって、誉にとって、そしてしずるにとってベターな選択なのかはわからない。けれど選べる道は一つだけだし、それが間違っているとわかるのはずっとあとのことだ。もしかしたら死ぬまで気付かないかもしれない。だったら躊躇《ためら》う時間すら自分たちには惜しいのではないか。

（誉に会ったら、なんて声をかけようか）

貴宣は無意識のうちに、誉たちが帰ってくるだろうと木村さんが言った方角を見ていた。眺めながらコートのポケットの中に用意してきたもののことを意識した。

貴宣が上がってきた坂道に、両手にスーパーの袋をぶら下げた誉と、その三歩ほど後ろを歩くしずるの姿が見えた。

「ああ、帰ってきたで」

トイレットペーパーとティッシュペーパーの五個セットを引きずるように持って不満そうな顔をしている。買い出しに出かけたはずなのにヒールつきのエナメルパンプスにショートパンツという、あいかわらず意味不明な格好だ。その表情が貴宣を見つけたとたんに怒りに上書きされる。

「貴宣、あんたなにしに……！」

貴宣はしずるから視線を外して誉を見た。誉はただ困ったようにこちらを見ていた。

泣きそうな顔でゆっくりと近づいてくる。

「貴宣さん」

「交渉しよう、誉」

誉がなにか言い出す前に、自分がここまで抱えてきた蟠《わだかま》りだけは吐き出したいと思った。

「交渉ってなに？」

「お前の意見を言うんだよ、それが叶《かな》わないことでも、ただの夢でも、お前の思っているることを言うんだ」

「言う……」

「声に出せよ。あの日、上りと下りの線路越しにプラットホームで俺に向かって叫んだみたいに」

誉が嘘《うそ》がばれたときのような深刻な顔をする。しずるに聞かれたくないことらしい。

「お前はしずるのことをよく知ってるよな。母親なんだから。ずっと側でそいつのどうしようもないところも、マシに母親してるところも見てきたんだろ。そいつなりに努力してるところだってお前はちゃんと見て評価してるんだよな。もうだれもしずるを褒めてくれないから」

侮辱されたと思ったらしい、しずるの顔色がサッと変わった。

「てめえ、どーゆーつもりで来やがったんだよ。帰れよ！　ここはあたしん家《ち》だぞ」

「家賃払ってるのは私なんだけどねえ」

木村さんが我関せずといった風でパンジーをプランターに植えはじめるも、

「るっせーな。どーせ生活保護で一円も払ってねえくせに、えらそーにすんなよババア！」

汚い言葉で罵《ののし》られることなど珍しくもないのだろう、木村さんは肩をすくめただけでなにも言い返さない。

「誉、お前はこんなしずるのことを知ってるよな。だけど俺はもっとよく知ってる。お前よりずっと長い間一緒に暮らしてたんだ」

立ちすくんでいた誉がはっと息を呑《の》んだ。

「そいつが……、お前の母親がどうしようもないクズだってわかってる。だから俺は今日お前を連れて帰るつもりだった。裁判所に親権停止を申し立てればいい。その書類も」

ポケットの中から出した。

「もう、用意してある」

「貴宣さん、僕――」

「本当はお前の意見なんて必要ないんだ。しずるがネグレクトした事実は変わりない。これを提出して、あとは行政と司法が判断すればいい。俺はその決定を受け入れるつもりで来た」

どさり、と地面になにか落ちた音がした。しずるが手にしていたティッシュペーパーとトイレットペーパーを放り出したのだ。

「勝手にべらべら言ってんじゃねーよ！」

「お前の意見は聞いてない、黙ってろ」

「なにさ、人を馬鹿《ばか》扱いして。おまえむかつく‼」

「文章が短いのは馬鹿な証拠だ。やっぱ本当にバカなんだな」

「むかつく、むかつく‼」

「喋《しゃべ》れば喋るほど知能の低さを露呈する」

「だまれよぉぉ‼」

　ホラー映画で人に襲いかかるゾンビのような動きでしずるは叫んだ。

「そんなふうに難しいことまくしたてたって許さないからね。誉はあたしといっしょに住むんだ。仕事だって――」

「どうせちゃんとした仕事には就くつもりないんだろ。爪《つめ》と髪を見ればわかる」

　長く伸ばし、キラキラしたストーンを不必要なまでに盛った爪。何度もカラーを繰り返し、アイロンの使いすぎで固くなった髪。以前しずるが口にしていた介護職を続けるつもりなら、そんな爪や髪型を続けているはずがない。

「コンビニのバイトくらいすぐに決まる！」

「アホか。今時コンビニのバイトは大手チェーンのインターンが入るんだぞ。どんな地域にもある類の小売店だからこそ一番接客が難しいんだ。それに、いまじゃやる気のある外国人がどんどん採用されてる。お前みたいなナリで面接が通るはずがない」

「何にも知らないくせに。前に働いてたカラオケボックスの店長は知り合いなんだよ。すぐに雇ってくれるんだ！」

「まあそれでもいい。問題は一度子供を棄《す》てた親に親の権利はないってこの国の法律で決まってるってことだ。お前がなにを言ったって警察を呼べばお前のほうがブタ箱に行くだけなんだよ」

しずるには同情の余地などなかったし、誉の前だからといって、親族だからといって口調を和らげる意思はなかった。

「しずる、お前は勝手に落ちていったんだ。俺が落としたわけでも母さんが落としたわけでもない。俺たちは全く同じ条件だった。母さんが残した学費はきっちり同額で、美容専門学校に入れるはずだった金を、当時の彼氏だかホストだかに貢《みつ》いで入学できなくなったのはお前のせいであって、ほかのだれが悪いわけでもない。俺はたしかに勉強が好きだったけど、実際は必要以上に努力してたと思う。母さんがうれしそうだったから。お前のことで頭を下げるたびに母さんは疲れて、プライドと自信を失ってた。それを俺が少しでも助けられればって思った。その結果俺は今の俺になったし、お前は今のそこにいるお前だ。お前が今そんなにクズなのは本当はお前自身がバカだったからじゃない。努力をせずに、プライドを曲げてでもだれかに教えを請《こ》わなかったからだ」

よく似た親子二人の顔がそろって蒼白《そうはく》になっていく。心が痛んだのは、罵られているしずる本人より誉のほうがもっと傷ついた顔をしていたことだった。当然だ。目の前で自分の母親が罵られて気持ちの良い子供はいない。

「誉をつれていくの？」

しずるがようやくそれだけ言った。

「やってみなさいよ。そんなことしたら、あんたの大学に怒鳴りこんでやる。あたしみたいなクズがいたら、さぞかしあんたの経歴に傷がつくでしょうよ！　悪かったね。クズで、バカで、社会のお荷物で！　いい歳《とし》してフラフラして男にだらしなくて悪かったね。あんたみたいなおきれいで堅苦しい生き方が良い生き方っていうなら、あたしなんか生きてる価値もないんでしょ。お母さんが泣いてたのだって知ってる。お金を使ったんだって悪かったってわかってるよ。でもそのときはわからないんだからどうしようもないんだよ。そのときに悪いと思ってたらやらないよ。良いことだと思ってたからやったんじゃないかあっっ！」

まるで夕立前の空模様のようだ。しずるの心の内から湧《わ》き起こったどす黒い感情が彼女の表情を急激に黒くしていく。

「いいよ、つれていったらいいじゃん。そのかわりあたしは好きなようにやるからね。あんたのいないところで、あんたのあること無いこと言いふらしてやる。あんたはきっと教授になんてなれないよ。自分だけ良い思いをするなんて絶対に許さないよ。めちゃくちゃにしてやる。あんただけ……、いっつもあんただけ得をして……！」

やればいいだろ、と狂ったようにわめき散らす。ああ、この女は本当に自分の感情を表現するだけの語彙《ごい》すら満足に持たないのだ。

「やれよ！」

ここまで無様な姉を見ても同情の気持ちが一片も湧いてこないというのも、なかなかなものだと思った。それほどまでにこの姉には何度も繰り返し失望してきた。だから誉がいずれそうなるとわかる。そうなってもいいとさえ思っている。たとえ母親であっても、子供は親に失望し憎む権利くらいはあるのだ。

「好きにしろよ、この童貞野郎！」

「そうだな、さっきまでそう思ってた。この足で裁判所にこの書類を提出して、お前がぐだぐだ言うようなら警察呼ぼうって」

「やればいいでしょ！」

「やらないよ」

貴宣は誉の表情を注意深く窺《うかが》いながらしずるを見ていた。

「今は」

それを口にするのには勇気がいった。今まで恥だと思ってきたから自分から進んで言ったことはなかった。自分は満足に給料をもらえない身の上なのだと。

「正直に言うけど、今の俺の月収は一〇万程度だよ。家賃引いたらほとんど残らない。お前とたいしてかわんないんだよ、しずる」

しずるは一瞬顔をしかめ本当なの、という顔で誉を見る。誉はちょっと躊躇ったのちに肯定した。しずるがぎこちなく笑う。

「ばかじゃないの。ほんと……そんなのばかじゃん。なんでそんなバイトみたいな稼ぎしかないわけ！」

「それは俺もそう思う」

「K大出て学者になったんじゃないの。研究者ってそんなに貧乏なの。それともあんたが学者になったけどたいしたことないの⁉」

「……そういう見方もできるかもしれない」

これからこの姉と意見を同じくすることは二度とないと思っていただけに、自分でもそんな返事が口をついたのがショックだった。

「はっ、そんな収入であたしより誉をちゃんと育てられるとかって、冗談でしょ？」

「それは冗談じゃない」

ポケットから取り出した茶封筒の中身は、親権停止を申し立てるためじっくり本を読み込んで、弁護士のコネを手繰り役所の無料相談にまで通って作った書類だった。これをつきつけて誉の手を引き、提出して帰るつもりだった。いまどうしてだかそれを破り捨てる気でいる。

こんなことを言うつもりじゃなかったのに。

「同じ月収一〇万でも俺とお前じゃ違うものがあるってことだろ。俺にはチャンスがあるが、お前にはない」

「人を終わってるみたいに言うな！」

「お前だってほんとはわかってる。自分の状況を逆転させるためにそれなりの男をつかまえたいんだろ。だから必死で自分を飾る。俺にはその手段が勉強だった。お前には男だった」

しずるの顔が怒りで震えている。貴宣を怒鳴りつけたくてそれに相応《ふさわ》しい言葉を探しているのだ。

「ずっとお前のやり方を否定してきたけど、実際は俺もお前もやってることは同じだ。俺の人生も学部のエラい教授の胸三寸で変わる。都合の良い手足扱いされて適当に棄てられる。結果、同い年のK大出た友人たちの年収が一〇〇〇万に届こうかっていうのに俺はやつらの六分の一以下だ。ポジションにつけない研究者《ポスドク》なんて、男にすり寄ってる女となにもかわらない」

自分で言いながら自虐《じぎゃく》めいた内容を嚙《か》みしめる。なんてこった。こんなところで自分としずるはこんなにも似ているのだ。

「だけどそこを結論にしてしまわずに考えた。だれかの下僕になるしか人生を逆転させるチャンスはないんだろうかって。そんなにも俺は無力でつまんない存在か？　俺にはいま、来年度に専任になれるアテもない。いつもより時間はあるはずなのに俺は気が付いたら学生も少なくなった図書館へ行ってた。本を読んでた。次に書きたい論文のことを考えてた。それでふっと思った。俺にあってお前にないもの。同じ月収一〇万のワーキングプアでも決定的に違うもの。それは俺は自分に自信があるんだ。自分のやりたいことがある。これでのし上がりたい仕事があるんだよ」

しずるの艶《つや》のないかさついた唇が震えている。貴宣が声を荒げて責めたわけでもないのに、そのとき一番悲しそうな顔をした。自分にはなにもない、そういうことを知っている顔だった。

「お前だって探したんだろ、しずる。でも見つからなかったんだよな。そういう運不運はどうしようもないことかもしれない。お前には今で言う学習障害があったのかもしれない。ADHDとかLDとか……。正直なとこ、心理方面の学者じゃないから詳しい知識はない。ただ自分のやりたいことが見つからずに何十年も過ごした人間はどうなんだろうって思ったとき、すごく同情できたし、それからどうしたらその不運を解消できるんだろうって考えた。そしたらまた絶望的な気分になった。だって、大人になってからそういう喜びを探すには余裕が……、金がいる」

肉体的、精神的な余裕を生むのは金だ。たとえ乳飲み子を抱えた母親でも人の手は金で買える。

「金がないからじっくり探したり試したりする余裕がない。だから手近にもらえる安い賞賛と喜びで埋め合わせをする。俺はまだ論文が書ける。だけどお前はなんにもない」

「貴宣……」

「だからどうしろとか言う気はない。お前はお前で考えてやったらいいよ。だけど誉はきっとお前のことを選ばない。それはお前より俺が誉を大事にするからじゃない。誉が俺といるほうが楽だからじゃきっとない」

誉を見た。律儀《りちぎ》に重いスーパーの袋を両手にもったまま、何度も指を動かしていた。ビニールの持ち手が食い込むと痛いのだろう。けれど一度も離さない。

「誉、あんた、貴宣と住むの？　聞いたでしょ、こいつと行っても貧乏に変わりないよ」

「お母さん……」

「同じような生活をするなら、お母さんといっしょにいてよ。あの安アパートとここ となんにも変わりなんてないだろ」

「お母さん」

彼は荷物をどこに置こうか辺りを見た。そして今まで聞かないフリをしていた木村さんが土いじりをやめて、スーパーの袋を受け取った。誉がコートのポケットからレシートとともにおつりを手渡すと、木村さんは黙ったまま部屋へ戻っていった。

「お母さん、僕さ、今までお母さんがしたいことってよくわからなかったんだ」

改めて誉はしずるに向き直った。そうすることで自分の声が少しでも届くようにと願っているように見えた。

「でも貴宣さんの所に行って、お母さんのことを考えていたら前よりもっとよくわかったんだ。不思議だよね。貴宣さんが言ってる必要な余裕って、そういうことなんじゃないかな」

ほとんど背が変わらなくなった二人が向き合って、ほぼ同じ高さの目線を交わす。

「お母さんがバカだからとか学歴がないからとか仕事がないからとか、そんな理由でお母さんと離れるんじゃないんだってことはわかってね。僕ねえ、少しうれしかった。僕は今までお母さんがやりたいことをわかってあげられなかったでしょう。男の人といっしょにいることとかなんで大事なのか、お母さんがどうして違う男の人とつきあったりするのか」

誉はあくまで優しくしずるに向かって言った。

「なんで別れてもすぐに別の人を見つけることに必死になるのかわからなかったんだ。お母さんがいつも愚痴を言う理由も。そんなにしんどいなら彼氏なんて作らなかったらいいのにってずっと思ってた。でも今は少しわかる気がする。言わなかったけど、貴宣さんの家にいたときにね、僕、ちょっと好きな子がいてね」

突然の告白。誉はちょっと照れくさそうに言った。

「だから今ならお母さんがお酒を飲んだりするのも愚痴を言ったりするのも、しかたのないことだってわかる。ねえお母さん。自分が大事に思っている人に自分が相応しくないって思うことってしんどいよね」

「誉……」

わかるよ、と誉が諭すように言う。するとしずるがうつむいた。貴宣に向かっては敵意しか見せずただつっぱねていた彼女が、自分から体をぎゅっと小さくした。

「だけど、だからっていって自分に相応しい人なんてわからないしね。考えれば考えるほどよくわからなくなって、もうなんだか全部しんどいだけなんだよね。今回だって、お母さんがお母さんなりにがんばったんだってわかってる。だから横浜までついていったんだ。だけど……、お母さん」

「なに……」

「僕はやっぱり、お母さんの男の人にはなれないよ」

しずるが驚いたようにふるふると首を振る。

「そんな……、お前はあたしの子供なの。男とは全然違うよ！」

「僕が勉強ができることを褒めてくれるのはうれしい。自慢に思ってくれることも。僕もそうだったからね。貴宣さんが大学の先生で、なんでもよく知ってるって自慢できて、みんながへーって言ってくれるだけで、なんだか居場所ができたような気がしてね。ああいう気持ちってなんていうのかな。確かに貴宣さんは貧乏で正社員じゃないけど、ああいう気持ちってすごく……、楽ちんだよね。一時的な気休めでしかなくて、しかも自分のことじゃないのに。お母さんといっしょ」

「誉！」

「でもそれが、だんだん悲しくなってきた」

その日、もし親子の会話に勝敗があるのなら、それが決定打だっただろう言葉を誉は口にした。

「お母さん。お母さんが僕を褒めてくれるように、僕もお母さんを褒めたい」

「………」

対するしずるに、明確な返事はなかった。

（お母さんを、褒めたい）

たったこれだけのことを口にするのに、誉は尋常でない勇気がいったのだ。たぶん一人ではまだ伝えられなかったのだろう。貴宣がいて自分の受け皿を用意できたからこそ、ついに言えた。そんな気がする。

互いが互いを選んだわけではない結びつきの、なんと濃く断ちがたいことだろう。けれど誉はたったいま自分の母親と交渉したのだ。改めて親と子供を続けるのかどうか、続けられるのかどうかを。

しずるは目に涙があふれ、それが頬をいくつもいくつも伝っていくのもかまわずに嗚咽《おえつ》を堪《こら》えながら泣いていた。それはたぶんいつものような男や他人や、あるいは弟である貴宣の前で見せた涙とまったく質が異なるものだということが伝わってきた。涙の成分の大部分は悔しさだった。それから悲しみ。我が子にそんなことを口にさせた親としての申し訳なさを感じられるくらいには、しずるはまだ誉の母親なのだ。

なんの音も聞こえない時間が数分続いた。しずるの着ている服の袖はまったくハンカチの役目を果たせず、頬はびしょぬれになってもなお涙が止まらずうち震えていた。そんな母親にかける言葉を丁寧に選んでいるような誉の沈黙だった。

「貴宣さんの言うように長く続けられる仕事とか、自分のやりたいこととか見つけるのにはお金と時間がいるよ。僕がいたらそのどっちもなくなってしまうから。前も言ったけど、お母さんが貴宣さんの家に来てくれた時、本当にうれしかったよ。だから、お母さんがいつかもう一回僕を迎えに来てくれるのを待ってる」

足下に転がっていたトイレットペーパーとティッシュペーパーのボックスを拾って、誉はしずるに渡した。

「あと、すごくしんどいときは僕のこと自慢してね。僕、たぶんずっと成績いいから」

「……貴宣と同じ事……言わないでよ……」

「へえ、そんなこと言ってたの、貴宣さん」

「忘れた」

ようやく誉が笑ってくれてほっとした。しずるはまだ納得しかねるという体でぐずぐずと泣いている。

「あのさ、本当に僕、戻っていいの？」

「だから、来たんだろ」

言うと、まだ迷っているような顔で、

「親権停止がどうのってのも本当？」

「当然。書類は全部きっちり用意してきた。お前の叔父はしがないパートで月収一〇万のワーキングプアだが、頭はいいんだ」

「法学部の友達なんていたんだ」

「K大にはまともな奴《やつ》も入るともれなく頭がおかしくなる寮があって、格安だから俺も少し住んだりした。久しぶりに連絡したら、そのときに知り合ったやつらがいま法廷でチート弁護士になってた」

「それって無敵ってこと？」

「どうかな、無敗ってことだろうな、どっちかっていうと」

まだなにか言いたげな誉に急いで荷物をまとめるように言った。

「裁判やる気でいたから、それがないなら正直助かる。これからクビを賭《か》けて一か八かでやってみたいことがあるんだ」

ようやく誉はいつもの表情に戻った。いつもあの古いアパートで貴宣に見せる、歳のわりには男っぽい野心に満ちた顔だ。

「まさかそれって、ゴッド大和への復讐《ふくしゅう》？　だって、さっきの貴宣さんの言い分じゃ、今度こそ専任講師にしてくれるって約束を破ったってことでしょう。このままではすませないよね」

「それは帰ってからゆっくり話すよ。俺がどうやって同僚のクズ野郎にハメられたかって話もな。もちろんそっちもタダで済ますつもりはない」

守るものがない人間をキレさせたらどうなるか身をもってわからせてやるつもりだ。これでも悪知恵だけは働くのだ。

「うん、窮鼠《きゅうそ》猫を噛むってやつだね。貴宣さんのことだから、ねちねちと陰湿な仕返しを考えてるんだろうなって思ってた」

普段から賢いと思っていた甥《おい》だったが想像以上に賢かった。

「だけど、それより先に小学校に行こう。誉。いっしょに」

「僕？」

「まだ間に合うはずだ。卒業式に出られるように、俺から校長先生に頼み込んでみる」

一瞬、誉の動きが完全に停止した。そして一気にいままでの倍速で動き出す。

「えっ、卒業証書がもらえるの⁉」

「頼んでみよう。お前だって、卒業式に出たいだろ」

「うそ、やった。うれしい。そのためだったらなんでもする！」

誉は珍しく喜色満面という顔をして、しずるからティッシュペーパーを奪い取るようにして持つと、一直線に木村さんの部屋へ走っていった。その様子をしずるはなにも口にせずに、こちらに背を向けてじっと静かに見ていた。

負け惜しみのひとつぐらい言うだろうと思ったのに、彼女はなにも言わなかった。しずるの最後のプライドがそうさせたのだというよりは、息子の大喜びする姿が珍しかったのだろう。

「まあな」

木村さんに挨拶《あいさつ》をするために、貴宣も部屋の方へ向かった。誉が大騒ぎをしながら木村さんを呼んでいる……。

しずるは追ってはこなかった。

＊＊＊

自分という人間が、粘着質《ねんちゃくしつ》で相当いやな性格をしていることなど、この歳になれば百も承知である。

昔から嫌がらせには詳細に記録した日記でやり返してきたし、少しでも手が出たらいちいち傷害事件として警察に届け出、強請《ゆすり》には警察＋司法のデラックスセットでやりかえしてきた。非力には非力なりの戦い方がある。あくまで自分の力でやり返すのではなく虎《とら》の威を借りること。決してがまんせず、なにごともさっさと公表して、自分よりも力のある公的機関に事件をしらしめることが復讐を成功させるコツであることを、貴宣は幼いころより熟知していた。

だから、堀内になんとか仕返しをしてやりたい、社会的にも肉体的にもダメージを喰らわせてぎゃふんといわせてやりたいと考えたとき、真っ先に思いついたのはとにかく証拠をかき集めて警察に訴えることだった。

しかしながらこれには時間も金もかかる。薬膳の言うとおり、いまさらそれを証明しても気が済むのは自分だけだろう。ヘタをうつと自分の立場のほうが危うくなるかもしれない。貴宣としてはまだこの大学に未練がある。大和教授の推薦を得て専任講師に成り上がるのは逃したが、まだ完全にチャンスが断たれたわけではないのだ。

だからといって泣き寝入りするのは腹の虫が治まらない。

「やっぱ仕返しだよ仕返し」

三ヶ月家を空けていたのが嘘のように誉はさっさと家事にとりかかり、慣れた手つきでごぼうの皮をピーラーで剝《む》いていた。

「仕返しって頭つかうよね。相手にダメージを与えなければ自分の気持ちってすっきりしないけど、やりすぎると逆恨みされるでしょ。その塩梅《あんばい》がね」

小学生のくせに塩梅なんて言葉を日常会話に交ぜてくるところが誉の恐ろしいゆえんである。

貴宣の元から出て行ったときと同じ小さなボストンバッグに服だけつめてヤマさんのアパートの二階へ帰ってきた誉は、着いた直後から補給司令官としての仕事を開始した。実際、誉が我が家に帰ってくると散らかっていた床が嘘のように見え始め、三ヶ月ぶりにシーツが洗濯された。

それ以外にも三ヶ月ぶりにアップデートされたものが多々ある。

むろん、ヤマさん一家からまるで王の帰還のように歓迎され出迎えられた。

「おかえりぃぃぃぃ、誉ちゃん。絶対帰ってくるって信じてたよおおお」

全身桜の造花がちりばめられた、命名『花見ドレス』を着込んだ美愛が誉に抱きついた。桜がなくても花見気分になれるハッピーなワンピ、がコンセプトらしいが、道行く人をハッピーにさせるどころか奇妙な気分にさせていることを本人は知らない。

「よく戻った誉。やっぱうちの上がいいだろ。餃子《ギョウザ》も食えるしな!」

「よかったよお誉ちゃん。食べたいものがあったらなんでも言って。あ、そうだ、うち春だけどかき氷始めたから」

この間、部屋の借り主は終始無視されていた。

「ねえ、それで貴宣さんはいつ仕返しするの? ぐずぐずしてるともう来学期の教科決まっちゃうんじゃないの」

「ぐずぐずもなにももうほぼ決まってるよ。このままだったら俺は授業数は変わりなし。まあ去年大上先生のをもらったことを思えばこれもやむなしだな」

「そんなこと言っちゃって、ぜったいこのままで終わらないんでしょ」

きんぴらか炊き込み御飯か、と聞かれたので炊き込み御飯と答えた。誉特製牛すじ入りごぼうの炊き込み御飯は貴宣の好物のひとつだ。またあの炊き込みご飯が食べられるなんて、ああ誉よ、よくぞ、よくぞ帰ってきてくれた。

「この前から美愛ちゃんに呼ばれてよく下の食堂に顔を出してるじゃない。あれってなんなの。美愛ちゃんとなにかするの？」

「美愛なんかに借りを作るのは主義じゃない」

「……でも借りに限りなく近いなにかをお願いしてるんだね」

「どうしてそう思う？」

「だって貴宣さん、いま自分がどんな状態かわかってる？」

狭いちゃぶ台の上に旧式のノートパソコン。睡眠不足で血走った目と、学校がないのをいいことに三日剃《そ》っていない無精髭《ぶしょうひげ》。そして自分のポジションを中心に三六〇度周囲を書類の束に取り囲まれている。少しでも動こうものならどこかの山が崩れるというジェンガみたいなことになっているのだ。

「僕が戻るまえからそんな状態なんでしょ。パソコンのキーボードたたきつぶす勢いでなにか書いてるよね。まるで学会に出る前みたいだけど家でやってるってことは違うんだよね。それって窮鼠《きゅうそ》猫を嚙んで一矢《いっし》報いる大作戦の一環？」

「俺は一矢なんて報いない」

貴宣はそうっと立ちあがった。プリントのタワーを崩さないように跨《また》いでスペースのある場所へ移動する。もうすぐ一階の食堂で、限りなくビジネス的だが今はそうではないレベルの打ち合わせがあるのだ。だからせめていつも大学へ行くとき並みの状態には戻しておく必要がある。

温度計つきの一〇〇均の鏡を覗《のぞ》き込みながら台所の流しでヒゲを剃った。ユニクロの綿パンにイオンの形状記憶シャツ、そしてもう一〇年以上着ている紺色のカーディガン。これだけがバーバリー。もちろんもらい物で、プレゼントしてくれたのはもう顔も覚えていない大学時代の最初の彼女だ。風の噂《うわさ》で一流企業に就職した後、同僚と高収入同士の幸福な結婚をしたと聞いている。昔の話だ。

「いいか誉。負け戦が続いても決してヤケになるな。常にこの状況をどうやったら利用できるか考えるんだ」

月収一〇万円の男が偉そうに言うことではないのだが、世の中には勝ち戦のプロがいるように負け戦のプロもいる。そして貴宣はいわゆる死線ギリギリで戦ってきた負け戦の猛者《もさ》だ。この死線というのは、もちろん健康で文化的な最低限度の生活が送れるかどうかというラインのことで、貴宣の手取りでは数千円でも収入がおちると生活保護のほうがましという状態に突入する。

（落ちてたまるか。かならずはい上がってやる！）

「俺の座右の銘はいろいろある。長いものには積極的にまかれるべきだし、若いうちの苦労は買ってでもするべきとかほざく爺《じじい》どもはみんなとっくに痴呆だと思うこと」

「貴宣さんらしいよね」

「中でも一番心がけているのはこれだ。〝一瞬のスッキリより一生の得〟」

ほおお、と誉がごぼうの皮を剝く動作をやめて貴宣を見上げる。

「心に響いたよ、貴宣さん」

「だろう。いくらやり返したいからといって脊髄《せきずい》反射的に喚《わめ》きちらしたり暴力に訴えるのは節足動物のやることだ。脊椎《せきつい》動物は知恵をもつべきだし、自分の行動をつねに二度美味《おい》しいにするには冷静さが必要になってくる。二度美味しい、すばらしい言葉じゃないか。どうせ買うなら根付きの葱《ねぎ》にかぎる」

「水につけて置いたらまた生えてくるものね。僕も一〇〇円で買った豆苗《とうみょう》がこれで五〇〇円になったたって思うと一日幸せになれるよ」

「そうだろうそうだろう」

価値観の同じ人間と話すことも幸せの一環だと誉を見ていて思う。いや、この場合、誉が自分に影響されてきたとも言えるのだが。

「僕らの当面の敵は安物買いの銭失いって言葉だよね。おつとめ品はよく吟味して買わないと一〇円二〇円しか安くないのに傷《いた》みのあるものを買っちゃうことになるよね。冷静な調査と比較が身に付いていないと人生は損ばかりだよ」

まるで何十年も生きてきた中年のようなことを誉は言った。しかしそれはまぎれもなく真理だ。

大学で出力したプリントの束を綺麗《きれい》にとじたものをトートバッグにつっこむと、普段履きしている汚れたスニーカーではなく、少し見目の良いハイカットブーツに足を入れた。

「じゃあ、一時間ほど下にいるから、なんかあったら声かけてくれ」

「ついに発動だね。メゾン・ド・ヤマ・プロジェクトがんばってね。脱家賃生活、ウエルカム固定資産税生活」

意味不明なかけ声で戦場へ誉が送り出してくれる。これからヤマさん一族に頼まれながらも例の研究発表会のせいでほぼほったらかしだった、メゾン・ド・ヤマ・プロジェクト〜ヤマ一族一〇〇人移住計画〜についての打ち合わせがあるのだ。

「お前もごぼう飯もいいけど卒業式に着ていく服、用意しとけよ。せっかく校長先生のご厚意で出られることになったんだからさ」

美愛がネットオークションで格安に仕入れてくれた中古の一張羅《いっちょうら》が押し入れのかもいにつるされている。あれも、もうすぐ出番だ。その日がくるのがとても待ち遠しい。

「既にばっちりだよ。貴宣さんのスーツだって面接に行ける状態だからいつでも使っていいよ」

数日後に晴れて小学校を卒業する甥っ子は、なかなか小憎らしい口をきくようになっていた。

久々の中国語と日本語を駆使してゼネコンのスーツ相手にプレゼンを行ったあと、その足で大学に向かった。今日は来期の委員会がいくつかあって、この四月から着任する講師たちの部屋の割り当てや事務室の移動を手伝うことになっている。今日は研究室を引っ越す教授たちも多く、春休み中なのに学部の講師陣がほとんどそろっていた。

故巡間先生の研究室はなんとあの薬膳のものとなり、さっさと部屋のネームプレートが変更になっていた。

（薬膳、准《じゅん》教授）

何度見てもむかつく以外感想が出てこない。

「いつでもお茶していってくださいね、瓶子先生なら刺激的な日常の愚痴を聞かせてくれると期待していますから」

どこまで真実かは知らないが、この男は不感症のせいで日々の感動にうすい人生を送っていて、そのせいで特に刺激的な日常を送っている他人に惹《ひ》かれるのだという。

「お前のような人間をどう言うか知っている。変態だ」

「そう面と向かって言われるとなかなか感動的ですね。しかし変態的な行動をしようにも不感症で」

「ED治療専門の病院に行け」

「それがあいにく不感症でも勃起《ぼっき》不全ではないのでして。勃起しないのは心のちんこのほうでして」

「お前が心になにを持とうと勝手だが、そいつがどうなろうと俺の知ったことじゃない。病院へ行け」

尼寺へ行け、と連呼したハムレットもこんな気持ちだったのだろうか、と思いやらずにはいられない。

「そっちこそそんな思い詰めた顔をしているから、これから炎上劇場が始まるのかとワクワクしてしまったんですよ」

リラックス、とわざとらしくとおりすがりに肩を揉《も》まれてぞっとした。塩、塩はどこだ。

（そんなにいうほど深刻な顔をしているかな、俺は）

今から自分がなにをしようとしているのか薬膳に見抜かれていたことも空恐ろしいが、ひどく緊張しているのは確かだ。

（残念だったな薬膳め。俺はお前が思ってるような派手な討ち入りなんざ、さらさらするつもりはない）

中古で買った傷物のスマートフォンが学校のW・i・F・iを拾った。貴宣はすかさずブラウザを開き、新しく取得した捨てメアドで作った一通の添付ファイル付きメールを送信した。

行き先は今立っている扉の向こう側、薬膳の隣の研究室の住人だ。耳をそばだてているとピコン、とメール着信の音がかすかに聞こえた。開封通知メッセージがまだ来ないということは開けてはいない。

ガタンと荒々しくなにかを蹴《け》る音がして、貴宣はスマホをポケットにいれ何気ないフリを装《よそお》う。研究室の住人がドアを開けた。

「おや、堀内先生、お引っ越しは終わりました？」

ほぼいつも通りの応対。堀内の目には貴宣は研究室移動の途中にしか見えないだろう。大きな段ボール箱を抱え、薬膳の部屋から出てきたのだから。

「いえ、僕は……」

「ああ、そうか。堀内先生は部屋そのままでしたよね」

「そ、そうなんです。あの、瓶子先生……」

堀内の顔色は若干悪いように思われた。

「なんでしょう」

「最近、学校のメールアドレスにゴミメールとかって来ませんでしたか？　動画が添付されているようなやつで……」

「ゴミメール？」

返事が大仰にならないように控えめにしらばっくれる。

「いえ、ああいうメールに添付してあるようなファイルはウイルスだったら怖いので開かないですよ」

「そ、そうですね……」

「瓶子先生……」

「どうもお疲れ様です」

にこやかに会釈《えしゃく》して、私物をいつもは使わない非常勤講師用のロッカーへ運ぶ。堀内がどんな顔をしているかは見えない。まさか貴宣がメールを送りつけてきた犯人とは思いもすまい。

堀内に送ったメールはさっきのが初めてではない。ここ一週間、毎日のように送りつけている。メッセージはなく、一見するとただ添付動画があるだけのゴミメールだ。しかしその内容を彼は開いて見ざるを得ない。

なぜなら、その添付動画は薬膳が撮ったあの日の証拠そのものだから。

(恐怖とは存在せず、心が勝手に作り出すものだ——とか偉そうなことを言ったのはだれだっけな)

見えない敵を相手に戦う時が人間は一番堪《こた》えるものだ。明らかに自分に害意をいだいている敵に対して対処のしようがないというストレスが、恐怖に重なるからである。あの憎き堀内にできるだけ長く苦しみ、ストレスを与えるために貴宣が考えた方法は、証拠動画だけを彼に毎日のように送りつけることだった。動画は短くきりとってあり、ものによって長さや場面が違うため、堀内はメールを無視するわけにはいかない。いったいどこまで撮られていたのか確認するためにもメールを開かずにはいられない。

結果、どうせよというメッセージもない、しかし悪意はあるメールを毎日受信し中を見なければならない。次こそは脅迫されるだろうか。このメールを学科長に見せられるだろうか。彼はあらゆる最悪のパターンを勝手に想像するだろう。いや、もうすでにこのメールは学科中のすべての人間が知っているかもしれないのだ。知っていて黙っている。もしくは陰であの謎《なぞ》の人物の正体が自分だと噂しているかもしれない。そしてその噂がもし学科長やゴッド大和の耳に入ったとしたら——

実際に貴宣がしていることは、あの動画をたんたんと送りつけているだけだ。彼に証拠を突きつけながら直談判《じかだんぱん》することもできた。大和教授へ訴え出ることも可能だった。だがそれをしなかったのは、もっとも効率よく、陰湿に復讐を果たすためである。

(討ち入りなんかしたら、うまくいったところで堀内の換えが他大学からやってくるだけだ。そんなことをされたらまた俺の出番が減ってしまう。堀内の生殺与奪の権を握ったまま、いざ邪魔になったときにベストなタイミングで消えてもらえばいい。もちろんそれまでにストレスで体を壊して大学を去ってくれてもかまわない。同じセンターで似たような研究をしている以上、今後のつきあいもある、逆恨みされるとあとあと面倒だ。だったらこちらは正体を明かさないまま、とことん苦しませるのがベストってもんだ)

堀内は貴宣がメールを送りつけてきた犯人だとは疑っていないだろう。あの動画を撮るためには貴宣がトイレにいる間にまったく逆方向に潜んでいなければならないことは角度でわかる。固定されたカメラでないのは手ぶれからもあきらかだった。

（ざまあみろ）

苦しめ、苦しめ。周囲のあらゆる人間を疑い、敵視してストレスをためるがいい。そんな状態では人付き合いも悪くなる。彼がこの一年で任期付きがとれるほどまわりから評価されることはないだろう。それでも肺炎で病院に運ばれたときの、そして次の日目覚めたときの貴宣の絶望に見合うにはまだまだほど遠い。

（見るがいい、誉。頭が良く性格が悪いやつの復讐とは、あくまで低コスト低労働でもっとも多くの見返りを得るものだ）

ロッカーに私物を押し込んで部屋を出ると、エレベーターホールで川手千尋と出会った。彼女はこの四月からも引き続き妖怪リボンの研究室で助教を務めることになっている。もっともリボンが帰国するこの夏まではしばらくフリーでいるらしい。

「瓶子先生、ご無沙汰《ぶさた》してます」

噂では、あの大和教授が彼女の仕事ぶりを気に入って、博士論文の面倒を見ることを提案したが、すっぱり断ったということだった。嘘《うそ》かまことか知らないが。

他人の研究室の助手にどうどうとＦＡを仕掛ける大和先生もすごいが、出世が約束されている道をそんなにもあっさり断って、なおもこの大学に居続けることができる川手の神経もすごい。繊細な貴宣にはとてもまねできない所行だ。

そのまま二人で一階まで一緒になった。

「よかった。ちょうどお渡ししたいものがあったんです」

「えっ、なに」

「誉君に、卒業と入学のちょっとした御祝いです」

デパートの小さな包みの入った紙袋を渡された。

「なんだか迷惑かけてしまったので」

「いや、川手先生はなにも」

「帰ってきてくれてよかったです。瓶子先生がうれしそう」

「えっ、そうかな」

「顔に出てますよ」

そのまま多くを語らずに彼女は図書館の方へ消えた。

川手千尋はまだ自分探しの途中なのだろうか。大人になれば、自分探しをしたくてもそれは食い扶持《ぶち》を稼ぎながらせざるをえない。だとしたら彼女はこの大学でいくらかお金を貯《た》めたら、いつか貴宣に話してくれたような道へ、また夢に向かって歩き出すのだろうか。

彼女の自由さがうらやましいと貴宣は思った。自分にはゴッド大和を袖《そで》にする勇気も一度挫折《ざせつ》をしても守りに入らない姿勢もマネできそうにない。

川手が誉にくれたのはトミーヒルフィガーの財布で、一〇〇均の布ペンケースを財布代わりにしていた誉は飛び上がって喜んだ。

「こういう細かい所に気が付くのって女の人だよねえ。貴宣さん、本当に川手先生と付き合っちゃえばいいのに」

「お眼鏡にかなうはずもないし、むこうのほうが生き上手だし、アカヒモなんてどうせ捨てられる」

「たしかに数年後には貴宣さんの年収の一〇倍くらい稼いでそうだよね、川手さん」

「………」

「貴宣さんもそろそろ、自分より収入が上の女の人を許容するとか、いろいろ考えすぎないってスキルをインストールしたほうが人生楽に生きられるんじゃないのかしら」

「……、…………」

本当に小賢《こざか》しいことを言うようになった。

「そんなことより、お前明日の卒業式の準備は終わってるのか。美愛がネットオークションで買ったとかいうスーツでいいのか？」

「あっ、うん。思ったよりちゃんとしてた。九八〇円だったけど。中古っていいよね。新品も手にした瞬間から中古になるって美愛ちゃんに教えてもらったの。時間差で中古な新品だと思えばどんな中古でも愛せるって。これって生きやすく生きる真理だよね」

「そんなに中古を連呼しなくてもいい」

日に日に瓶子家の大黒柱としての存在感を増している甥っ子は、隣の部屋からの「誉ちゃん、裾《すそ》だしてきたよー」の美愛の声に部屋を飛び出していった。

＊＊＊

とうとうやってきた誉の卒業式では、絶対に泣くもんかと決意していたのに、あっさり号泣してしまい、隣に座っていた見知らぬお母さんにハンカチを貸していただくという失態を演じてしまった。答辞は関西一の名門女子校に進学を決めた実加ちゃんで、もしあのまま転校手続きを取らずにこの小学校に通っていたら、あの場所で卒業生代表を務めていたのは誉だったかもしれない。そう思うと惜しい気もした。

幸いなことに誉をいじめていたという男子、とくにボス格だった山口冬弥は無事何番目かの希望中学にすべりこみ、四月からは公立中学校には進学しないという。誉のいじめを見て見ぬふりをした担任もほっとしただろう。

貴宣はあらかじめ、誉がこの小学校を卒業できるように頼みにいく前、この担任に校長の前でいっさいいじめの話をしないから、なんとか卒業できるように尽力してほしいと電話をかけていた。年度末ギリギリでへたに問題を起こされては担任も校長もたまったものではないし、転校問題にまで発展したいじめをもみ消していたとなれば、彼女の査定にもひびくのは間違いない。結果的にあの担任はいい仕事をしてくれたようだった。

決して泣き寝入りはしない。心を負けたままにはしておかない。負けた事実はしかたないが、それをバネに変えるところまで頭の中にイメージを固めてしまえば、心まで負けたことにはならない。そう貴宣は信じている。

昨今よく言われる生きやすく生きる、というキーワードはたしかに人間にとって大事なことのひとつだろう。けれど、生きやすく生きるためにはなにより知恵が必要なのだ。逆境をパワーに変え、あるいは受けたダメージを効率よくアドバンテージに変換するためには、頭を使って考えることが大事だ。だれもが生きやすく生きようと思ってできるわけではない。だったら、大人が子供に教えるべきは、この思考のスイッチだ。知恵と教養は精神を助け、いずれは身を助ける。

そのことを、誉はもう摑《つか》みかけているだろう。あとはその健やかな心の健康を、金の問題で削り取らないように大人が努力したいところだ。

（ああ、ほんとうに大きくなったよなあ）

最後のホームルームを終え、卒業証書を手に教室から出てきた誉を遠目に見ていた。どこに行くのかわからずに心配でつい寄り添ってしまう低学年児童とは違って、誉はもう自分で貴宣を見つけて自分から駆け寄って来られる。だからそれまでは声も掛けずに眺めているだけにしようと思った。

その日は三月にはめずらしい雲一つ無い真っ青な快晴で、コートがほぼ腕にかかっているだけの荷物になるほどの陽気になった。美愛が九八〇円で落札したスーツがよく似合っている。胸に卒業生の花をつけ、ほかの生徒達より頭一つ分大きい誉を見ていると、実加ちゃんが先に貴宣に気付いて会釈をしてくれた。

（実加ちゃんとの仲は続くかなあ。さすがに学校が違うと難しいだろうけど）

寄せてはかえす波のように生徒達が行ったり来たりしている渡り廊下は、貴宣が遠い昔に二度とは手に入らないと知らずに別れを告げたものがそこかしこに見られて、自分の歳《とし》の数を思わず数えてしまった。最後の卒業式はいつだっただろう。実際、人生は卒業式に終了するものよりもそれ以外の、なんの儀式もなく手放さざるを得ないもののほうがずっと多いのだけれど。

貴宣の立っているすぐ側《そば》を見知った顔の男子が通り過ぎていった。何度も写真で見た顔だから覚えていた。誉をいじめていたという山口冬弥だ。

「貴宣さん！」

卒業証書の入った筒をぶんぶん振って誉が歩いてくる。早足で。あっという間に人混みをかき分けた。

「あれ、まだいてくれたの。例の貴宣さんをハメた先生へ、ねちねちルサンチマン計画は今日じゃなかったの？」

「それはまだやってる。あんまり頻繁にやると向こうも慣れるからな。そろそろランダムにする。いつ来るかわからないのも嫌がらせしがいがあっていい」

「さっすがあ。嫌がらせにも手を抜かないのが貴宣さんらしいよね」

チラ、と校門のほうへ歩いていった山口のほうへ視線をを促した。

「お前のほうこそ、いじめてたやつへの復讐はいいのか。いじめを克服するもっともいい方法は、とにかく本人にやりかえすことだ。いましかないいんじゃないのか。だって、あの山口ってヤツは私学に行くんだろ」

「もうやりかえしたよ」

今日の天気のようにキラキラした笑みを満面に浮かべて誉は言った。その笑顔と言葉のギャップに思わずぎくりとする。

「やったって？」

「だから仕返し。貴宣さんみたいに関節にじわじわダメージを与える方法じゃないけど。実はこの前、たまたま山口と二人きりになったんだ」

いつのまにか、誉は彼を山口くんとは言わなくなっていた。

「たぶんもうこれで会うのは最後かなって思って、そしたら言っちゃった。合格おめでとうって」

「なんだそれ、ぜんぜん仕返しになってないじゃないか」

誉の人の良さに腹立たしさ半分呆《あき》れ半分で言った。すると誉はそうでもないよと言う。

「たしかに山口にいろいろされてるときはしんどかったし、悲しかったけど、お母さんといっしょにいたときにふと思ったんだ。山口は塾でいっぱい勉強して僕よりずっとかしこいのに、ずっとこれじゃダメだって言われてるんだなって。僕は貴宣さんにもお母さんにもヤマさんたちにも褒められてばかりなのに」

「そりゃ、お前は塾に行ってないし。私学にいくわけでもないし」

「でも山口は僕よりずっと努力してるけど、褒めてもらえなかったんでしょ。それってよく考えたらうちのお母さんといっしょだなって思って」

どきりとした。思わず凝視した誉の横顔は真摯《しんし》だった。

「だからおめでとうを言いたかったんだ。お母さんにはなかなか言えないからね」

「……誉、お前」

こんな公衆の面前なのに、誉を引き寄せて抱きしめたかった。だけどそうするにはもう誉は大人に近づいていた。だから肩を手で握った。男同士で、相手を認め合う仕草はこれだと思った。

「お前、いい男だなあ」

「そう？」

「なかなかその歳でそういう境地には達せないだろ。俺よりずっと大人じゃないか」

「そうでもないよ。ちゃんと嫌みっぽいことも言っちゃったから。『もう、ストレスなくなった？』って」

「それのどこが嫌みなんだよ」

「こうも言ったよ。『もし、山口が僕に自分の仕事押しつけたり塾の宿題やらせたり、わざと連絡を回さなかったり仲間はずれにしたりしなければ、僕ら卒業してからもいい友達でいられたのに、残念だよ』って」

それを面と向かって自分をいじめた相手に言えるところが誉のすごいところだ。もう彼の中ではいじめ問題はとっくの昔にふっきれた過去になっているのだろう。

「そんなの正論だろ。もっと言ってやってもよかったんだ。なんなら一発ぐらい殴ったって」

「だめだよ、殴ったりしちゃ。すっごくいいタイミングだったんだから」

「タイミング？」

誉は少しだけ背伸びして貴宣の耳に真実を告げた。

――クラスの女子が立ち聞きしてたの。その中に、山口の好きな子もいたんだ。

（まじか）

山口がしていたことや、誉の言ったことは、あっという間に噂好きの女の子たちの口から広まっただろう。それどころか、もう小学校の同窓会に顔を出せない。彼は、これから大人になっても一度も小学校時代を楽しく思い返すことはできないのだ。

それに比べると卒業式を満面に笑みを浮かべて楽しんでいる誉は、ここできっちりといじめられていた自分に区切りをつけ、将来に続く大きなアドバンテージを手に入れた。

「じゃ、またあとで」

口元に人差し指をあてて、誉はクラスメイトたちが写真をとっている人垣の中へと戻っていった。

わが甥ながら、末恐ろしいとはこのことだ。

その日は記念日なのでせめて誉とささやかな外食でもと思っていたが、ヤマ家が御祝いをしてくれるというので、わが家のもうひとつのダイニングである山一食堂へ足を運んだ。

「僕が焼き肉食べ放題に行ってみたいって言ったら、ヤマさんがあんな安い肉じゃなくてちゃんといい肉を食えって」

用意されたのは切り落としではあったが、ヤマさんが認める腕を持った職人から買い付けたＡ５クラスの和牛だった。

「いいか、肉も魚も新鮮なものがいいっていうのは定説だ。だが肉は新しければいいってもんじゃない。魚といっしょで包丁の入れ方ひとつで味が違うんだ。それから冷蔵庫で熟成し、いちばんいいときにさっと送ってくれる目ききでないといけねえ。俺は食品はもっと個人店が評価されるべきだと思ってるね。スーパーじゃ保健所や法律のせいで一頭丸ごと仕入れてその場で全部内臓から解体なんてできねえんだしよ。本当にうまいもんはスーパーにはねえんだよ」

さすがに小さいながらも一国一城のシェフらしくうんちくを語って聞かせるヤマさんの側で、貴宣と美愛は「もう一〇〇万回聞いた」という顔をしていた。実際一〇〇回以上は聞いた。

「よう、ところでタカノブ、例の件はうまくいってるのか」

「うーん、まあまあってとこ」

例の件とは、いわずとしれたヤマさんちの親戚《しんせき》が日本でマンションを建てるという壮大な移住計画のことだ。貴宣はそのための土地探しから管理方法までの計画を一任されている。クライアントが日本の大手建設会社を信用していないせいもあって、こんなしがない一介のポスドクがかけずりまわるハメになったのだが、これが思った以上に仕事があった。万が一マンションが建ったあと、どこの管理会社にまかせるかなど決めることが山のようにあるのだ。

「年末まではほとんどほったらかしだったが、この間から本国と頻繁にやりとりしてるって聞いたぞ。なあ美愛」

「だって向こうの親戚、すごく注文多いんだもん。タカちゃん、あんなワガママな老人の要望なんてよくマトモに聞いてるよ。えらすぎ」

　今日だけはダイエットも返上したのか、美愛が吸引力の衰えないただひとつのなんとかのように肉を吸い込みながら言った。山一食堂特製の豆板醤《トウバンジャン》入り焼き肉のタレがありえないほどうまい。

「やれ安く買いたい。でも高く売れるところがいい。スーパーが近くないといやだ。駅が近くないといやだ。緑が多いところがいい。評判のいい小学校の校区がいい。おまけに大きな病院が近いところがいいってさ。ばかじゃないの」

　そう、はっきりいってそんな場所があれば、すでにH不動産やW興産等大手ディベロッパーが買い占めているだろう。

「タカちゃんが一つ一つ要望を聞いてまとめてるんだよ。この前は有名な建設会社のブランドマンションのデータを作って、みんなが好きな外観のアンケートとってた」

「さすがだなタカノブ。そういうところだけは研究者っぽいぞ」

「そういうところだけもくそも、これでもいちおう研究者なんですよ、根拠とデータをとことん集めなきゃ気が済まないんです。まあ気長にやります。それに軍資金はあるほうがいい。向こうじゃヤマ一族以外にも日本の別荘マンションに興味を持っているセレブ仲間が何人かいるようなんで、そっちのほうともやりとりを始めてます」

「ああそれは聞いてるよ。みんな遠い親戚らしいが。北京と南部と……、香港もいたっけな。なにせヤマ一族は歴史があるからな。中国中にいてもおかしくはない」

そう、こんな日本の片隅にもいるのだから世界中にいてもおかしくはない。

「どうせ土地が見つかるまで時間もあるんで、地道にアンケートとってそれからまた相談しますから」

ビールを開けようと言われ、業務用冷蔵庫からキリンを引っ張り出したところで食堂にだれかが入ってきた。のれんも出していないのに、と振り返るとなんと川手千尋だった。

「川手先生」

「こんにちは。ああ、今日が卒業式だったんですね」

定休日なのにシャッターが開いていたので、ちょっと顔を出すつもりで入ってきたらしい。

「美愛ちゃんにトレンチコートの裾上げを頼んでて、それを引き取りにきたんです」

「あっ、できてるよ。いつもごひいきにありがとう」

「なんだ美愛、そんなことで小銭稼いでるのか」

「ついでだからいいんだよう。コンクールに出す作品はもう仕上げたもん」

美愛はついこの間、上半身全体に強力な磁石を埋め込んだ超絶血行改善ジャケットなるものを作っていたのだが、感想を求められた貴宣としてはジャケットは超絶重く、それだけで肩が凝ってしまうので、まったく意味がないということに尽きる。

「千尋ちゃんも食べてきなよ」

「えっ、いや、私は……」

御祝いの所に押しかけてはずうずうしいと思ったのか、川手は恐る恐る貴宣を見た。言葉を選んでいると先に誉が言った。

「川手先生、財布をありがとうございました」

「ああ、いえ。実用品でごめんね」

「ヤマさんがいいなら、川手先生もいっしょにどうですか?」

何度も客として通ってきているせいか、ヤマさん夫婦も川手の飛び入りを歓迎した。

川手は誉に話しかけてもらったことでほっとしたのか、遠慮がちに椅子《いす》に座った。

貴宣は、彼女と大和教授との間でどんな会話がなされたのかずっと気になっていた。もし川手がその気になれば、貴宣のもっている授業のうち彼女がもてる教科はあっさり彼女のものになるだろう。

はたして論文の指導教官を断ったというあの噂は本当なのか。

（だがしかし、聞けない）

「千尋ちゃんてさ、教授とかめざしてんの？」

あまりにも直球の美愛の質問に、飲んでいたビールを吹きそうになった。美愛、あいかわらず良い仕事をしてくれる。

「大学で出世したいの？　タカちゃんみたいに？　よくわかんない研究とかして、発表したりするの？」

「大学に残るならそういうこともしなきゃいけないでしょうね。私の場合、博士号がまだだから、だれかに博論を見て貰《もら》わなきゃいけないんですけど」

さりげなく口をはさんだ。

「博論は妖怪リボ……、じゃなくて、九鬼先生が見るんじゃないんですか？」

「うーん、もともと大学には腰掛けのつもりだったし、先生方もそれはご存じだったと思います。仕事は楽しいし残ったらと言ってくださる方もいるけれど、やらなければいけないことがわかることと、やりたいことをしようとすることは全然違いますから」

内心安堵《あんど》とも羨望《せんぼう》ともつかぬため息をついた。あれだけ上から将来を嘱望されていながら、やはり川手には大学に残って長く研究を続ける意思はないのだ。望めばおもしろい論文が書けそうなセンスも、教授たちに重宝がられる能力も雰囲気も兼ね備えているのに。

「今年はまだ契約があるので残りましたが、来年は……」

「LAに戻るの？」

「かもしれません。その前にちゃんと中国語を身につけたいので」

「なんで中国語？」

「私、やっぱりショービジネスの世界が好きなんですよね」

伝え聞いたとおり、ギョウザをビールのごとき勢いで一人前平らげた川手が言う。

「今までは作り手になることばかり考えていたけれど、そうじゃなくてもいいのかもしれないって思い始めました。例えばお金をかき集めるための交渉をしたり、外国の関係者をアテンドしたり、そういうほうが向いてるんじゃないかって。で、これからは英語が出来ることぐらいでは強みにはならないので、まずは中国語。いま中国ですごく映画産業が伸びているんです。これからショービジネスはどんどん増えそうだし。日本からも近いのでLAより日本人が割り込むスキはあるんじゃないかと」

「だったらタカちゃんが中国語を教えてあげればいいじゃん!」

美愛が、箸《はし》に肉をぶら下げたままとんでもないことを言い出した。

「タカちゃん、中国語しゃべれるんでしょ?」

「あのな。ビジネスで使うレベルなんてとんでもないの。俺のは赤んぼの会話レベル」

「でも、うちの親戚とあんなにぺらぺらやりとりしてるくせに」

「俺がしゃべってるのは東北方言の実用性ゼロの中国語」

「ええっ、うっそ!」

「脳みそメイドインジャパンのお前にはわからんのだろうが、中国一の大都市上海ですら、北京語のドラマには字幕がつくんだぞ。俺が話せるのは田舎の方言だけ」

それから話題はヤマさん一家の家系の話になり、貴宣が手がけているメゾン・ド・ヤマの話に移行し、美愛の彼氏が関西では有名なディベロッパーに勤めていることや、当初その彼氏にメゾンの話をもちかけたが、下っ端《したぱ》すぎて話がうまく転がらず貴宣の

ところに降ってきた話にまで及んだ。話し手はもっぱらヤマさんと美愛で、貴宣と川手は聞き役にまわり、誉はというと、

「貴宣さん、お肉って口の中で噛《か》まなくても食べられるんだねえ‼」

初めて食べる和牛の味にすっかり心を奪われていたようだ。

「いや、いちおう噛めよ？」

「おいしいねえ、僕の知ってる牛肉とぜんぜん違うよ。人間でもセレブとそうでない人といるみたいに牛社会もいろいろあるんだね。僕なんかに食べられてかわいそうなくらい」

「お前の血肉になるならセレブ牛も本望だろう」

「うん。僕、セレブ牛に相応《ふさわ》しい血肉になるよ！」

熱っぽい口調で繰りかえした。こいつ、完全に牛肉に恋をしている。

「僕、将来起業してぜったい和牛が食べられるような社長になる」

「べつに起業しなくても和牛くらい食えるだろ」

「ううん、僕ね感動した。世の中にはどんなにがんばってもお金を積まないと食べられないものがあるんだってわかった。僕オーストラリア産の細切れ牛で作った煮物もけっこう美味しいと思ってたけど、美味しいのレベルが違うよね。これは勝利者の味

だよ、肉食獣がサバンナで駆け引きに勝って獲物を食いちぎるときの味ってきっとこうなんだよ」

サバンナの肉食獣は豆板醤のタレを使ってはいないと思うのだが、誉がいたく感動しているので黙っておいた。

結局、山一食堂のテーブルにホットプレートを出しての奇妙な焼き肉パーティは夜まで続いた。限界までふくらんだ胃をかかえて、男二人、六畳一間に仲良く寝転がった。

「貴宣さん、明日大学は？」

「んー、ある」

「例の犯人の先生に今日はメールした？」

「あっ、そういやしてない。そろそろする」

「その人、大学辞めるかなあ」

「さあな、面《つら》の皮が厚いやつなんて研究者にはいくらでもいるからな」

「校内ばっかりで送ってたらそのうちバレない？」

「そう思って最近は外部のフリーＷｉＦｉ使ってる」

「さっすが。ねちねちいびるって意外と面倒くさいこと多いのに、貴宣さんは執念深いよね。何事もあきらめない精神って大事だと思う」

それはもっと別のポジティブな場面で使われるべき言葉だ。

エジソンが電球の芯《しん》に適した素材をなかなか発見できなかったとき、彼は結局服についた木綿の糸くずをヤケクソで試し、見事に明かりをともし続けることに成功した。貴宣はこの逸話が好きだった。

ゴミをゴミと思うか、それとも肥やしだと思うかは、その人の思考次第だ。だったらすべてのハンディをアドバンテージに変えてやる。この脳みそひとつで。

四月頭、大学の入学式で助っ人《すけと》のバイトを頼まれ、いつものようにせこせこと小銭を稼いだ。おあつらえ向きに桜が咲いている中、わが香櫨園女子大学環境学部も二百余名の新入生を迎え、学科内は新学期の開始に向けて履修登録やミーティングなど慌《あわ》ただしい雰囲気に包まれた。

貴宣はと言えば去年と代わり映えしない科目を持つことになり、楽な半面なにひとつキャリアアップできなかった自分を情けなく思ったり、似たような分野の研究者仲間がめでたく専任講師になったという噂を聞きつけてうらやんだり、五キロ痩《や》せて自慢の足を面接で見せつけ商社の内定を得た高遠青葉から、今度初任給でゴハン奢《おご》ってあげる、という上から目線のメールを送りつけられて思わずトイレで呪詛《じゅそ》を吐いたりしていた。つまりいつもの代わり映えしない春だった。

ポスドクたちが使用する専用のロッカールームに荷物をとりに行く。自分に割り当てられた狭いスペースに、巡間先生の研究室を使っていたころの快適さを思い出し苦い気分になる。あの部屋は今准教授に昇格した薬膳が使っている。いつでもコーヒーを飲みにきてください、と言われても絶対に近寄りたくない。中はかなまらという名の男性器をかたどったオブジェであふれかえっているのだ。まったくあんな変態を女子校の准教授に据えるなんて大学も気が狂っているとしか思えない。

堀内講師とは顔を合わせることもあったし、そのたびに会釈もどうというわけではない会話もしたが、どことなく覇気《はき》が薄まった気がする。

(やつが根負けをして大学を出ていくか、それともうまくどこかの講師職に潜り込むのが早いかだ)

そのためにはやはりゴッド大和の派閥だ。あそこしかない。

(一度潜り込み損ねてそこで諦《あきら》めるか、それとも再トライするか。俺の見立てでは、大和先生はガツガツしているやつのほうが好きなはず……)

使い勝手がよく従順で、しかもやる気にあふれていて頭の回転がよくアイデアマン、そんな人間を欲しがっている組織はたくさんある。そしてそれらの門の敷居は高く狭く、職を得るためには一度は大きく頭を下げなくてはならない。貴宣は教授達の下僕にならなければ講師への道はないと思いこんでいた。

でもたぶんそれは少し違う。

この研究室が並ぶフロアでももっとも敷居が高い部屋のドアをノックした。ドア横に掲げられた『大和』の文字がいやがおうにも訪れる者を威圧する。

「はい、どうぞ」

「失礼します」

中に入ると、真正面のデスクに大和教授が座っていた。高そうな観葉植物に空気清浄機が明らかにほかの研究室とは違う。ここを訪れるのは初めてではない貴宣も、ホワイトボードにびっしりと書かれた予定の羅列に圧倒される。

「あら、瓶子先生。珍しいわね」

大和教授は顔色も変えずに言った。実際、門下でもないポスドクが世間話で訪れる場所ではない。

（一ヶ月前なら、ここで堀内の野郎の動画を見せて自分のせいではなかったと訴え出

ていただろうな)

だが、もっと他のやり方があることに気付いた。もう一度大和教授に取り入り、恩を売り自分自身を再評価してもらういいやり方が。

「大和先生にご相談がありまして」

「私に? なにかしら」

「実は、個人的に計画している研究があります」

彼女の視線は忙《せわ》しなくノートパソコンに向けられ、貴宣の方を見ることはない。こういう申し出や売り込みには慣れているのだろう。

「N社の脳波測定器を使った、日本における中国富裕層向け住宅のパッケージングです」

マウスを動かしていた手が止まって、彼女がチラッと目線をあげた。当然貴宣と視線が合う。

「中国?」

「現在個人的なツテで中国の方とやりとりをさせてもらっています。だいたいは不動産や鉱山で一山当てた富裕層で、彼等の多くは日本でマンションオーナーになることを望んでいるのですが、かといって日本の大手企業に頼ることをあまりしたがらない」

「どうして？」

「彼等の多くは成金で、学歴がないのです。なので非常に警戒する。資産を政府に把握されることを恐れタンス預金をしています。私がやりとりさせてもらっている遼寧の方はベッドが全部札束でできているそうです」

とにかく先に用件を言ってしまおうと、用意してきたプリントを手渡した。

「彼等がいったいどんなマンションに住みたいのか、細かくアンケートをとってみた結果の一部です。やはり丁寧にみていくと日本人とかなり違う価値観をもっていることがわかります。第一は風水です。風水によって土地選びをするところから始めるのですが、これには専門的な知識が必要です」

「おもしろいわね。壁紙は赤と金がいいの。日本じゃありえないけど」

「自分が留学しているときは、中国人は純銀より金メッキが好きなんて聞きましたが」

「そう……、瓶子先生は中国に留学経験があったのね。今回のデータを取った先もその関係なのかしら？」

「当初はそうでしたが、中国は広い。自分が留学していた遼寧と北京ではまったく考え方が違いますし、もっと広範囲でデータを取ったほうが参考になるのではと考えました。なので、いまは上海と香港の関係者を一〇〇人ずつ集められるように手を回しています」

主にヤマさんが。

（どうせ成功するかどうかもわからない案件なんだ。成功したとしてもマンション一室もらえるかどうかなんて眉唾《まゆつば》すぎる。中国人はしらばっくれる人種なことはわかっているんだ。だったら多少こっちの都合良く動いてもらってなにが悪い）

昨今、中国国内を騒がせている、イギリス人Ｆ氏による有名な中国人長者番付には、ＩＴ企業や資本家などのランキングが掲載されているが、貴宣が目をつけている鉱山成金はタンス預金をしているため彼等がお金を持っていることを当局すら把握していない。こういう情報は内々でしか回ってこないということだ。

会社を成功させ、莫大《ばくだい》な富を得たビジネスマンたちと違い、彼等不動産成金や鉱山成金は教養がない。みな大学を出ていないのだ。そのことに過剰なコンプレックスを抱いていて、他人の言葉を信用しようとはしない。彼等が信じるのは風水と身内の言葉だけだ。

だからこそ、ヤマさんのように長年日本に住んでいる身内に声がかかったのだ。これも中国の農村部階級独特の案件と言えるだろう。

しかし確実に日本企業にとってはいい商売相手になる。

そして、企業がリサーチしたがっているということは、研究者にとっては確実にメシノタネになるはずだ。

「中国人は箔《はく》付きが大好きです。日本の企業を信用はしないが大学という公共機関は信用する。その点においてこちらから企業に共同研究を持ちかけることは十分に可能だと思います」

「そうね。そういえばちょうどN社の担当の方から似たような研究についてお話があったわ。経産省がいくらかお金を出してくれるプロジェクトで、向こうでの売り込みも鉄道事業みたいに政府が一枚嚙んでくれるそうよ」

(思った通りの答えが返ってきた。年末に話すといっていたN社との次の合同研究のことを、なんとか彼女の周囲から聞き出したのだ)

だからこそ、ここで大和教授を巻き込む必要があった。自分一人でN社に持ち込んでも採用される可能性は万に一つもないが、大和教授のプロジェクトチームとなればネームバリューからして違う。

大和教授は黙って貴宣の用意したプリントに目を通していた。手に汗を握りながら平然を装《よそお》うのは、体中の筋肉を使うものらしい。内臓を支えている筋肉にさえ力が入っている感覚がある。

やがて、最後まで目を通した彼女が顔をあげた。

「おもしろそうだわ」

手応《てごた》えを感じた。思わず自然と拳《こぶし》を握りしめる。

「瓶子先生はこれを私と研究したいと思っているの？」

「恥ずかしながら自分の名前では通用しませんので、大和教授のチームに入れて頂ければと思います」

「正直ね。私の名前で出してもかまわないの？」

視線がぐいと切り込んでくる。ここでびびるわけにはいかない。愛想笑いは彼女がもっとも嫌いな対応だ。

「一人でやったほうが目立つわよ」

「いえ、大和教授にラストオーサーになって頂いた方がもっと目立ちますし、何より安心感があります」

「そう……、まあ、それもいいわね」

大和教授の反応は薄かった。マニュアル通りの返答と取られたらしい。さらに言葉を重ねる必要があると思った。

（ここで言葉選びを失敗しては意味がない）

慎重にいきたいところだ。だが返答に間はあけられない。

「先生もご存じでしょうが、去年の後半はほぼ巡間先生の論文を仕上げることにかかりきりで自分の研究ができませんでした。他の論文も書いてはいたんですが、去年の日付のものとなると先生のプロジェクトのものになります。これから専任講師の公募もどんどん受けていくつもりですが、最近は住環境関係に力を割き過ぎていて、ほかの分野は受けにくい。自分も今年三六になります。育てている子供もいてお金がかかる年頃になってきますし、いい機会なので将来のことを熟考してみたのですが――」

一息入れた。大丈夫だ。大和教授は自分の話を聞いている。

「初めは先生のお手伝いで首をつっこんだ分野でしたが、これが思いのほか面白かった」

本心から出た言葉の説得力でしか、彼女のような人間を動かすことはできない。だったら本当のことを言うしかない。

「いまやりたいことはこちらですし、中国に留学したことも、片言ですが中国語ができることも役立てられるチャンスなのではと思えます。結局の所、研究分野を変えるチャンスがいまだという確信のようなものを感じたから、というところでしょうか」

うまく言えないのですが、と言い置いた。言ってからこの謙遜《けんそん》は必要なかったか、と不安になった。

ギブ・アンド・テイクで動く人間は、純粋なボランティア精神を信用しないし、それこそ研究してみて面白そうだから、という理由もうさんくさく感じるだろう。貴宣にしてもこの研究をもちかけた理由はいろいろある。大企業の金看板つきで研究をしたいこと。そのほうがリサーチがはかどるだろうということ。ただ研究分野を変えるのではなく、できるだけ目立つことをして講師の公募に有利な条件を整えたいこと。純粋にヤマさんたちのことを調べているうちに興味が湧《わ》いてきたこと。むろん、大和教授に再接近をするきっかけになると考えたこともある。

けれど、一番大きな理由は〝やりたい〟からだ。

だれに邪魔されることなく論文が書きたい。お金の心配のない研究がしたい。だれもしたことがない分野について極めたい。学会で発表したい。そして大勢の研究者に、世間に認められたい。

研究者というのは、しょせんそういう生き物だ。民間でごくふつうのサラリーマンになれなかった異端児なのだ。どうしようもない性《さが》だ。金に困り将来を不安に思いストレスに押しつぶされながらもひたすらに研究することをやめられない。

「なるほどね」

大和教授はプリントから完全に目を離した。

「瓶子先生がいいなら、N社に私のほうから話をしてみましょう。貴方の文章は直すところがほぼないから、これから組んでいっても安心だわ」

最高レベルの賛辞をもらったと思った。あの報告書の出来について大和教授は満足しているのだ。

「ありがとうございました」

ドアを閉め、少し廊下を歩いて立ち止まった。腹筋を緩めるのと同時に深い息を吐く。

さて、吉と出るか凶と出るか。

(俺にできることはここまでだ)

「討ち入りはうまくいきましたか」

「うわっ」

研究室のドアを半分あけて、楽し気にこちらを見ているやつがいた。薬膳だ。

「なんだよ、急に話しかけんな」

「結局、貴方は大和先生にすり寄ることにしたんですか。ネタはいまさらあの動画というわけではなさそうだ」

と、彼は婉然《えんぜん》と微笑《ほほえ》む。

「さすがの瓶子先生も、これ以上ポスドクではいられない。今度こそ盛大にしっぽ振って大和先生の下僕になる決心をしたってところですね」

「んなこたしねえよ、バカにすんな」

「おや、強気だ。めずらしい」

薬膳のいつものペースにつきあうつもりはさらさらないので、エレベーターに向かった。

ポストというものは、だれか独りに餌《えさ》のように与えてもらうものじゃない。かといって、牡丹餅《ぼたもち》のようにどこからかふってくるものでもない。

たとえ安定したポストがなくても研究はできる。その頭で、考えることさえ手放さなければ。

いつだって悲しいほど、研究者は学問の下僕だ。明日もまた、研究をせずにはいられない生き物なのだ。

「さて、家に帰ろ」

今日の晩ご飯のメニューを予想する。それは今月の収入を計算するより遥《はる》かに幸せな妄想である。

想像しろ。考えろ。考え続けろ。

いつだって頭を使え。お前には武器がある。

大勝利をおさめたいわけじゃない。

一生研究者でいるために、その頭で、知恵で、負け戦のプロになるのだ。

それが、学んで勝つってことだろ。

瓶子先生
ゼロハリバートンの新モデル買ったんで古いヤツあげましょうか
←実家が有名企業の創業者一族（変態）
はあ?!
いらねーよいらないですー
そう?
残念だなー
これ持ってるだけで結構教授陣にはウケがよくなるのになー
専任も夢じゃないっていうか…
な〜んて
…で…
欲に負けてもらってきたけどプライドが許さなくてテーブルにしてみた…と?
高級なメシってかんじするかなって…
メル○リに出していい?

貴宣さん
ポスドクって
すごいよね
なんだよ
やぶからぼうに
このあいだ
論文で忙しかった時
貴宣さんを
起こしたらさ…
貴宣さん
起きないと
遅れるよ
ウ…
ウウウ…
ちょっと
大丈夫？
うなされてるよ
この
論文が
終わったら…
次の論文の
データとりが
できる…
ぐふふ…
ムニャ…
あんなに死ぬほど
つらそうなのに
すぐ次の研究が
やりたいなんて…
月給10万円
なのに
ドM
だったんだね…
ほめられてる
気がしない
んだが…

クールビューティ
川手千尋
産学連携センター
研究員兼助手
スーパーバイリンガル秘書
それじゃ書類の整理も終わったんで帰ります
お先です
あれ 川手さんポーチ忘れてますよ
でっかいフリル付きでかわいい感じだな
川手さんも結構乙女なところが…
フリル…
フリルじゃない
ギョウザだこれ
チャームは中ジョッキ
あっ すみません
かわいいですよね このギョウザポーチ
美愛ちゃんが作ってくれて
ギョウザは飲み物の人
家は中華料理屋☆
美愛
美愛と仲良しってことはこーいうセンスってことだよな…と貴宣は思った

ふふ…
瓶子くん よかったら私の アカヒモに ならない…？
魅力的な女性
アカヒモ？!
女に食わせてもらっているポスドクの俗称…
アカデミックヒモのことか!!
先生 アカヒモなんて やめましょうよ
ジリ貧なのは わかっています 僕の助手になれば 月30万出しましょう
フフフ…
薬膳!!!
ぜ…絶対に嫌だ オレは金のために ヒモやらなんやらには ならない…っ
でも生活がラクになりますよォ
さあ 瓶子くん こっちへ…
がばっ
うう…わ～～っっ
ふ～
何…？貴宣さん
アカヒモの夢？
大丈夫だよ 僕が将来大手に就職して貴宣さんを養ってあげる！
な～んだ
ありがとな…
それはそれで「甥ヒモ」なのでは…

文庫版四コママンガ　吉川景都
文庫版監修　宮本道人

この作品は二〇一四年十月新潮社より刊行された
『マル合の下僕』を改稿し、改題したものである。

ポスドク！

新潮文庫　た-121-1

平成三十年一月一日発行

著者　高《たか》殿《どの》円《まどか》

発行者　佐藤隆信

発行所　株式会社新潮社

郵便番号　一六二―八七一一
東京都新宿区矢来町七一
電話　編集部(〇三)三二六六―五四四〇
　　　読者係(〇三)三二六六―五一一一
http://www.shinchosha.co.jp

価格はカバーに表示してあります。

乱丁・落丁本は、ご面倒ですが小社読者係宛ご送付ください。送料小社負担にてお取替えいたします。

印刷・株式会社光邦　製本・株式会社植木製本所

ISBN978-4-10-121221-0 C0193